新世纪高职高专
公共基础课系列规划教材

U0745880

经典诗文名篇诵读

新世纪高职高专教材编审委员会 组编

主 编 李艳敏

副主编 李 娟 钟先华

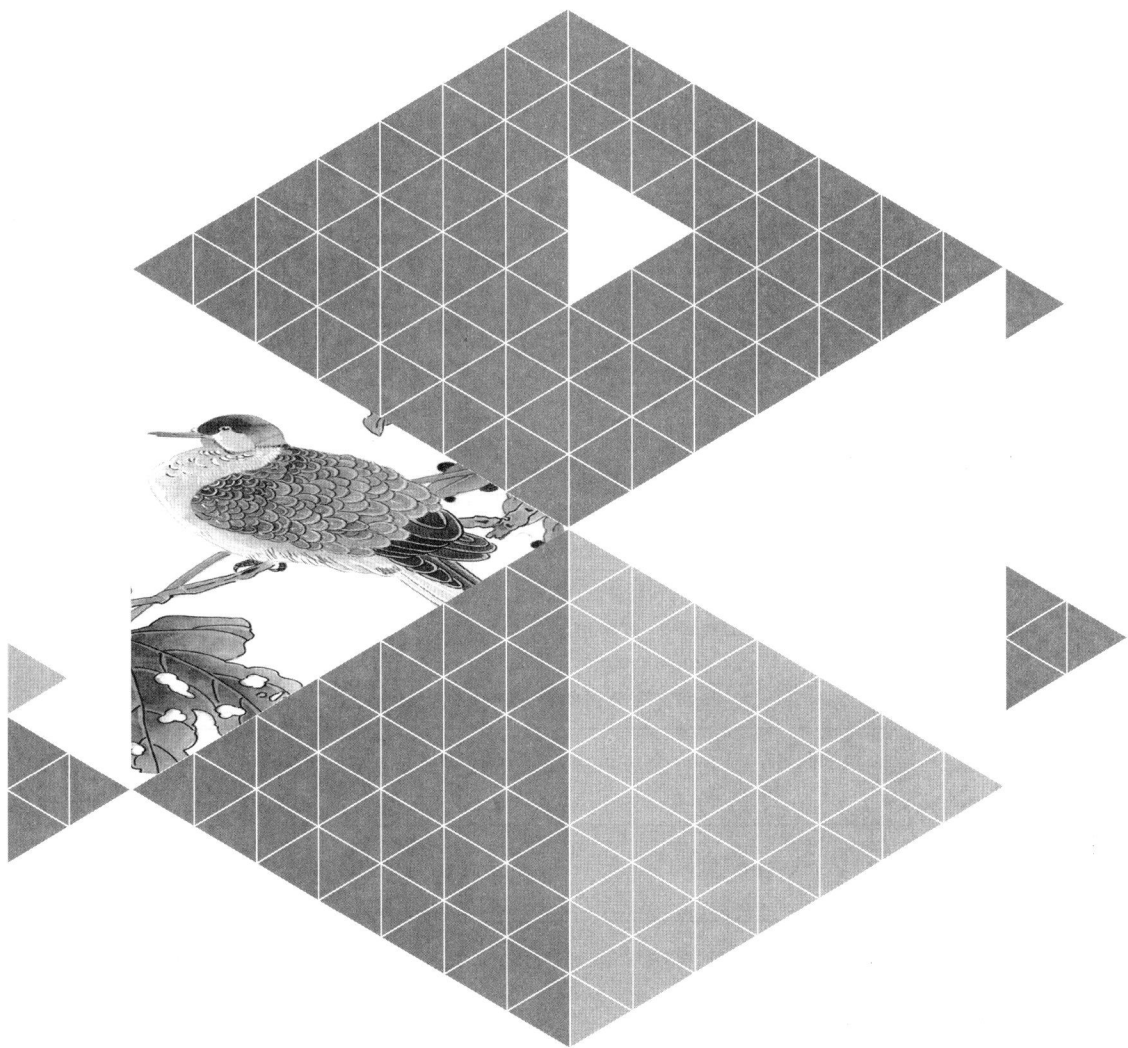

大连理工大学出版社

图书在版编目(CIP)数据

经典诗文名篇诵读 / 李艳敏主编. — 大连 : 大连
理工大学出版社,2013.11(2014.12 重印)
新世纪高职高专公共基础类课程规划教材
ISBN 978-7-5611-8315-1

Ⅰ.①经… Ⅱ.①李… Ⅲ.①古典诗歌-诗歌欣赏-
中国-高等职业教育-教材②古典散文-文学欣赏-中国
-高等职业教育-教材 Ⅳ.①I206.2

中国版本图书馆 CIP 数据核字(2013)第 252086 号

大连理工大学出版社出版
地址:大连市软件园路 80 号 邮政编码:116023
发行:0411-84708842 邮购:0411-84708943 传真:0411-84701466
E-mail:dutp@dutp.cn URL:http://www.dutp.cn
大连美跃彩色印刷有限公司印刷 大连理工大学出版社发行

幅面尺寸:185mm×260mm   印张:12   字数:277 千字
2013 年 11 月第 1 版   2014 年 12 月第 3 次印刷

责任编辑:白 璐   责任校对:丁丽霞
          封面设计:张 莹

ISBN 978-7-5611-8315-1   定 价:29.50 元

总　序

　　我们已经进入了一个新的充满机遇与挑战的时代,我们已经跨入了21世纪的门槛。

　　20世纪与21世纪之交的中国,高等教育体制正经历着一场缓慢而深刻的革命,我们正在对传统的普通高等教育的培养目标与社会发展的现实需要不相适应的现状作历史性的反思与变革的尝试。

　　20世纪最后的几年里,高等职业教育的迅速崛起,是影响高等教育体制变革的一件大事。在短短的几年时间里,普通中专教育、普通高专教育全面转轨,以高等职业教育为主导的各种形式的培养应用型人才的教育发展到与普通高等教育等量齐观的地步,其来势之迅猛,迫人深思。

　　无论是正在缓慢变革着的普通高等教育,还是迅速推进着的培养应用型人才的高等职业教育,都向我们提出了一个同样的严肃问题:中国的高等教育为谁服务,是为教育发展自身,还是为包括教育在内的大千社会? 答案肯定而且唯一,那就是教育也置身其中的现实社会。

　　由此又引发出高等教育的目的问题。既然教育必须服务于社会,它就必须按照不同领域的社会需要来完成自己的教育过程。换言之,教育资源必须按照社会划分的各个专业(行业)领域(岗位群)的需要实施配置,这就是我们长期以来明乎其理而疏于力行的学以致用问题,这就是我们长期以来未能给予足够关注的教育的目的问题。

　　如所周知,整个社会由其发展所需要的不同部门构成,包括公共管理部门如国家机构、基础建设部门如教育研究机构和各种实业部门如工业部门、商业部门,等等。每一个部门又可作更为具体的划分,直至同它所需要的各种专门人才相对应。教育如果不能按照实际需要完成各种专门人才培养的目标,就不能很好地完成社会分工所赋予它的使命,而教育作为社会分工的一种独立存在就应受到质疑(在市场经济条件下尤其如此)。可以断言,按照社会的各种不同需要培养各种直接有用人才,是教育体制变革的终极目的。

随着教育体制变革的进一步深入,高等院校的设置是否会同社会对人才类型的不同需要一一对应,我们姑且不论。但高等教育走应用型人才培养的道路和走研究型(也是一种特殊应用)人才培养的道路,学生们根据自己的偏好各取所需,始终是一个理性运行的社会状态下高等教育正常发展的途径。

高等职业教育的崛起,既是高等教育体制变革的结果,也是高等教育体制变革的一个阶段性表征。它的进一步发展,必将极大地推进中国教育体制变革的进程。作为一种应用型人才培养的教育,它从专科层次起步,进而应用本科教育、应用硕士教育、应用博士教育……当应用型人才培养的渠道贯通之时,也许就是我们迎接中国教育体制变革的成功之日。从这一意义上说,高等职业教育的崛起,正是在为必然会取得最后成功的教育体制变革奠基。

高等职业教育还刚刚开始自己发展道路的探索过程,它要全面达到应用型人才培养的正常理性发展状态,直至可以和现存的(同时也正处在变革分化过程中的)研究型人才培养的教育并驾齐驱,还需要假以时日;还需要政府教育主管部门的大力推进,需要人才需求市场的进一步完善发育,尤其需要高职高专教学单位及其直接相关部门肯于做长期的坚忍不拔的努力。新世纪高职高专教材编审委员会就是由全国100余所高职高专院校和出版单位组成的旨在以推动高职高专教材建设来推进高等职业教育这一变革过程的联盟共同体。

在宏观层面上,这个联盟始终会以推动高职高专教材的特色建设为己任,始终会从高职高专教学单位实际教学需要出发,以其对高等职业教育发展的前瞻性的总体把握,以其纵览全国高职高专教材市场需求的广阔视野,以其创新的理念与创新的运作模式,通过不断深化的教材建设过程,总结高职高专教学成果,探索高职高专教材建设规律。

在微观层面上,我们将充分依托众多高职高专院校联盟的互补优势和丰裕的人才资源优势,从每一个专业领域、每一种教材入手,突破传统的片面追求理论体系严整性的意识限制,努力凸现高职教育职业能力培养的本质特征,在不断构建特色教材建设体系的过程中,逐步形成自己的品牌优势。

新世纪高职高专教材编审委员会在推进高职高专教材建设事业的过程中,始终得到了各级教育主管部门以及各相关院校相关部门的热忱支持和积极参与,对此我们谨致深深谢意;也希望一切关注、参与高等职业教育发展的同道朋友,在共同推动高等职业教育发展、进而推动高等教育体制变革的进程中,和我们携手并肩,共同担负起这一具有开拓性挑战意义的历史重任。

新世纪高职高专教材编审委员会

2001 年 8 月 18 日

前　言

　　《经典诗文名篇诵读》是新世纪高职高专教材编审委员会组编的公共基础类课程规划教材之一。

　　中华民族有着五千多年的历史,这五千多年的历史造就了灿烂辉煌的中华文化,其中最具代表性的就是经典诗文。经典诗文作品灿若繁星,记载着中华儿女的情感与人格,是华夏文明的记录与写照。近年来,随着"国学热"的持续升温,整个社会对传统文化的兴趣与日俱增,对经典的关注程度也越来越高。诵读经典,传承文明,已成为21世纪大学生义不容辞的责任。

　　高职院校的培养目标已从培养技能型专门人才转变为培养高素质技能型人才,把高素质放在了第一位。而高职院校的学生大多起点低,基础差,学习自觉性差,要提高学生的整体素质,经典诗文就成为一项很好的载体。经典诗文中有真挚的友情与爱情,有远大的理想与抱负,有深邃透彻的人生哲理,有历经世事的宽大胸襟,有炽热的爱国心,有浓浓的思乡情。诵读经典,学习经典,提高学生整体的文化水平与认知能力,培养良好的道德情操,在经典中感悟人生,养成习惯,培养人格,成为高职院校要突出解决的问题。

　　本教材从先秦到现代,精选了一些脍炙人口、千古传诵的名篇,按照题材分类,选了六编诗词、一编散文及一编学生选读篇目。六编诗词涉及的题材分别是爱国、爱情、边塞、送别、咏怀、思乡。一编散文主要以国学经典为主,命名为"治国修身励志文"。学生选读篇目,仍然按照前面的分类排列,方便学生自读自学。体裁上,既有高俊爽朗、以丰神情韵见长的古、近体唐诗,又有婉约细腻、以意境幽微著称的宋词;既有朴实的古代劳动人民歌谣,也有注重意象的现代自由诗;既有说理透彻的诸子散文,也有文采与境界兼备的散文名篇。通过诵读这些作品,让这些积淀着智慧火花、映射着理性光辉、浓缩着爱国情感、蕴含着优美意境的古诗文熏陶学生的灵魂,丰富他们的文化底蕴,培养他们崇高的道德情操和爱国主义情感。在编写体例上，我们考虑到高职学生的特点和实际教学的需要，给每一首诗词都加了作者简介、注释、解读、诵读注意事项、相关链接以及作业，方便教师教学及学生阅读。

本教材集我院文科教研室各位教师的经验，参考中学教师的意见，经大家共同努力编写而成。编写本教材之时正值我院全国教育科学十二五规划课题"以人格培养为核心的高职人文素质教育课程体系的构建与实践研究"开题期间，希望它能够在提高我院学生人文素质水平上有所贡献。当然，中华经典诗文灿若繁星，浩如烟海，我们所选的作品只不过是众多优秀作品中的一小部分，编写本教材也是希望能够抛砖引玉，使更多的高职院校能够重视素质教育，多多培养出社会需要的高素质技能型人才。

本教材由李艳敏任主编，由李娟、钟先华任副主编，李靖靖、乔鹏涛、贾敏、李淑青、徐慧霞参加了编写。具体编写分工如下：钟先华编写第一编，李靖靖编写第二编，乔鹏涛编写第三编，贾敏编写第四编，李淑青编写第五编，徐慧霞编写第六编，李艳敏编写第七编，李娟编写第八编。

由于编写时间仓促，本教材中难免会存在不当之处，敬请各位读者批评指正。本教材的编写得到了学校领导和广大教师的帮助与支持，在此我们致以衷心的感谢！愿本教材能为我院素质教育建设及学生发展尽微薄之力。

编　者
2013 年 11 月

所有意见和建议请发往：duptgz@163.com
欢迎访问教材服务网站：http://www.dutpbook.com
联系电话：0411-84708445　84708462

目 录

第一编

音韵铿锵爱国诗

　　不分肤色,无论地域,在人类拥有的优秀品质中有一项永远光芒四射。这就是爱国精神。屈原叩问苍天,怒沉汨罗江;杜甫为国破而"白头搔更短,浑欲不胜簪";岳飞"怒发冲冠",要收拾旧山河;辛弃疾梦里沙场秋点兵;陆游临终仍念"但悲不见九州同";谭嗣同"横刀向天笑"。中华民族的爱国英雄们留下了大量的爱国诗篇,这些诗篇迸发的无不是爱国情怀的万丈光焰。今天这一讲,我们就来领略一下诗人们的爱国情怀,感受一下英雄的壮志与气节。

国　殇①

　　操吴戈兮被犀甲,车错毂兮短兵接②。旌蔽日兮敌若云,矢交坠兮士争先③。凌余阵兮躐余行,左骖殪兮右刃伤④。霾两轮兮絷四马,援玉枹兮击鸣鼓⑤。天时怼兮威灵怒,严杀尽兮弃原野⑥。

　　出不入兮往不反,平原忽兮路超远⑦。带长剑兮挟秦弓,首身离兮心不惩⑧。诚既勇兮又以武,终刚强兮不可凌⑨。身既死兮神以灵,子魂魄兮为鬼雄⑩。

作者简介 ///

　　屈原(约前340—约前278),名平,字原。战国时期的楚国诗人、政治家。

　　屈原曾任楚国三闾大夫、左徒等职。他主张对内举贤能、修法度;对外联齐抗秦。后因遭贵族排挤,被流放沅、湘流域。公元前278年秦将白起一举攻破楚国都城。忧国忧民的屈原在长沙附近的汨罗江怀石自杀,端午节据说就是他的忌日。

　　屈原写下许多不朽诗篇,主要作品有《离骚》《九歌》(11篇)、《天问》、《九章》(9篇)。屈原的作品有着奇特的构思、丰富的想象、高度的夸张,并融入了大量的神话传说,成为中国古代浪漫主义诗歌的奠基者。他在楚国民歌的基础上创造了新的诗歌体裁楚辞。"楚辞"文体在中国文学史上独树一帜,与《诗经》并称"风骚"二体,对后世诗歌创作产生了积极影响。

注　释 ///

　　①国殇:指为国而战死的将士。戴震《屈原赋注》:"殇之义二:男女未冠(男二十岁)

笄(女十五岁)而死者,谓之殇;在外而死者,谓之殇。殇之言伤也。国殇,死国事,则所以别于二者之殇也。"

②操:持。吴戈:吴国所产的戈,以锋利著名。犀甲:犀牛皮甲。错:交错。毂(gǔ):车轮贯轴处。

③矢:箭镞。交坠:相射碰落于地。

④凌:侵犯。躐(liè):践踏。行:行列。骖:在两旁驾车的马。殪(yì):倒地而死。右刃伤:右边的骖马被刃杀伤。

⑤霾:通"埋",埋没。絷(zhí):绊住。玉枹(fú):玉饰的鼓槌。

⑥天时怼:犹言天昏地暗。威灵怒:鬼神震怒。严杀尽:悲壮地被杀尽。

⑦反:同"返"。此句谓战士出征时抱着一去不返的必死决心,誓死报国。忽:迅速貌。超远:极遥远。此句谓战士们在平原上迅速行进,很快就远离家乡。

⑧秦弓:秦地产的弓,以优质著称。惩:悔恨。心不惩:犹言报国之心始终不止。

⑨武:威武,善战。凌:侵犯,凌辱。

⑩神以灵:指英灵永存。子:指殇者。鬼雄:鬼中雄者。

解　读 ///

《国殇》是追悼阵亡将士的祭歌,是《九歌》中唯一一篇祭祀人鬼的作品,也是我国最早、最著名的一篇歌颂英雄气概和牺牲精神的光辉诗篇。诗歌从敌胜我败入手,上来就把一场血战摆了出来。首四句先写短兵相接的车战,再写双方用箭对射,这是写的大场面。"左骖殪兮右刃伤"二句则是局部特写,讲车战场景极其惨烈。然后作者将画面定格在了援枹击鼓的将帅的身上,如雕刻般描绘了一幅"再败再战"的悲壮场面。这样的肃穆与悲伤,激起的是人们无尽的哀思、气壮千古的浩叹! 于是诗篇自然转入对为国捐躯的将士的礼赞。我们的战士是在为国争城的血战中弃身原野的,是为"国"而"殇",于是诗人赞美他们是"终刚强兮不可凌"!"凌"字与上文遥相呼应。战士们的心刚强不屈,即使是身首异处心也是"不惩"的,这就是终"不可凌"的英雄气概! 诗人接着说,英雄的身体虽然已经死了,但精神并没有死,而且化作了天上的神灵:子魂魄兮为鬼雄! 全诗风格悲壮,情调激昂,是一篇很有特色的作品。

诵读注意事项 ///

《国殇》的整体感情基调是悲壮,因而在诵读时要注意把握作者的感情,用低沉舒缓的语调诵读,不可语速过快,另外注意一下诗歌的节奏,四/三拍诵读。

相关链接 ///

屈原的名言

路漫漫其修远兮,吾将上下而求索。(《离骚》)

长太息以掩涕兮,哀民生之多艰。(《离骚》)

亦余心之所善兮,虽九死其犹未悔。(《离骚》)

举世皆浊我独清,众人皆醉我独醒。(《渔父》)

吾不能变心以从俗兮,故将愁苦而终穷。(《涉江》)

苟余心之端直兮,虽僻远其何伤?(《涉江》)

善不由外来兮,名不可以虚作。孰无施而有报兮,孰不实而有获?(《九章·抽思》)

作 业 ///

1. 有感情地诵读屈原的《国殇》,要求脱稿。

2. 课下自读《诗经》中的爱国诗篇《秦风·无衣》、《鄘风·载驰》,并写成读书笔记。

燕歌行①

汉家烟尘在东北②,汉将辞家破残贼③。男儿本自重横行④,天子非常赐颜色⑤。摐金伐鼓下榆关⑥,旌旆逶迤碣石间⑦。校尉羽书飞瀚海⑧,单于猎火照狼山⑨。

作者简介 ///

高适(700—765),字达夫,一字仲武,渤海蓨县(今河北景县)人。早年家贫,落拓不得志。天宝八载(749)中"有道科",任封丘县尉,不久弃官。安史乱起,任谏议大夫、淮南节度使等职,终散骑常侍,进封渤海县侯。其边塞诗有较强的现实性,感情沉雄,以七言歌行为佳。与岑参并称"高岑"。有《高常侍集》。

注 释 ///

①乐府《相和歌辞·平调曲》旧题,歌辞多咏东北边地征戍之事。作者原有小序说:"开元二十六年,客有从御史大夫张公出塞而还者,作《燕歌行》以示适,感征戍之事,因而和焉。"御史大夫,指当时的幽州节度使张守珪。开元二十一年(733)后,幽州节度使张守珪经略边事,初有战功。但二十四年(736),张让平卢讨击使安禄山讨奚、契丹,"禄山恃勇轻进,为虏所败。"(《资治通鉴》卷二百十五)二十六年(738),幽州将赵堪、白真陀罗矫张守珪之命,逼迫平卢军使乌知义出兵攻奚、契丹,先胜后败。"守珪隐其状,而妄奏克获之功。"(《旧唐书·张守珪传》)高适感于此事而作此诗,但实际当系概括高适在东北边塞诸多所见所感。

②汉家:汉朝,这里借指唐朝。烟尘:战火,边疆的战争。开元十八年(730)五月,契丹族可突干杀其国王李绍固,胁迫奚族叛唐降突厥。此后,唐和契丹、奚的战争连年不绝。

③残贼:残余的敌人。开元二十二年(734)六月,张守珪大破契丹,斩其王屈剌及可突干,但余党未平,残贼即指此。

④重:推崇、看重。横行:往来冲杀无可阻挡,驰骋奋战的意思。

⑤赐颜色:赏识、器重、给予隆重丰厚的待遇。

⑥摐(chuāng):撞击。金:指镯、铃一类铜制打击乐器,行军时敲打以节制步伐。伐鼓:击鼓。榆关:山海关。

⑦旌旆(jīng pèi):军中各种旗帜。逶迤(wēi yí):弯弯曲曲、绵延不断的样子。碣石:山名,在今河北省乐亭县西南。

⑧校尉:武官名,地位低于将军。飞瀚海:从大沙漠飞来。

⑨单于:本指匈奴酋长,这里泛指敌人的首领。猎火:打猎时燃起的火光。狼山:即狼居胥山,在今蒙古自治区西北部。

山川萧条极边土①,胡骑凭陵杂风雨②。战士军前半死生③,美人帐下犹歌舞!大漠穷秋塞草腓④,孤城落日斗兵稀⑤。身当恩遇常轻敌⑥,力尽关山未解围⑦。

注释///

①极边土:直到边疆尽头。

②胡骑:敌人的马队。凭陵:仗势欺人,侵扰凌逼。杂风雨:形容敌势之猛如暴风骤雨。杂,交错。

③半死生:一半死、一半生,伤亡极多的意思。

④穷秋:晚秋。腓(féi):病,这里是指枯黄衰败的意思。一作"衰"。

⑤斗兵稀:作战的士兵越打越少。

⑥恩遇:指受到器重。轻敌:蔑视敌人。

⑦关山:指上述"孤城"。

铁衣远戍辛勤久①,玉箸应啼别离后②。少妇城南欲断肠③,征人蓟北空回首④。边庭飘飘那可度⑤,绝域苍茫更何有⑥!杀气三时作阵云⑦,寒声一夜传刁斗⑧。

注释///

①铁衣:铠甲,这里是身披铁衣的意思。辛勤久:长期在边疆戍守。

②玉箸:白色的筷子,古代诗文中经常以玉箸形容妇女双泪直流。这里指远戍士兵的妻子。

③城南:长安城南。这里泛指居民区。

④蓟北:蓟州以北,这里泛指戍守的边疆。

⑤飘飘:长风吹荡的样子。度:过,这里是居住、生活的意思。

⑥绝域:极远的边疆荒凉地区。

⑦三时:指早、午、晚三时,即一整天。阵云:战云。

⑧刁斗:军中白天用来做饭、夜晚用来打更的铜器,有把,形似三角锅。

相看白刃血纷纷,死节从来岂顾勋①?君不见沙场征战苦,至今犹忆李将军②!

注　释

①死节：有气节的死，指为国牺牲。勋：功劳。这句是说，战死是为了报国，不是为了个人的功名利禄。

②李将军：指汉将李广。他作战身先士卒，平时与士卒同甘共苦，深受士卒爱戴，匈奴也因此多年不敢犯边。

解　读

《燕歌行》不仅是高适的"第一大篇"（近人赵熙评语），而且是整个唐代边塞诗中的杰作。这首诗热烈地颂扬了士兵们的英勇爱国精神；同时严厉地抨击了将领们享乐腐败、不恤士卒、骄傲轻敌，造成战争失利，使战士遭受重大牺牲的荒淫行为；反映了士兵与将领之间苦乐不均的现象，使苦与乐、庄严与无耻形成了鲜明的对比。结句借古喻今，点出朝廷因用人不当所造成的恶果，比一般因戍边而思名将的含义更为深刻。

全诗以非常精练的笔墨，写了一个战役的全过程。按战争进程分四个部分。前八句为第一部分，写出师。诗句发端就交代了战争的方位和性质，突出君宠将骄，为批判骄兵必败预设伏线，同时奠定全诗议论的基调。九至十六句为第二部分，写战斗的惨烈和结局。"战士军前半死生，美人帐下犹歌舞"，鲜明的对比揭示了战争失败的原因。十七至二十四句为第三部分，写士兵的痛苦，实是对汉将更深的谴责。久戍在外，千里关山，两心牵挂，笔触深入到士兵内心。最后四句总束全篇，是作者的直接议论，淋漓悲壮，感慨无穷。前两句包含着悲悯和礼赞，后两句讥刺冒进贪功的汉将。以议论作结，题旨深刻鲜明。

诵读注意事项

诵读时应注意把握这首诗以悲愤为主的感情基调。这首诗风格悲壮，气势畅达，感情深沉，四句一韵，格律严整，流转自然，是边塞诗中的杰出篇章。

相关链接

《燕歌行》是高适的代表作。虽用乐府旧题，却是因时事而作的，这是乐府诗的发展，如果再进一步，就到了杜甫《丽人行》、《兵车行》、"三吏"、"三别"等即事命篇的新乐府了。《燕歌行》是一个乐府题目，属于《相和歌》中的《平调曲》，这个曲调以前没有过记载，因此据说是曹丕开创的。曹丕的《燕歌行》有两首，是写妇女秋思，由他首创，所以后人多学他如此用燕歌行曲调作闺怨诗。高适的《燕歌行》是写边塞将士生活，用燕歌行曲调写此题材他是第一个。

作　业

1. 有感情地诵读高适的《燕歌行》。
2. 将《燕歌行》改写成一篇现代诗歌。

春 望

国破山河在①,城春草木深②。
感时花溅泪,恨别鸟惊心③。
烽火连三月④,家书抵万金⑤。
白头搔更短,浑欲不胜簪⑥。

作者简介 ///

杜甫(712－770),字子美,祖籍襄阳(今湖北襄阳市),后迁居巩县(今河南巩义市)。自号少陵野老,世称杜少陵、杜工部、杜拾遗等。杜甫生活在唐朝由盛转衰之时,其诗多涉笔社会动荡、政治黑暗、人民疾苦,被誉为"诗史"。杜甫忧国忧民,人格高尚,诗艺精湛,被奉为"诗圣"。杜甫的思想核心是儒家的仁政思想,有"致君尧舜上,再使风俗淳"的宏伟抱负。杜诗风格基本上是"沉郁顿挫",艺术手法多种多样,是唐诗思想艺术的集大成者。有《杜工部集》。

注 释 ///

①国破:指国都长安被叛军占领。破,陷落。
②草木深:草木丛生,人烟稀少。
③"感时"两句:有两种解说,一说是诗人因感伤时事,牵挂亲人,所以见花开而落泪(或曰泪溅于花),闻鸟鸣也感到心惊。另说是以花鸟拟人,因感时伤乱,花也流泪,鸟也惊心。二说皆可通。
④连三月:是说战争从去年直到现在,已经两个春天过去了。
⑤抵万金:家书可抵万两黄金,极言家信之难得。
⑥浑:简直。欲:将要。不胜簪:头发少得连发簪也插不住了。胜,承受。

解 读 ///

至德二年(757)暮春,身陷长安半年多的杜甫写下了这首脍炙人口的爱国诗篇。诗歌通过对春到长安但满目残败景象的描写,抒发了作者忧时伤乱、恨别思家的感慨。首联以工对写景,虽山河尚在而国都陷落,春临京城但满目荒凉,触眼所及,一片疮痍,以致感时恨别,花溅泪,鸟惊心。颔联物我浑一,有万物同悲之效。颈联紧承"恨别"抒家愁,"家书抵万金"道出了人人心中所想,因而千古传诵。尾联叹自己年老体衰,实亦叹国家危难、亲人离散,沉郁、悲哀层层深入,含蓄蕴藉,感人至深。

诵读注意事项 ///

诵读时应注意把握这首诗歌以悲沉为主的感情基调,体会作者社稷之思、家国之忧的思想感情,用深沉饱满的感情、沉郁顿挫的语调朗诵。适合配以音调低沉的背景音乐。

相关链接 ///

杜甫崇尚的是儒家的仁政思想,诗风沉郁顿挫,忧国忧民。他有"致君尧舜上,再使风俗淳"的宏伟抱负。他热爱生活,热爱人民,热爱祖国的大好河山。他疾恶如仇,对朝廷的腐败、社会生活中的黑暗现象都给予揭露和批评。他同情人民,甚至情愿为解救人民的苦难做出牺牲。所以,他的诗歌创作始终贯穿着忧国忧民这条主线,并以最普通的老百姓为主角。

作　业 ///

1. 观看《唐之韵》之《千秋诗圣》,了解杜甫的经历、思想及诗歌创作。

2. 课下诵读杜甫的另一首诗歌《闻官军收河南河北》,体会这首诗歌的感情基调跟《春望》有何不同。并说出这两首诗歌表达的思想感情。

满江红①

怒发冲冠②,凭阑处、潇潇雨歇。抬望眼、仰天长啸③,壮怀激烈。三十功名尘与土,八千里路云和月。莫等闲、白了少年头④,空悲切。

靖康耻⑤,犹未雪;臣子憾⑥,何时灭。驾长车,踏破贺兰山缺⑦。壮志饥餐胡虏肉,笑谈渴饮匈奴血⑧。待从头、收拾旧山河。朝天阙⑨。

作者简介 ///

岳飞(1103—1142),字鹏举,谥武穆,后改谥忠武,河北(今河南)相州汤阴(今安阳市汤阴县)人。出身农家,青年时期应募参军,英勇善战,成为南宋抗金名将,始终坚持恢复中原的爱国主张,后被秦桧以"莫须有"罪名杀害于临安风波亭。有《岳武穆集》。

注　释 ///

①词牌名。双调九十三字,前阕四仄韵,后阕五仄韵,前阕五六句,后阕七八句要对仗。后阕三字四字也用对仗,此调例用入声韵脚。

②"怒发"句:竖起的头发把帽子都顶起来了,形容愤怒至极,此用《史记·廉颇蔺相如列传》"怒发上冲冠"典。

③长啸:感情激动时撮口发出清而长的声音,此为古人抒情的一种方式。

④等闲:轻易,随便。少年:泛指青春年少。

⑤靖康耻:宋钦宗靖康二年(1127),金兵攻陷汴京,虏走徽、钦二帝,是为靖康之变。

⑥憾:一作"恨"。

⑦贺兰山:在今宁夏和内蒙古交界处。缺:山口。

⑧匈奴:这里代指金人。

⑨天阙:宫殿前的门楼,这里代指皇帝。

解 读 ///

绍兴六年(1136),岳飞率军从襄阳出发北上,陆续收复了洛阳附近的一些州县,前锋逼近北宋故都汴京,大有一举收复中原,直捣金国的老巢黄龙府之势。但此时的宋高宗一心议和,命岳飞立即班师,岳飞不得已率军回到鄂州。他痛感坐失良机,百感交集中写下此词。作品上片抒写立功报国宏愿。"怒发冲冠"极言其愤怒不可遏止;下片表现收复失地、洗雪国耻的壮志和信念。此词格调悲壮激昂,语言质朴有力,气韵浑厚雄豪,令人荡气回肠。

诵读注意事项 ///

这首词的感情基调是雄壮。尽量用浑厚的声音诵读,注意诗歌的平仄和节奏,把握好停顿。注意声音高低要有变化,不可从头喊到尾。

相关链接 ///

岳飞书法拓片

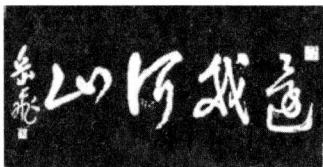

作 业 ///

1.配乐诵读岳飞的《满江红》,要求脱稿。
2.了解岳飞的另一首诗歌《小重山·昨夜寒蛩不住鸣》。

关山月①

和戎诏下十五年②,将军不战空临边③。朱门沉沉按歌舞④,厩马肥死弓断弦⑤。戍楼刁斗催落月⑥,三十从军今白发。笛里谁知壮士心⑦,沙头空照征人骨⑧。中原干戈古亦闻,岂有逆胡传子孙⑨!遗民忍死望恢复⑩,几处今宵垂泪痕!

作者简介 ///

陆游(1125—1210),字务观,号放翁,越州山阴(今浙江绍兴)人。存诗9300余首,生前即赢得"小李白"的称号。词作数量虽不如诗,但也贯注了一股气吞山河的爱国主义精神,现实性强,可比辛弃疾,艺术风格或纤丽或雄慨,抒情性之强也可与其诗媲美。有《剑南诗稿》、《渭南文集》、《老学庵笔记》、《放翁词》、《渭南词》等。

注　释 ///

①此诗是宋孝宗淳熙四年(1177)陆游在成都时所作。用乐府旧题写现实感慨。关山月:汉乐府《鼓角横吹曲》十五曲之一。

②和戎诏:指宋王室与金人讲和的命令。戎,指金人。

③空:徒然,白白地。边:边境,边塞。

④朱门:指富豪之家。杜甫《自京赴奉先咏怀》:"朱门酒肉臭。"沉沉:深沉。按歌舞:依照乐曲的节奏歌舞。

⑤厩(jiù):马棚。

⑥戍楼:边境上的岗楼。刁斗:军中打更用的铜器。

⑦笛里:笛中吹出的曲调。《关山月》本是笛曲。唐代诗人王昌龄《从军行》:"更吹羌笛《关山月》,无那金闺万里愁。"

⑧沙头:沙原上,沙场上。征人:出征在外的人。

⑨干戈:代指战争。亦:也。闻:听说。岂有:哪有。逆胡:对北方少数民族之蔑称。此二句谓历史上少数民族也曾入侵过中原,但哪有让他们长期盘踞,以至于传宗接代的?

⑩遗民:指金占领区的原宋朝百姓。

解　读 ///

这首诗是以乐府旧题写时事,作于陆游罢官闲居成都时。诗中痛斥了南宋朝廷文恬武嬉、不恤国难的态度,表现了爱国将士报国无门的苦闷以及中原百姓切望恢复的愿望,体现了诗人忧国忧民、渴望统一的爱国情怀。诗歌写将军权贵的奢华浮靡,戍边战士和中原百姓的苦难隐忍。诗歌构思巧妙,以月夜统摄全篇,将三个场景融成一个整体,构成一幅关山月夜的全景图。作品还选取了一些典型事物,如朱门、厩马、断弓、白发、征人骨、遗民泪等,表现了诗人鲜明的爱憎感情。本诗语言凝练,无一字褒贬,却具有很强的表现力。

诵读注意事项 ///

这首诗的感情基调是凄凉中带点悲壮。诵读时不宜用太高的音读,要有悲愤的情绪在里面。适合配古筝曲诵读。

相关链接 ///

陆游存诗9300余首,被后人誉为"六十年间万首诗",在中国诗歌史上属于存诗最多的诗人。他的诗歌艺术创作,继承了屈原、陶渊明、杜甫、苏轼等人的优良传统,是我国文化史上一位具有深远影响的卓越诗人。

陆游的名句

1.山重水复疑无路,柳暗花明又一村。(《游山西村》)

2. 小楼一夜听春雨,深巷明朝卖杏花。(《临安春雨初霁》)

3. 王师北定中原日,家祭无忘告乃翁。(《示儿》)

4. 千年史册耻无名,一片丹心报天子。(《金错刀行》)

5. 楼船夜雪瓜洲渡,铁马秋风大散关。(《书愤》)

6. 位卑未敢忘忧国,事定犹须待阖棺。(《病起书怀》)

7. 夜阑卧听风吹雨,铁马冰河入梦来。(《十一月四日风雨大作》)

8. 遗民泪尽胡尘里,南望王师又一年。(《秋夜将晓出篱门迎凉有感》)

9. 纸上得来终觉浅,绝知此事要躬行。(《冬夜读书示子聿》)

10. 此身合是诗人未?细雨骑驴入剑门。(《剑门道中遇微雨》)

11. 一身报国有万死,双鬓向人无再青。(《夜泊水村》)

作 业 ///

诵读并书写陆游的《关山月》。

永遇乐①·京口北固亭怀古②

千古江山,英雄无觅,孙仲谋处③。舞榭歌台,风流总被④,雨打风吹去。斜阳草树,寻常巷陌,人道寄奴曾住⑤。想当年,金戈铁马,气吞万里如虎⑥。元嘉草草,封狼居胥,赢得仓皇北顾⑦。四十三年⑧,望中犹记,烽火扬州路。可堪回首,佛狸祠下⑨,一片神鸦社鼓。凭谁问:廉颇老矣,尚能饭否⑩?

作者简介 ///

辛弃疾(1140－1207),南宋词人。原字坦夫,改字幼安,别号稼轩,历城(今山东济南)人。出生时,中原已为金兵所占。21岁参加抗金义军,不久归南宋。历任湖北、江西、湖南、福建、浙东安抚使等职。一生力主抗金。曾上《美芹十论》。

其词抒发力图恢复国家统一的爱国之情,倾诉壮志难酬的悲愤,对当时执政者的屈辱求和颇多谴责;也有不少吟咏祖国河山的作品。题材广阔又善化用前人典故入词,风格沉雄豪迈又不乏细腻柔媚之处。在苏轼的基础上,大大开拓了词的思想意境,提高了词的文学地位,后人遂以"苏辛"并称。有《稼轩长短句》,今人辑有《辛稼轩诗文钞存》。

注 释 ///

①词牌名。有平韵、仄韵两体,仄韵始于柳永。

②京口:以其地有京岘山、城在长江之口得名。即今江苏省镇江市。北固亭:在镇江市东北北固山上,北面长江。

③"英雄无觅"句:为"无觅英雄孙仲谋处"的倒文。

④风流:指英雄事业的流风余韵。

⑤寻常巷陌：普通的街巷。寄奴曾住：南朝宋武帝刘裕，小名寄奴，在此生长。

⑥"想当年"三句：晋安帝义熙五年（409）、十二年（416），刘裕曾两次统率晋军北伐，先后灭南燕、后秦，收复洛阳、长安等地。此指其事。金戈铁马，形容兵强马壮。万里，形容气概壮阔，足以消灭盘踞中原万里的敌人。

⑦"元嘉"三句：意谓刘义隆不能继承父业，好大喜功，以致北伐惨败，几乎危及国本。元嘉，宋文帝刘义隆（刘裕子）的年号。

⑧四十三年：作者于宋高宗绍兴三十二年（1162）南归，至此恰为四十三年。南归之前，他正在烽火弥漫的扬州以北地区参加抗敌战争，故云。

⑨"佛狸祠"二句：意谓敌酋庙宇里香火旺盛，暗示北方的土地人民已非我所有。魏太武帝小名佛狸，打败王玄谟军以后，曾追击至长江北岸的瓜步山，在山上建立行宫，即后来的佛狸祠。神鸦，指庙里吃祭品的乌鸦。社鼓，指祭神时击鼓。

⑩"凭谁问"三句：谓朝廷无人关怀年老有经验的抗敌将士。

解　读

本词为宋宁宗开禧元年（1205）辛弃疾在镇江知府任上作。通过怀古言时事，表现作者坚决主张抗金，反对冒进误国的思想，流露出老当益壮的战斗意志。作者是怀着深重的忧虑和一腔悲愤写这首词的。上片赞扬在京口建立霸业的孙权和率军北伐、气吞胡虏的刘裕，表示要像他们一样为国立功。南宋统治者忍耻偷安的懦弱表现与古代英雄的豪情形成了鲜明的对比。下片借讽刺刘义隆表明自己坚决主张抗金但反对冒进误国的立场和态度。最后还借廉颇自况，抒发未能实现自己怀抱的感慨。典故的运用使情感层层转折，愈转愈深，历史人物与事件和词人的思想感情融会贯通，营造了全词沉郁顿挫的风格与博大雄深的意境。

诵读注意事项

这首词的感情基调是慷慨悲愤，诵读时要注意体会词人报效国家的强烈愿望和对宋室不能尽用人才的慨叹。把握作者报国无门的悲愤感情和豪放张扬的个性特点。

相关链接

绍兴三十一年（1161），金主完颜亮大举南侵，在其后方的汉族人民由于不堪金人严苛的压榨，奋起反抗。21岁的辛弃疾也聚集了2000余人，参加由耿京领导的一支声势浩大的起义军，并担任掌书记。当金人内部矛盾爆发，完颜亮在前线为部下所杀，金军向北撤退时，辛弃疾于绍兴三十二年（1162）奉命南下与南宋朝廷联络。在他完成使命归来的途中，听到耿京被叛徒张安国所杀、义军溃散的消息，便率领50多人袭击几万人的敌营，把叛徒擒拿带回建康，交给南宋朝廷处决。辛弃疾惊人的勇敢和果断，使他名重一时，"壮声英概，懦士为之兴起，圣天子一见三叹息"（洪迈《稼轩记》）。宋高宗便任命他为江阴签判，从此开始了他在南宋的仕宦生涯，这时他才25岁。

作 业 ///

1. 背诵《永遇乐·京口北固亭怀古》。

2. 课下搜集阅读辛弃疾的《破阵子·醉里挑灯看剑》，并写在读书笔记上。

梅岭三章①

其一

断头今日意如何？创业艰难百战多。此去泉台招旧部，旌旗十万斩阎罗②。

其二

南国烽烟正十年，此头须向国门悬③。后死诸君多努力，捷报飞来当纸钱。

其三

投身革命即为家，血雨腥风应有涯。取义成仁今日事，人间遍种自由花④。

作者简介 ///

陈毅（1901—1972），名世俊，字仲弘，四川省乐至县人。伟大的无产阶级革命家、政治家、军事家和外交家，党和国家的重要领导人。兼资文武，博学多才。有多种军事、政治论著和诗词著作，编入《陈毅军事文选》《陈毅诗词选集》和《陈毅诗稿》等。

注 释 ///

①梅岭：即大庾岭，五岭之一，在江西省大庾县和广东省南雄县交界处。

②泉台：迷信传说中的阴曹地府、地狱。阎罗：梵语译音，佛教称管地狱的神，也叫阎罗王、阎王、阎王爷，这里比喻国民党、蒋介石。

③南国：祖国的南方。烽烟：烽火之烟，古时边防设烽火台，外敌入侵时，举烽火报警，这里指战争。国门：即城门。此句用典出自《史记·伍子胥列传》记载，春秋时伍子胥遭谗被诬，临死前说"抉吾眼县吴东门之上，以观越寇之入灭吴也"。

④取义成仁：取典于南宋末年文天祥抗击元军，兵败被俘，死前写《自赞》诗世藏在衣带中，有"孔曰成仁，孟曰取义，而今而后，庶几无愧。"陈毅诗中借以表现对党和人民的赤胆忠心和为革命献身的伟大精神。

解 读 ///

本诗写于1936年冬天，陈毅在梅岭被国民党军队围困，九死一生，写下著名的《梅岭三章》，以示绝笔，有小序云："一九三六年冬，梅山被围。余伤病伏丛莽间二十余日，虑不得脱，得诗三首留衣底。旋围解。"这是由三首七言绝句构成的一组诗。三首诗虽在内容

上各有侧重,可单独成篇示人,但在基本题旨上又具有内在统一性,它们从不同侧面表现了作者坚定革命的信念及甘愿为人类美好事业献身的革命生死观。诗作雄浑豪放,格调高昂,句句璀璨,字字珠玑,情文并茂,铮铮有声,是诗人崇高情怀的抒发,也是诗人伟大人格的写照。

诵读注意事项 ///

诵读时要把握诗歌的悲壮特色,要读出无产阶级革命家为正义而甘于牺牲的崇高品格与革命精神。读出革命家的凛然正气和视死如归的壮烈情怀以及对胜利的坚定信念。

相关链接 ///

1934 年 10 月,中央主力红军长征后,留在苏区坚持斗争的红 24 师和地方武装共16328 人,遭到敌人残酷围剿,大部损失。何叔衡、毛泽覃等党和红军的高级干部在突围中牺牲。瞿秋白和刘伯坚被俘后遇害。敌人占领中央苏区后,残酷杀戮革命干部和群众。据有的材料说,瑞金被杀达 12 万人,宁都被杀绝的有 8300 多户,闽西被杀绝的有 4万多户。突围出来的少数部队会同地方武装和敌人打起了游击,项英、陈毅经过转战,于1935 年 2 月来到了位于赣南的油山地区和梅岭,开始了艰苦卓绝的三年游击战争。

作 业 ///

下面三首诗的诗意与《梅岭三章》有相似之处,请比较它们抒发的感情有何异同?

乌江

李清照

生当作人杰,死亦为鬼雄。至今思项羽,不肯过江东。

示儿

陆游

死去元知万事空,但悲不见九州同。

王师北定中原日,家祭无忘告乃翁。

自由诗

裴多菲

生命诚可贵,爱情价更高。

若为自由故,二者皆可抛。

一句话

有一句话说出就是祸，
有一句话能点得着火。
别看五千年没有说破，
你猜得透火山的缄默？
说不定是突然着了魔，
突然青天里一个霹雳
爆一声：
"咱们的中国！"

这话教我今天怎么说？
你不信铁树开花也可，
那么有一句话你听着：
等火山忍不住了缄默，
不要发抖，伸舌头，顿脚，
等到青天里一个霹雳
爆一声：
"咱们的中国！"

作者简介 ///

闻一多（1899－1946），原名闻家骅，字友三、友山，湖北蕲水（今湖北县）浠水人。现代诗人、学者、民主勇士。1912 年考入北京清华学校，1922 年赴美国芝加哥美术学院学习，1925 年回国后在多所大学任职和教书，致力于古典文学研究。因坚决反对当局发动内战和镇压人民，1946 年 7 月 15 日被国民党特务枪杀于昆明。著有诗集《红烛》、《死水》，古典文学研究专著《唐诗杂论》等。

解　读 ///

本诗写于 1925 年，诗人留美回国后，看到的是封建军阀统治下的黑暗现实和民不聊生的景象，于是，赤诚爱心转化为对现状的强烈不满和渴望改变旧中国的激情。全诗以"一句话"——"咱们的中国"为构思中心，运用写实和隐喻相结合的手法，反复咏叹，极力渲染烘托，强烈地表达出对理想中国的期望与追求。此诗语言易懂，形式上整齐匀称，又自然天成，富于节奏感和音乐美。

诵读注意事项 ///

这是一首具有号召性和威慑性的诗歌，诗歌感情真挚而强烈。在这首诗歌里，作者完全是直抒胸臆，毫不掩饰地迸发自己对祖国的热爱。每一小节，声音都是由低到高，语调高昂。

相关链接 ///

闻一多是一个颇矛盾的诗人，以外表看，行为谨慎、严肃，在生活中保持着高度的理智，甚至还自称为"东方老憨"；但是，任何熟识他的人都知道，此人感情丰富，热情洋溢，拥有一个诗人的灵魂。一内一外的这两种不同的生存方式都在各自的轨道上尽情发展，终究会发生剧烈的冲突。比如诗人曾对臧克家说，诗集《死水》里充满了"火气"，"我只觉得自己是座没有爆发的火山。"他对别人称他是"技巧专家"也很恼火，这说明，从内心情感方面讲，他是更趋向于那种外向的、冲荡的情感；但是，从整部《死水》（包括这首《一句话》）来看，他又的确是位"技巧专家"，而且特别卖力地研究和实践着他的"均齐"、"和谐"的格律化方案，这又代表了他追求客观、冷静的性格。

作业 ///

诵读闻一多的《一句话》。

祖国啊，我亲爱的祖国

我是你河边上破旧的老水车，
数百年来纺着疲惫的歌；
我是你额上熏黑的矿灯，
照你在历史的隧洞里蜗行摸索；
我是干瘪的稻穗，是失修的路基；
是淤滩上的驳船，
把纤绳深深勒进你的肩膊；
—— 祖国啊！

我是贫困，
我是悲哀。
我是你祖祖辈辈痛苦的希望啊；
是"飞天"袖间
千百年未落到地面的花朵；
—— 祖国啊！

我是你簇新的理想，
刚从神话的蛛网里挣脱；
我是你雪被下古莲的胚芽；
我是你挂着眼泪的笑涡；

我是新刷出的雪白的起跑线；
是绯红的黎明
正在喷薄；
—— 祖国啊！

我是你十亿分之一，
是你九百六十万平方的总和；
你以伤痕累累的乳房，
喂养了
迷惘的我、深思的我、沸腾的我；
那就从我的血肉之躯上，
去取得
你的富饶，你的荣光，你的自由；
—— 祖国啊，
我亲爱的祖国！

作者简介 ///

舒婷，原名龚佩瑜，1952 年出生，祖籍福建泉州。当代女诗人，朦胧诗派的代表作家之一。《致橡树》是朦胧诗的代表作之一。1964 年就读于厦门一中，1969 年至闽西山区插队，1972 年返回厦门，当过工人、统计员、染纱工、焊锡工等。1979 年开始发表诗歌作品。1980 年到福建省文联工作，从事专业写作。著有诗集《双桅船》、《会唱歌的鸢尾花》、《始祖鸟》，散文集《心烟》、《秋天的情绪》、《硬骨凌霄》、《露珠里的"诗想"》、《舒婷文集》(3卷)、《真水无香》等。

解 读 ///

本诗写于 1979 年，是舒婷的代表作之一。这是一首深情的爱国之歌，诗中交融着深沉的历史感与强烈的时代感，涌动着摆脱贫困、挣脱束缚、走向新生的激情，读来令人荡气回肠。全诗立意新颖，感情真挚。诗中所有的象征和比喻，质朴优美，每一个词都与被描绘的景物、形象紧密结合。诗人既用含有自己民族要素的眼睛去观察，又以人民能理解的民族语言手段和表达方法写出人民内心生活和外部生活的精神实质和典型色调。她感到和说出的也正是同胞所感到和所要说的。

诵读注意事项 ///

这首诗整体的感情基调是深沉而悲痛的，每一小节又有所变化。第一小节：贫困、落后的祖国，诵读时感情深沉悲痛，语调舒缓低沉；第二小节：痛苦、追求的祖国，诵读时感情痛苦但又有希望，语调舒缓；第三小节：新生、希望的祖国，诵读时要满怀希望和欣喜之情，语调高昂；第四小节：养育、献身的祖国，诵读时要满怀深情，感情强烈，语调高昂。

相关链接 ///

1980年开始,诗坛出现了一个新的诗派,被称为"朦胧诗派"。以舒婷、顾城、江河等为先驱者的一群青年诗人,并没有形成统一的组织形式,也未曾发表宣言,然而却以各自独立又呈现出共性的艺术主张和创作成绩,构成一个"崛起的诗群"。最初,他们的诗还仿佛是在继承现代派或后现代派的传统,但他们很快地开拓了新的领域,走得更远。

作 业 ///

1. 配乐诵读《祖国啊,我亲爱的祖国》。
2. 诵读其他朦胧诗派诗人的代表诗作。

我骄傲,我是中国人

在无数蓝色的眼睛和褐色的眼睛之中
我有着一双宝石般的黑色眼睛。
我骄傲,我是中国人!
在无数白色的皮肤和黑色的皮肤之中,
我有着大地般黄色的皮肤,
我骄傲,我是中国人!

我是中国人——
黄土高原是我挺起的胸脯,
黄河流水是我沸腾的热血,
长城是我扬起的手臂,
泰山是我站立的脚跟。

我是中国人——
我的祖先最早走出森林,
我的祖先最早开始耕耘,
我是指南针,印刷术的后裔
我是圆周率,地动仪的子孙。

在我的民族中,
不光有史册上万古不朽的,
孔夫子,司马迁,李自成,孙中山,
还有那文学史上万古不朽的,
花木兰,林黛玉,孙悟空,鲁智深。

我是中国人——
在我的国土上不光有，
雷电轰不倒的长白雪山、黄山劲松，
还有那风雨不灭的井冈传统、延安精神！
我是中国人——
我那黄河一样粗犷的声音，
不光响在联合国的大厦里，
大声发表着中国的议论，
也响在奥林匹克的赛场上，
大声高喊着"中国得分"。
当掌声把中国的旗帜送上蓝天，
我骄傲，我是中国人！

我是中国人——
我那长城一样的巨大手臂，
不光把采油机钻杆钻进外国人
预言打不出石油的地心，
也把通信卫星送上祖先们
梦里也没有到过的白云，
当五大洋倾听东方声音的时候，
我骄傲，我是中国人。

我是中国人
我是莫高窟壁画的传人，
让翩翩欲飞的壁画与我们同住。
我就是飞天，
飞天就是我们。
我骄傲我是中国人。

作者简介 ///

　　王怀让（1942－2009），河南济源人，当代诗人，中共党员，中国作家协会会员。1962—1966年就读于河南大学中文系，1967年参加工作。历任中共兰考县委宣传部干部，开封地区文化局创作员，河南日报社编辑、文艺处处长、编委，高级编辑。郑州大学特聘教授，河南省文联主席团成员，河南省作家协会副主席，河南省报纸副刊协会会长。郑州市荣誉市民，郑州大学兼职教授。国务院命名的享受政府特殊津贴的有突出贡献的专家。1958年开始发表作品。1980年加入中国作家协会。

解　读 ///

王怀让是一位史诗意识强烈的诗人,他的诗作因其鲜明的人民性和时代感而受到读者的广泛欢迎。他在诗歌创作中主张把中华民族优秀的传统文化和改革开放的现代意识结合起来,营构一种既植根于深厚的生活土壤、又遨游于广阔的理想天空的诗风。

他的诗因其抒情主人公都是劳动者,所以能够在劳动者当中广泛流传,许多篇章成为节日、集会、课堂的朗诵保留节目。他的诗也因其对和平、环境、进步、发展等人类命运的热切关注,而显示出深邃、宏阔且浑然天成的中国气派。

这首《我骄傲,我是中国人》,是王怀让的代表作,诗中洋溢着对祖国的热爱与赞颂,以及对祖国历史感到骄傲和对今天的祖国充满希望的感情。

诵读注意事项 ///

这首诗感情基调比较昂扬,诵读时要充满自豪感,语调高昂。

作　业 ///

诵读《我骄傲,我是中国人》。

第二编

浪漫唯美爱情诗

诗歌作为一种文学样式,自它诞生以来就和爱情紧密地联系在一起。爱情在诗歌的内容中占有十分重要的地位。古典爱情诗长期流传,至今不衰。中国的现当代爱情诗以其独特的魅力同样深受读者的喜爱。

爱情是丰富多彩的。爱情没有地域之别,也没有年龄之分。在人的一生中,可以与婚姻无关,绝对不可能与爱情无关。男女之爱,总是和思念、渴望、热恋、离别、失望、痛苦、欢愉等情感联系在一起。一个情字最是折磨人的。我们的诗人用心灵揭示爱情的内涵、感受和奥秘。凡爱情之河流淌过的山野,无不留下诗人用笔触开垦的痕迹:一个回首的凝视,一声轻柔的问候,一场旅行的偶遇,一次羞涩的牵手,一束窗口的灯光,一段短暂的离别,一帘孤独的春梦,一种无奈的叹息……长诵短吟,如歌如梦。爱情诗内容丰富、视角独特、情感微妙、语质流畅,它具有的艺术特质使我们获得了极大的精神享受。

爱情不是一种孤立的情感;爱情诗也并不是一味的桃红柳绿、风花雪月。生活在社会中的任何个体,都难以脱离或者摆脱周遭的生存环境。赞美爱情、呼唤自由是爱情诗的永恒主题。然而,现实社会的严酷和美好理想的破灭,更让挚爱的双方经受种种考验。在这里,需要的是对不平的呐喊,对命运的抗争,对爱情的执着。

生活应该有爱情,读者当然需要爱情诗。

阅读爱情诗,是一个寄托情思、陶冶心灵、净化道德、抒发理想的艺术享受过程。现当代爱情诗以其精美的诗质丰富了我们的阅读生活。

爱情诗蕴含着深邃、执着、高尚的情感,凡是不拒绝爱情的人,只要阅读爱情诗,总是会有所收获的:因为爱在心中!

邶①风·静女②

静女其姝,俟③我于城隅。爱④而不见,搔首踟蹰⑤。
静女其娈⑥,贻⑦我彤管。彤管有炜⑧,说怿⑨女美。
自牧⑩归荑⑪,洵⑫美且异。匪女之为美,美人之贻。

出处介绍 ///

《邶风·静女》选自《诗经》。《诗经》是中国第一部诗歌总集,收入自西周初年至春秋中叶500多年的诗歌305篇,又称"诗三百"。先秦称为"诗",或取其整数称"诗三百"。西汉时被尊为儒家经典,始称"诗经",并沿用至今。

注 释 ///

①邶：邶国（今河南汤阴境内）。
②静女：文雅的姑娘。
③俟：等待，等候。
④爱：通"薆"，隐藏，遮掩。
⑤踟蹰：亦作"踟躇"，心里迟疑，要走不走的样子。
⑥娈：美好。
⑦贻：赠送。
⑧炜：鲜明有光的样子。
⑨说怿：喜爱。说，通"悦"，和"怿"一样，都是喜爱的意思。
⑩牧：野外放牧的地方。
▋归荑：赠送荑草。归，通"馈"，赠送。荑，初生的茅草。
▋洵：的确，确实。

解 读 ///

《静女》一诗，向来为选家所瞩目。现代学者一般都认为此诗写的是男女青年的幽期密约。

全诗模拟男子的口吻，采用第一人称手法写成，"我"接到了一个文雅的姑娘的密约，邀"我"到人烟稀少的城边约会。"我"兴冲冲如时而至，来到约定的地方却怎么也找不到心爱的姑娘，正在焦急之时，发现心爱的姑娘，是故意和"我"捉迷藏。心爱的姑娘见"我"心神不定，抓耳挠腮，赶忙现身，而且送给"我"彤管茅草，使"我"欣喜异常……诗很短，情节也不复杂，然而写出了热恋中的青年男女密约相会的全过程，淋漓尽致地刻画出了男主人公等待恋人的急切、见到恋人时的喜悦和得到姑娘的爱心以后的幸福感，惟妙惟肖，鲜活动人地表现了一个天真活泼、聪明慧美的少女和一个憨厚、纯朴和痴情的男子形象。是一首美丽、动人、趣味盎然的爱情小诗。

诵读注意事项 ///

本诗为四言诗，是每句四字或以四字句为主的诗歌样式。《诗经》其形式基本上是整齐的四言体，节奏为每句二拍。朗诵时要做到感情自然、语言朴实无华，不要刻意雕琢。

相关链接 ///

关于《诗经》中诗的分类，有"四始六义"之说。"四始"指《风》、《大雅》、《小雅》、《颂》四篇列首位的诗。"六义"则指"风、雅、颂、赋、比、兴"。"风、雅、颂"是按音乐的不同对《诗经》的分类，"赋、比、兴"是《诗经》的表现手法。

《风》又称《国风》，一共有 15 组，"风"本是乐曲的统称。15 组国风并不是 15 个国家的乐曲,而是十几个地区的乐曲。国风有十五国风,包括《周南》、《召南》、《邶》、《鄘》、《卫》、《王》、《郑》、《桧》、《齐》、《魏》、《唐》、《秦》、《豳》、《陈》、《曹》的乐歌,共160篇。国风是当时当地流行的歌曲,带有地方色彩。从内容上说,大多数是民间诗歌。作者大多是民间歌手,但是也有个别贵族。《风》在此可以指民间诗歌。

作 业 ///

1. 熟练诵读《邶风·静女》。
2. 了解《诗经》中的其他爱情诗,如《关雎》、《蒹葭》等。

上 邪①

我欲与君相知②,长命③无绝衰。山无陵,江水为竭,冬雷震震夏雨雪,天地合,乃敢与君绝!④

出处介绍 ///

《上邪》出自汉乐府民歌。这是一首情歌,是主人公自誓之词:海枯石烂,爱情仍然坚贞不变。

注 释 ///

①上邪:犹言"天啊"。上:指天。这句是指天为誓。
②相知:相亲。
③命:令,使。从"长命"句以下是说不但要"与君相知",还要使这种相知永远不绝不衰。
④除非高山变平地、江水流干、冬雷、夏雪、天地合并,一切不可能发生的事都发生了,我才会和你断绝。

解 读 ///

本篇是汉乐府民歌《铙歌》中的一首情歌,是一位痴情女子对爱人的热烈表白,在艺术上很见匠心。诗的主人公在呼天为誓,直率地表示了"与君相知,长命无绝衰"的愿望之后,转而从"与君绝"的角度落墨,这比平铺更有情味。主人公设想了三组奇特的自然变异,作为"与君绝"的条件:"山无陵,江水为竭"——山河消失了;"冬雷震震,夏雨雪"——四季颠倒了;"天地合"——再度回到混沌世界。这些设想一件比一件荒谬,一件比一件离奇,根本不可能发生。这就把主人公至死不渝的爱情强调得无以复加,以至于把"与君绝"的可能从根本上排除了。这种独特的抒情方式准确地表达了热恋中人特有的绝对化心理。深情奇想,确实是"短章之神品"。

相关链接 ///

乐府诗是汉代兴起的一种重要诗歌样式,在古代诗歌史上占有显著地位。在汉代,乐府本是掌管音乐的官署。其中制作和收集的曲辞,当时称作"歌诗",到了六朝,便被称作乐府诗。于是乐府便成为一种与音乐有关的诗体名。唐代以后,乐府诗的范围更为广泛,包括了乐府机关中搜集的诗歌及文人仿制的入乐与不入乐的作品。宋、元时期,也有人称词、曲为乐府,与乐府诗是两回事。两汉乐府今存不足百篇,大部分保留在宋代郭茂倩的《乐府诗集》中。

诵读注意事项 ///

朗诵时要把握高亢型节奏,感情激越,铿锵有力,将女子的决绝与刚烈表现出来。

作 业 ///

熟练朗诵、书写《上邪》。

迢迢牵牛星①

迢迢牵牛星,皎皎河汉女②。纤纤擢③素手,札札弄机杼④。终日不成章⑤,泣涕零⑥如雨。河汉清且浅,相去复几许⑦?盈盈⑧一水间,脉脉⑨不得语。

出处介绍 ///

《迢迢牵牛星》选自《古诗十九首》。作者不详,时代大约在东汉末年。

《古诗十九首》,汉代无名氏作品,非一时一人所作。梁代萧统因各篇风格相近,合在一起,收入《昭明文选》。《古诗十九首》是在汉代民歌基础上发展起来的五言诗,内容多写离愁别恨和彷徨失意,思想消极,情调低沉。但它的艺术成就却很高,长于抒情,善用事物来烘托,寓情于景,情景交融。代表了汉代文人诗的最高成就,对后代文人诗的发展产生了极大的影响。

注 释 ///

①迢迢:遥远。牵牛星:隔银河和织女星相对,俗称"牛郎星",是天鹰星座的主星。

②皎皎:明亮。河汉:银河。河汉女,指织女星,是天琴星座的主星。织女星与牵牛星隔河相对。

③擢:伸出,拔出,抽出。这句是说,伸出细长而白皙的手。

④札札弄机杼:正摆弄着织机(织着布),发出札札的织布声。弄:摆弄。杼:织机的梭子。

⑤终日不成章:是用《诗经·大东》语意,说织女终日也织不成布。《诗经》原意是织

女徒有虚名,不会织布;这里则是说织女因害相思而无心织布。

⑥零:落。

⑦几许:多少。这两句是说,织女和牵牛二星彼此只隔着一条银河,相距才有多远!

⑧盈盈:清澈、晶莹的样子。

⑨脉脉:默默地用眼神或行动表达情意。

解 读 ///

本诗是借助古老神话传说牛郎织女的故事来反映爱情生活的诗篇。

牛郎织女的故事,最早记载是《诗经》,写织女对心中人恋念。本诗在神话传说的基础上更细化了故事的情节,更加突出了织女相思之悲苦、思念之哀怨,而且感情描写更细腻,艺术手法更完美,充分表达了女主人公织女渴望夫妇团圆的强烈愿望。

诗篇开头,由牵牛星引出河汉女,"纤纤擢素手,札札弄机杼"引出织女织作的场面,但这并不是本诗叙写的重点,"终日不成章,泣涕零如雨"句承上启下进行过渡,一下子将孤独、哀怨、痛苦、不幸的织女推到了读者面前,与她日夜相思的牛郎却因隔着天河而不能相见,天河水清且浅,两岸相距并不遥远,却无人给他们搭上一座小桥让二人相会,织女只能默默凝视,欲语不能,盈盈粉泪,柔肠寸断。这真是"凄凄惨惨戚戚",让读者感慨哀叹,唏嘘不已。

诵读注意事项 ///

诗中大量运用叠词,使诗歌具有浑厚的民歌风味和婉转流利的音乐美,朗诵时要注意品味声韵之美。

相关链接 ///

中国关于牵牛和织女的民间故事起源很早。《诗经·小雅·大东》已经写到了牵牛和织女,但还只是作为两颗星来写的。《春秋元命苞》和《淮南子·俶真训》开始说织女是神女。而在曹丕的《燕歌行》,曹植的《洛神赋》和《九咏》里,牵牛和织女已成为夫妇了。曹植《九咏》曰:"牵牛为夫,织女为妇。织女牵牛之星各处河鼓之旁,七月七日乃得一会。"这是当时最明确的记载。《古诗十九首》中的这首《迢迢牵牛星》写牵牛织女夫妇的离隔,它的时代在东汉后期,略早于曹丕和曹植。将这首诗和曹氏兄弟的作品加以对照,可以看出,在东汉末年到魏这段时间里,牵牛和织女的故事大概已经定型了。

《迢迢牵牛星》看似写神话传说,看似写天上的爱情悲剧,而实则是人间爱情生活的真实写照。此诗产生的年代,正是社会动乱时期,男子从征服役,人为地造成家庭破裂、夫妻分别,尤其给劳动妇女造成的是身心上的双重痛苦。夫妇久别是她们的生活,离愁别恨是她们的宿命,夫妇团聚就成了她们的向往。此诗抒写的就是这样一种思想感情,这样一种社会现实。

作 业 ///

1. 朗诵、书写《迢迢牵牛星》。
2. 与秦观的《鹊桥仙》对比赏析,分析二者在思想内容、艺术特色上的不同。

西洲①曲

忆梅下②西洲,折梅寄江北。单衫杏子红,双鬓鸦雏色③。

西洲在何处? 两桨桥头渡。日暮伯劳④飞,风吹乌白树。

树下即门前,门中露翠钿⑤。开门郎不至,出门采红莲。

采莲南塘秋,莲花过人头。低头弄莲子⑥,莲子清如水。

置莲怀袖中,莲心⑦彻底红⑧。忆郎郎不至,仰首望飞鸿⑨。

鸿飞满西洲,望郎上青楼。楼高望不见,尽日栏杆头。

栏杆十二曲,垂手明如玉。卷帘天自高,海水摇空绿。

海水梦悠悠⑩,君愁我亦愁。南风知我意,吹梦到西洲。

出处介绍 ///

《西洲曲》是南朝乐府民歌中的名篇,也是乐府民歌的代表之作。北宋郭茂倩编的《乐府诗集》收入"杂曲辞类",认为是"古辞"。南朝徐陵的《玉台新咏》作江淹诗,但宋本却没有记载。在明清人编写的古诗选本里,又作"晋辞",或以为是梁武帝萧衍所作。但此诗具体在何时产生,又出自何人之手,千百年来谁也没有足够的证据来说明,扑朔迷离中一直难以形成定论。然而从内容、修饰和风格看,它应当是经过文人润色改定的一首南朝乐府民歌,十分精致流利,广为后人传诵。《西洲曲》的艺术魅力自不容置疑。但与一般南朝乐府民歌不同的是,《西洲曲》极为难解,研究者甚至称之为南朝文学研究的"哥德巴赫猜想"。《西洲曲》的语言一如民歌的清新质朴而少用事典,所以其难解并不在字词的生僻、晦涩,而是整首诗的诗意难以得到一个贯通全篇的畅达的解释。之所以如此,乃是因为诗歌所涉时间、地点、人物、情节等,都有幽暗不明之处,难以得到一个一致的解释。

注 释 ///

①西洲:地名,未详所在。它是本篇中男女共同纪念的地方。

②下:落。落梅时节是本诗中男女共同纪念的时节。

③鸦雏色:形容头发乌黑发亮。鸦雏,小鸦。

④伯劳:鸣禽,仲夏始鸣。

⑤翠钿:用翠玉做成或镶嵌的首饰。

⑥莲子:谐音"怜子",就是"爱你"的意思。

⑦莲心:和"怜心"双关,就是相爱之心。

⑧彻底红:就是红得通透。

⑨望飞鸿:有望书信的意思,古有鸿雁传书的传说。

⑩悠悠:渺远。天海辽廓无边,所以说它"悠悠",天海的"悠悠"正如梦的"悠悠"。

解 读 ///

《西洲曲》是南朝乐府民歌中最长的抒情诗篇。内容依季节的转换写一采莲少女从初春到深秋,从现实到梦境,对钟爱之人的执着思念,洋溢着浓厚的生活气息和鲜明的感情色彩,情思宛转缠绵。诗作以景物描写为重点,以相思之情为线索,情因景生,景因情动,表现了女主人公极为丰富而细腻的内心世界。风格明丽自然,婉媚多情,清新活泼,玲珑剔透,体现出鲜明的民族特色和纯熟的表现技巧。

诵读注意事项 ///

朗诵时要调动"情景再现"的技巧,设身处地地体会真情真景,用声应该悠远、清淡、饱含深切的思念。

相关链接 ///

诗歌写一位少女对情郎的执着相思。这位少女住在长江南岸,她的情郎已去江北。在一个梅花开放的春日,少女回忆起昔日他们曾在西洲梅林下相会的情景。于是她就想折一束梅花,寄给江北的情人,来唤起情人的共同回忆。接着便是倾诉自己从春到秋,从早到晚独居江南的孤寂生活,表达了对情人的深切思念。

朱自清《荷塘月色》中曾选用"采莲南塘秋,莲花过人头。低头弄莲子,莲子清如水"两句,这两句描写的是秋天莲子成熟时的盛景,而"莲"谐音"怜","莲子"谐音"怜子",表明了女子对情郎既怜且爱的深情,用在《荷塘月色》文中,和前文独具朦胧之美的"荷香月色"呼应,使得荷塘的境界陡然开阔、明朗了。

作 业 ///

朗诵、书写《西洲曲》。

竹枝词①

杨柳青青江水平,闻郎江上唱②歌声。

东边日出西边雨,道是无晴却有晴。③

作者简介 ///

刘禹锡(772－842),字梦得,唐代文学家、哲学家。洛阳(今属河南)人,祖籍中山(今河北定县)。他是匈奴族后裔,七世祖刘亮随魏孝文帝迁洛阳,始改汉姓。父刘绪因避安史之乱,举族东迁,寓居嘉兴(今属浙江)。刘禹锡出生在嘉兴。政治上主张革新,是王叔文派政治革新活动的中心人物之一。后被贬为郎州司马、连州刺史,晚年任太子宾客。他的一些诗歌反映了作者进步的思想,其学习民歌写成的《竹枝词》等诗具有新鲜活泼、健康开朗的显著特色,情调上独具一格。语言简朴生动,情致缠绵,其代表作有《乌衣巷》、《秋词》、《竹枝(六)》、《浪淘沙(一)》、《浪淘沙(八)》、《杨柳枝(一)》、《西塞山怀古》、《酬乐天扬州初逢席上见赠》等,其中《竹枝(六)》中"道是无晴(情)却有晴(情)"句为著名的双关语,足见诗人之匠心独具。其诗结有《刘宾客集》。

注 释 ///

①竹枝词:是巴渝民歌的一种,唱时以笛、鼓伴奏,同时起舞。

②唱:一说"踏"。西南地区,民歌最为发达。男女的结合,往往通过歌唱;在恋爱时,更是用唱歌来表情达意。踏歌,是民间的一种歌调,唱歌时以脚踏地为节拍。

③"东边"、"道是"二句:语意双关,"东边日出"是"有晴","西边雨"是"无晴"。"晴""情"同音,"有晴""无晴"是"有情""无情"的隐语。东边句表面是"有晴""无晴"的说明,实际却是"有情""无情"的比喻。歌词要表达的意思是听歌者从那江上歌声听出唱者是"有情"的。末句"有""无"着重的是"有"。

解 读 ///

刘禹锡任夔州刺史时,依调填词,写了十来篇,这是其中一首摹拟民间情歌的作品。它写的是一位沉浸在初恋中的少女的心情。她爱着一个人,可还没有确实知道对方的态度,因此既抱有希望,又含有疑虑;既欢喜,又担忧。诗人用她自己的口吻,将这种微妙复杂的心理成功地予以表达。

第一句写景,是她眼前所见。江边杨柳,垂拂青条;江中流水,平如镜面。这是很美好的环境。第二句写她耳中所闻。在这样动人情思的环境中,她忽然听到了江边传来的歌声。那是多么熟悉的声音啊!一飘到耳里,就知道是谁唱的了。第三、四句接写她听到这熟悉的歌声之后的心理活动。姑娘虽然早在心里爱上了这个小伙子,但对方还没有什么表示。今天,他从江边走了过来,而且边走边唱,似乎是对自己多少有些意思。这给了她很大的安慰和鼓舞,因此她就想道:这个人啊,倒是有点像黄梅时节晴雨不定的天气,说它是晴天吧,西边还下着雨,说它是雨天吧,东边又还出着太阳,可真有点捉摸不定了。这里晴雨的"晴",是用来暗指感情的"情","道是无晴却有晴",也就是"道是无情却有情"。通过这两句极其形象又极其朴素的诗,她的迷惘,她的眷恋,她的忐忑不安,她的希望和等待便都刻画出来了。

诵读注意事项 ///

朗诵时要把握轻快型节奏,语调活泼、柔美,表现出少女既含有疑虑,又抱有希望;既担忧,又欢喜的复杂心态。

相关链接 ///

竹枝词是一种诗体,是由古代巴蜀间的民歌演变过来的。唐代刘禹锡把民歌变成文人的诗体,对后代影响很大。竹枝词在漫长的历史发展中,由于社会历史变迁及作者个人思想情调的影响,其作品大体可分为三种类型:第一类是由文人搜集整理保存下来的民间歌谣;第二类是由文人吸收、融会竹枝词歌谣的精华而创作出的有浓郁民歌色彩的诗体;第三类是借竹枝词格调而写出的七言绝句,这一类文人气较浓,仍冠以"竹枝词"。

遣悲怀

其一

谢公最小偏怜女①,自嫁黔娄百事乖②。

顾我无衣搜荩箧③,泥④他沽酒拔金钗。

野蔬充膳甘长藿⑤,落叶添薪仰古槐。

今日俸钱过十万,与君营奠复营斋。

其二

昔日戏言身后意,今朝都到眼前来。

衣裳已施行看尽,针线犹存未忍开。

尚想旧情怜婢仆,也曾因梦送钱财。

诚知此恨人人有,贫贱夫妻百事哀。

其三

闲坐悲君亦自悲,百年都是几多时。

邓攸无子寻知命⑥,潘岳悼亡犹费词⑦。

同穴窅冥何所望,他生缘会更难期。

惟将终夜长开眼,报答平生未展眉⑧。

作者简介 ///

元稹(779—831),唐代诗人。字微之,河南(今河南洛阳)人。德宗贞元中明经及第,复书判拔萃科,授校书郎。宪宗元和初,授左拾遗,升为监察御史。后得罪宦官,贬江陵士曹参军,转通州司马,调虢州长史。穆宗长庆初任膳部员外郎,转祠部郎中,知制诰,迁中书舍人、翰林学士。为相三月,出为同州刺史,改浙东观察使。文宗大和中为尚书左丞,出为武昌节度使,卒于任所。与白居易倡导新乐府运动,所作乐府诗虽不及白氏乐府之尖锐深刻与通俗流畅,但在当时颇有影响,世称"元白"。后期之作,伤于浮艳,故有"元轻白俗"之讥。有《元氏长庆集》60卷,补遗6卷,存诗830余首。

注 释 ///

①韦丛是太子少保韦夏卿最小的女儿。此以谢安最偏爱侄女谢道韫之事为喻。

②黔娄:战国时齐国的贫士。此自喻。言韦丛以名门闺秀屈身下嫁。百事乖:什么事都不顺遂。

③荚箧:竹或草编的箱子。

④泥:软缠,央求。

⑤藿:豆叶。

⑥邓攸:西晋人,字伯道,官河西太守。《晋书·邓攸传》载:永嘉末年战乱中,他舍子保侄,后终无子。

⑦潘岳:西晋人,字安仁,妻死,作《悼亡诗》三首。这两句写人生的一切自有命定,暗伤自己无妻无子的命运。

⑧"同穴"四句:希望死后与妻同葬一处。又希望来世再为夫妻。但这些希望都难以实现。现在能做到的,只是彻夜难眠,以刻骨铭心的苦苦思念来弥补她生前所经受的艰难困苦。窅冥:幽暗貌。

解 读 ///

第一首追忆妻子生前的艰苦处境和夫妻情爱,并抒写自己的抱憾之情。一、二句引用典故,以东晋宰相谢安最宠爱的侄女谢道韫借指韦氏,以战国时齐国的贫士黔娄自喻,其中含有对方屈身下嫁的意思。"百事乖",任何事都不顺遂,这是对韦氏婚后七年间艰苦生活的简括,用以领起中间四句。"泥",软缠。"长藿",长长的豆叶。中间这四句是说:看到我没有可替换的衣服,就翻箱倒柜去搜寻;我身边没钱,死乞活赖地缠她买酒,她就拔下头上金钗去换钱。平常家里只能用豆叶之类的野菜充饥,她却吃得很香甜;没有柴烧,她便靠老槐树飘落的枯叶以作薪炊。这几句用笔干净,既写出了婚后"百事乖"的艰难处境,又能传神写照,活画出贤妻的形象。这四个叙述句,句句浸透着诗人对妻子的赞叹与怀念的深情。末两句,仿佛诗人从出神的追忆状态中突然惊觉,发出无限抱憾之情:而今自己虽然享受厚俸,却再也不能与爱妻一道共享荣华富贵,只能用祭奠与延请僧道超度亡灵的办法来寄托自己的情思。"复",写出这类悼念活动的频繁。这两句,出语虽然平和,内心深处却是极其凄苦的。

第二首与第一首结尾处的悲凄情调相衔接。主要写妻子死后的"百事哀"。诗人写了在日常生活中引起哀思的几件事。人已仙逝,而遗物犹在。为了避免见物思人,便将妻子穿过的衣裳施舍出去;将妻子做过的针线活仍然原封不动地保存起来,不忍打开。诗人想用这种消极的办法封存起对往事的记忆,而这种做法本身恰好证明他无法摆脱对妻子的思念。还有,每当看到妻子身边的婢仆,也引起自己的哀思,因而对婢仆也平添一种哀怜的感情。白天事事触景伤情,夜晚梦魂飞越冥界相寻。梦中送钱,似乎荒唐,却是一片感人的痴情。苦了一辈子的妻子去世了,如今生活在富贵中的丈夫不忘旧日恩爱,除了"营奠复营斋"以外,已经不能为妻子做些什么了。于是积想成梦,出现送钱给妻子的梦境。

第三首首句"闲坐悲君亦自悲",承上启下。以"悲君"总括上两首,以"自悲"引出下文。由妻子的早逝,想到了人寿的有限。人生百年,也没有多长时间。诗中引用了邓攸、潘岳两个典故。邓攸心地如此善良,却终身无子,这就是命运的安排。潘岳《悼亡诗》写得再好,对于死者来说,也没有什么意义,等于白费笔墨。诗人以邓攸、潘岳自喻,故作达观无谓之词,却透露出无子、丧妻的深沉悲哀。接着从绝望中转出希望来,寄希望于死后夫妇同葬和来生再作夫妻。但是,再冷静思量:这仅是一种虚无缥缈的幻想,更是难以指望的,因而更为绝望:死者已矣,过去的一切永远无法补偿了!诗情愈转愈悲,不能自已,最后逼出一个无可奈何的办法:"惟将终夜长开眼,报答平生未展眉。"诗人仿佛在对妻子表白自己的心迹:我将永远永远地想着你,要以终夜"开眼"来报答你的"平生未展眉"。真是痴情缠绵,哀痛欲绝。

诵读注意事项 ///

朗诵时应注意体会诗人对妻子的深厚情谊,用舒缓、凝重的语调表现整体基调的缓慢沉郁。

相关链接 ///

元稹的元配妻子韦丛是太子少保韦夏卿的小女,于唐德宗贞元十八年(802)和元稹结婚,当时她20岁,元稹24岁。婚后生活比较贫困,但韦丛很贤惠,毫无怨言,夫妻感情很好。过了七年,元稹任监察御史时,韦丛就病死了,年仅27岁。元稹悲痛万分,写了不少悼亡诗,其中最有名的是这三首《遣悲怀》。

清人蘅塘退士评论《遣悲怀》三首时指出:"古今悼亡诗充栋,终无能出此三首范围者,勿以浅近忽之。"这样的赞誉,元稹这三首诗当之无愧。

生查子·元夕

去年元夜①时,花市②灯如昼。月上柳梢头,人约黄昏后。
今年元夜时,月与灯依旧。不见去年人,泪湿春衫袖。

作者简介 ///

欧阳修(1007—1072),北宋文学家、史学家。字永叔,号醉翁、六一居士,谥文忠,吉州永丰(今属江西)人。天圣进士。官馆阁校勘,因直言论事贬知夷陵。庆历中任谏官,支持范仲淹,要求在政治上有所改良,被诬贬知滁州。官至翰林学士、枢密副使、参知政事。王安石推行新法时,对青苗法有所批评。主张文章应明道、致用,对宋初以来靡丽、险怪的文风表示不满,并积极培养后进,是北宋古文运动的领袖。散文说理畅达,抒情委婉,为"唐宋八大家"之一;诗风与其散文近似,语言流畅自然,其词婉丽,承袭南唐余风。曾与宋祁合修《新唐书》,并独撰《新五代史》。又喜收集金石文字,编为《集古录》,对宋代金石学颇有影响。有《欧阳文忠公集》。

注　释 ///

①元夜:农历正月十五夜,即元宵节,也称上元节。唐代以来有元夜观灯的风俗。
②花市:指元夜花灯照耀的灯市。

解　读 ///

这是首相思词,写去年与情人相会的甜蜜与今日不见情人的痛苦,明白如话,饶有韵味。词的上阕写"去年元夜"的事情,花市的灯像白天一样亮,不但是观灯赏月的好时节,也给恋爱的青年男女以良好的时机,在灯火阑珊处秘密相会。"月上柳梢头,人约黄昏后"二句言有尽而意无穷。柔情蜜意溢于言表。下阕写"今年元夜"的情景。"月与灯依旧",虽然只举月与灯,实际应包括二三句的花和柳,是说闹市佳节良宵与去年一样,景物依旧。下一句"不见去年人""泪湿春衫袖",表情极明显,一个"湿"字,将物是人非、旧情难续的感伤表现得淋漓尽致。

此词既写出了情人的美丽和当日相恋时的温馨甜蜜,又写出了今日伊人不见的怅惘和忧伤。写法上,它采用了去年与今年的对比性手法,使得今昔情景之间形成哀乐迥异的鲜明对比,从而有效地表达了词人所欲吐露的爱情遭遇上的伤感、苦痛体验。这种文义并列的分片结构,形成回旋咏叹的重叠,读来一咏三叹,令人感慨。

诵读注意事项 ///

词作上下两片感情迥异,朗诵时应用甜蜜欢乐的语调把上片的"乐"变现出来,而要用低沉忧伤的语气把下片的"哀"烘托出来。

相关链接 ///

生查子,唐教坊曲名,调见《尊前集》,始见韦应物词。双调,四十字,仄韵格,前后阕格式相同,各四句两仄韵,上去通押。各家平仄颇多出入。上下阕各与作仄韵五言绝句相仿。单数句不是韵位,但末一字限用平声,在双数句用韵。多抒发怨抑之情。此词过片多两衬字,属别体。"查"读 zhā。又名《楚云深》、《相和柳》、《晴色入青山》、《梅溪渡》、《陌上郎》、《遇仙楂》、《愁风月》、《绿罗裙》等。

一剪梅

红藕香残玉簟秋①，轻解罗裳，独上兰舟②。云中谁寄锦书③来？雁字④回时，月满西楼⑤。

花自飘零水自流，一种相思，两处闲愁⑥。此情无计可消除，才下眉头，却上心头⑦。

作者简介 ///

李清照(1084—约1155)，宋代女词人，号易安居士，齐州章丘(今属山东)人。早期生活优裕，与夫赵明诚共同致力于书画金石的搜集整理。金兵入据中原，流寓南方，境遇孤苦。所作词，前期多写其悠闲生活，后期多悲叹身世，情调感伤，也流露出对中原的怀念。形式上善用白描手法，自辟途径，语言清丽。论词强调协律，崇尚典雅情致，提出词"别是一家"之说，反对以诗文之法作词。并能作诗，留存不多，部分篇章感时咏史，情辞慷慨，与其词风不同。有《易安居士文集》、《易安词》，已散佚，后人有《漱玉词》辑本，今人有《李清照集校注》。

注释 ///

①红藕：红色的荷花。玉簟：光滑似玉的精美竹席。

②裳：古人穿的下衣，也泛指衣服。兰舟：用木兰木造的舟，此处为床的雅称。

③锦书：前秦苏惠曾织锦作《璇玑图诗》，寄其夫窦滔，计八百四十字，纵横反复，皆可诵读，文词凄婉。后人因称妻寄夫为锦字，或称锦书；亦泛为书信的美称。

④雁字：群雁飞时常排成"一"字或"人"字，诗文中因以雁字称群飞的大雁。

⑤月满西楼：意思是鸿雁飞回之时，西楼洒满了月光。

⑥一种相思，两处闲愁：意思是彼此都在思念对方，可又不能互相倾诉，只好各在一方独自愁闷着。

⑦才下眉头，却上心头：意思是，眉上愁云刚消，心里又愁了起来。

解读 ///

这首词是赵明诚出外求学后，李清照抒写思夫之情的一首词。这种题材，在宋词中为数不少，若处理不好，必落俗套。然而，李清照这首词在艺术构思和表现手法上都有自己的特色，因而富有艺术感染力，不失为一篇杰作。首先，词中所表现的爱情是旖旎的、纯洁的、心心相印的；它和一般的单纯思夫或怨其不返，大异其趣。其次，作者大胆地讴歌自己的爱情，毫不扭捏，更无病态成分，既像蜜一样的甜，也像水一样的清，磊落大方，它和那些卿卿我我、扭捏作态的爱情，泾渭分明。再次，李词的语言大都浅俗、清新，明白如话，这首词也不例外。在通俗中多用偶句，如"轻解罗裳，独上兰舟"、"一种相思，两处闲愁"、"才下眉头，却上心头"等，既是对偶句，又浅白易懂，读之朗朗上口，声韵和谐。若非铸词高手,难能做到。

诵读注意事项 ///

朗诵时应采用低沉型节奏,朴素自然而又曲折有致地表达出词人的清寂、悲凉及对丈夫浓浓的思念。

相关链接 ///

这首诗的结拍三句,是历来为人所称道的名句。王士禛在《花草蒙拾》中指出,这三句从范仲淹《御街行》“都来此事,眉间心上,无计相回避”脱胎而来,而明人俞彦《长相思》“轮到相思没处辞,眉间露一丝”两句,又是盗用李清照的词句。这说明,诗词创作虽忌模拟,但可以点化前人语句,使之呈现新貌,融入自己的作品之中。成功的点化总是青出于蓝而胜于蓝,不仅变化原句,而且高过原句。李清照的这一点化,就是一个成功的例子,王士禛也认为范句虽为李句所出,而李句“特工”。两相对比,范句比较平实板直,不能收醒人眼目的艺术效果;李句则别出巧思,以“才下眉头,却上心头”这样两句来代替“眉间心上,无计相回避”的平铺直叙,给人以耳目一新之感。这里,“眉头”与“心头”相对应,“才下”与“却上”成起伏,语句结构十分工整,表现手法也十分巧妙,在艺术上有更大的吸引力。当然,句离不开篇,这两个四字句只是整首词的一个有机组成部分,并非一枝独秀。它有赖于全篇的烘托,特别因与前面另两个同样工巧的四字句“一种相思,两处闲愁”前后映衬,而相得益彰。同时,篇也离不开句,全篇正因这些醒人眼目的句子而振起。李廷机的《草堂诗余评林》称此词“语意超逸,令人醒目”,读者之所以特别易于为它的艺术魅力所吸引,其原因在此。

青玉案① 元夕②

　　东风夜放花千树,更吹落,星如雨。③宝马雕车香满路。凤箫声动,玉壶光转,一夜鱼龙舞。④
　　蛾儿雪柳黄金缕,⑤笑语盈盈暗香去。众里寻她千百度,蓦然回首,那人却在,灯火阑珊处。⑥

作者简介 ///

作者辛弃疾,介绍见第一编。

注　释 ///

①青玉案:调名,出自东汉《四愁诗》“美人赠我锦绣段,何以报之青玉案”。又名《横塘路》、《西湖路》、《青莲池上客》等。双调,六十七字,仄韵。
②元夕:农历正月十五上元节。

③"东风"三句:元夕赏灯,灯如火树银花。花千树、星如雨:都指彩灯。
④玉壶:喻月。鱼、龙:指鲤鱼灯、龙灯等各种彩灯形状。
⑤蛾儿,雪柳,"东风"三句:妇女头饰,雪柳饰以金线,称"捻金雪柳"。
⑥蓦然:突然。阑珊:灯火零落稀少。

解 读

　　古代词人写上元灯节的词,不计其数,辛弃疾的这一首,可以称得上是其中的佳作了。然而究其实际,上阕除了渲染一片热闹的盛况外,并无什么独特之处。作者把"火树"写成固定的灯彩,把"星雨"写成流动的烟火。若说好,就好在想象:东风还未催开百花,却先吹放了元宵节的火树银花。它不但吹开地上的灯花,而且还从天上吹落了如雨的彩星——燃放的烟火,先冲上云霄,而后自空中而落,好似陨星雨。然后写车马、鼓乐、灯月交辉的人间仙境,写那民间艺人们载歌载舞、鱼龙漫衍的"社火"百戏,极为繁华热闹,令人目不暇接。其间的"宝"也、"雕"也、"凤"也、"玉"也,种种丽字,只是为了给那灯宵的气氛来传神来写境,大概那境界本非笔墨所能传写,幸亏还有这些美好的字眼,聊为助意而已。

　　下阕,专门写人。作者先从头上写起:这些游女们,一个个雾鬓云鬟,戴满了元宵特有的闹蛾儿、雪柳,这些盛装的游女们,行走过程中不停地说笑,在她们走后,只有衣香还在暗中飘散。这些丽者,都非作者意中关切之人,在百千群中只寻找一个——却总是踪影难觅,已经是没有什么希望了……忽然,眼睛一亮,在那一角残灯旁边,分明看见了,是她!是她!没有错,她原来在这冷落的地方,还未归去,似有所待!发现那人的一瞬间,是人生精神的凝结和升华,是悲喜莫名的感激铭篆,词人竟有如此本领,竟把它变成了笔痕墨影,永志弗灭!一读到末幅煞拍,才恍然大悟:那上阕的灯、月、烟火、笙笛、社舞、交织成的元夕欢腾,那下阕的惹人眼花缭乱的一队队的丽人群女,原来都只是为了那一个意中之人而设,而且,倘若无此人,那一切又有什么意义与趣味呢!

诵读注意事项

朗诵时要注意体会触景生情、寓情于景的特点,表现出含蓄蕴藉和无穷的韵味。

相关链接

　　《诗经·郑风》有《出其东门》一篇,首章曰:"出其东门,有女如云。虽则如云,匪我思存。缟衣綦巾,聊乐我云。"在东门游春的众多少女中,独独赞赏后者一身素淡,格调高雅。这首《青玉案》与之类似,但精神境界更高。元夕灯市,犹如星海,吸引了满城仕女,衣香鬓影,喧阗不绝,是光、色、声组成的繁华热闹的世界。可是就有人不慕繁华,独立于喧哗热闹之外的"灯火阑珊处"。这不是自伤幽独,而是显示了一种高洁的品性。在人们趋奉竞进之际,耐得冷落,耐得清淡,耐得寂寞。这是辛弃疾屡遭排斥后,借灯夕所见以自述怀抱,托意甚高。进则轰轰烈烈,惊天动地,退则斯人独处,自甘淡泊,安于寂寞,这两者同是志士的操守的襟抱。前者是英雄本色,后者也是英雄本色。清彭孙遹《金粟词话》谓此词结尾为"秦、周之佳境也"。见仁见智,并行不悖,可两存之。

王国维《人间词话》曾举此词,以为人之成大事业者,必皆经历三个境界,而稼轩此词的境界为第三即最高境界。此篇是稼轩词中属于婉约风格的作品之一。作者笔下的"那人",不慕繁华,自甘寂寞,与世人的情趣迥然不同,实际上是一个富于象征性的形象。词人对"她"的追求,寄托了深刻的寓意,表达了不愿随波逐流的美好的品格。梁任公曾评曰:此词"自怜幽独,伤心人别有怀抱"(见《艺蘅馆词选》引语)是很有见地的。

从词调来讲,《青玉案》十分别致,它原是双调,上下阕相同,只是上阕第二句变成三字一断的叠句,跌宕生姿。下阕则无此断叠,一片三个七字排句,可排比,可变幻,随词人的心意,但排句之势是一气呵成的,单单等到排比完了,才逼出煞拍的警策句。

一棵开花的树

如何让你遇见我
在我最美丽的时刻
为这
我已在佛前求了五百年
求佛让我们结一段尘缘
佛于是把我化作一棵树
长在你必经的路旁
阳光下慎重地开满了花
朵朵都是我前世的盼望
当你走近 请你细听
那颤抖的叶是我等待的热情
而当你终于无视地走过
在你身后落了一地的
朋友啊 那不是花瓣
那是我凋零的心

作者简介 ///

席慕蓉(1943—),著名诗人、散文家、画家。一位来自察哈尔盟明安旗的蒙古族姑娘,是蒙古族王族之后,外婆是王族公主,后随家落居台湾。她于1981年出版第一本新诗集《七里香》,在台湾刮起一阵旋风,其销售成绩也十分惊人。1982年,她出版了第一本散文集《成长的痕迹》,表现她另一种创作的形式,延续新诗温柔淡泊的风格。潜心探索蒙古文化,以原乡为创作主题。2002年受聘为内蒙古大学名誉教授。

解　读 ///

诗之灵魂在于情,情真意切才有诗。席慕蓉的《一棵开花的树》把一位少女的怀春之心表现得情真意切,震撼人心。

"如何让你遇见我/在我最美丽的时刻",诗一开篇,一位美丽端庄、大胆坦率的少女形象倾泻而出,鲜明动人。没有惊天地、泣鬼神的山盟海誓,"最美丽"三个字把少女追求纯洁、神圣、伟大、美好的爱情之心描绘得细致入微而又淋漓尽致,没有一丝一毫的矫揉造作,是少女至真至诚的自然流露。

有人说,爱情是缘分,爱一个人与不爱一个人,是感觉,是无法选择的,任何的努力都是刻意勉强,是徒劳白费,如果说,缘在天意,那么,分在人为。现代人所奉承的有缘无分,是一种消极的自我放弃的安慰。诗中女子,在意中人"必经的路旁""慎重地开满了花",是爱的宣言,是积极成就与其意中人"分"的举动。"慎重"一词更细腻地刻画了女子努力完善自我,用一颗真心去眺望爱情的心理活动。人生匆匆,在我们不经意间流走的又岂止是爱情呢? 成功三分天注定,七分靠打拼,爱拼才会赢。

那落了一地的不是花瓣,是少女凋零的心,是泪,是血,是失落,如泣如诉,其凄凉之状况,催人泪下;然而,落红不是无情物,化作春泥更护花。那落了一地的更是少女心之无愧,情之无悔,生之无憾,其情之真、意之切,追求之心之执着,倒真是惊天地,泣鬼神了!

诵读注意事项 ///

第一小节:第一句是全诗的引子,显示一个少女美好的愿望,要读得轻快、流畅,无顿挫;第二句"最美丽"重读,把少女追求纯洁、神圣、美好的爱情的心情读出来,"刻"读颤音,表达一种向往。

第二小节:第一句只有两个字,"这"口气延伸,预示下文;第二句"佛前"后面换气,紧接着读出下文,"五百年"重读,强调,语调上升,表示下面还有文字;第三句"我们"之后是较长时间的停顿,"尘缘"重读,升调,显示事情还在发展中;第四句重点在"一棵树",点到题目中的"树";第五句"必经"重读,仍是升调,显示一种盼望。

第三小节:"慎重"重读,读出女子努力完善自我,用一颗真心去眺望爱情的心理活动。"盼望"语速放慢,语气热切。整首诗的情绪在这里有一个小小的高潮。

第四小节:整体语速稍快,语气抑扬有致,"你"字重读,要读出"你"、"我"相对时"我"的深情倾诉的感觉。

第五小节:第一句,"你"重读,拖音,"无视"重读,"走过"语气延长,平静中有深深的失望;第二句,无抑扬,无顿挫,流畅地读下去,读出一种平静语调下的伤心;第三句,末尾语气延长,声音仍比较平静,但有压抑的激情;第四句,类似第二句的读法;第五句,全诗重点,读时满怀深情中有掩饰不住的伤感。"凋零"重读,"心"以颤音结尾。

全诗诵读中速,基调深情,要读出一位少女爱上一个人时,情真意切、温柔动人的情怀。

相关链接 ///

台湾诗人席慕蓉的这首《一棵开花的树》深受海内外读者喜爱。这是一首女孩子写给男孩子的情诗吗？2007年12月22日，在福建参加"海峡诗会"的席慕蓉披露了作品的创作经过，她说，这是"写给自然界的一首情诗"。

席慕蓉说，在她看来，生命是不断的经过、经过、经过，她写的东西都是在生命现场里所得到的触动，尽管有些触动要等到一二十年后才恍然大悟。

为了解释自己在生命现场里的触动，席慕蓉讲述了《一棵开花的树》的创作过程。她回忆说，当时自己在台湾新竹师范学院教书。5月份有一次坐火车经过苗栗的山间，火车不断从山洞间进出。当火车从一个很长的山洞出来以后，她无意间回头朝山洞后面的山地上张望，看到高高的山坡上有一棵油桐开满了白色的花。"那时候我差点叫起来，我想怎么有这样一棵树，这么慎重地把自己全部开满了花，看不到绿色的叶子，像华盖一样地站在山坡上。可是，我刚要仔细看的时候，火车一转弯，树就看不见了。"就是这棵真实地存在于席慕蓉生命现场里的油桐，让她念念不忘。她心想，正如海是蓝给自己看一样，花当然也是慎重地开给它自己的，但是，如果没有自己那一回头的机缘，树上的花儿是不是就会纷纷凋零？这促使她写下了《一棵开花的树》。

席慕蓉说："这是我写给自然界的一首情诗。我在生命现场遇见了一棵开花的树，我在替它发声。"至于有些人把作品解读成"女孩子站在那里等男孩子看她"的情诗，她表示"有点犹疑"。但她同时声明，诗人的解读只是其中的一种，因为读者的解释也有权威性。

第三编

大气磅礴边塞诗

在我国浩瀚如海的古代诗歌中,有许多以描述边陲故事、军旅生涯为题材的边塞诗。这类诗歌思想内容极其丰富,有的抒发渴望建功立业、报效国家的豪情壮志;有的状写戍边将士的乡愁、家中思妇的别离之情;有的表现塞外戍边生活的单调艰辛;还有的描摹边地绝域的奇异风光和民风民俗。今天我们就一起走进边塞诗歌,领略其中的韵味。

代出自蓟北门行

羽檄①起边亭,烽火入咸阳。征师屯广武,分兵救朔方②。严秋筋竿劲③,虏阵精且强。天子按剑怒,使者遥相望。雁行④缘石径,鱼贯⑤度飞梁。箫鼓流汉思,旌甲被胡霜。疾风冲塞起,沙砾自飘扬。马毛缩如猬,角弓⑥不可张。时危见臣节,世乱识忠良。投躯报明主,身死为国殇⑦。

作者简介 ///

鲍照(约 414—466),字明远,南朝宋时期著名诗人,因做过临海王刘子顼的前军参军,故世称鲍参军。鲍照出身贫苦,受到当时门阀士族的压制,一生郁郁不得志。宋孝武帝刘骏起兵平定刘邵之乱后,他任海虞令,迁太学博士兼中书舍人,出为秣陵令,转永嘉令,后死于子顼之乱。鲍照的作品大多抒发自己怀才不遇的悲愤之情,表达了寒门文人对当时门阀士族的不满和批评。鲍照擅长七言歌行,对七言诗的发展作出了很大贡献,影响了诸如李白、高适、岑参等盛唐诗人。有《鲍参军集》。

注 释 ///

①羽檄(xí):檄是古代官府用来征召、声讨的文书,上面插着羽毛表示紧急,故称羽檄。

②朔方:地名,今内蒙古自治区河套西北部及后套地区。

③筋竿劲:筋是弓弦,竿是箭杆,筋竿劲是指深秋时节气候干燥,所以弓箭强筋有力。

④雁行:指军队排列整齐,像大雁的行列一样。

⑤鱼贯:指士兵行进时一个接着一个,像贯串着的鱼。

⑥角弓:用角装饰的弓。

⑦国殇:为保卫国家而战死的人。

解　读 ///

这首《代出自蓟北门行》，是一首拟乐府诗。代即拟的意思，《出自蓟北门行》是乐府旧题，蓟在今天的北京附近。诗歌给我们勾勒出这样一幅战争的场景：胡虏入侵，边庭告急，紧急的公文从边塞传出，传到京都。准备抵抗侵略的军队已经在广武集结完毕，准备随时待命增援朔方一线的军队。胡人军队趁着深秋弓箭强劲的时候大举入侵，他们的军队很精锐，阵势很强大。汉方天子震怒，使者促战，相望于道。军队行进在山林小径中，像雁阵一样整齐，士兵前行时如游鱼般有序地穿越险隘。而激昂的军乐声背后流露的是士兵淡淡的乡愁，军旗和铠甲上也沾满了北国的寒霜。急烈的寒风充斥在边塞的各个角落，沙尘被吹得满天飞扬。这么寒冷的环境下，连战马都把身上的毛缩得像刺猬一样，战士的手被冻得连装饰有兽角的弓都拉不开了。越是危急的时刻越能显露出作为臣子的气节，乱世才能辨别一个人是否是忠良。我们应当舍弃生命去报答明君，勇敢地为国捐躯。

诵读注意事项 ///

《代出自蓟北门行》情节安排紧凑，基调慷慨，诵读时要深刻体会诗人的一腔报国之心。

相关链接 ///

乐府最初是指主管音乐的官府，汉代人将乐府配乐演唱的诗称为"歌诗"，魏晋六朝以后文人用乐府旧题写作的诗无论合乐与否都一概称"乐府诗"。乐府诗的题材十分广泛，包括爱情、民生、战争、个人境遇的抒发等。南朝的鲍照，唐代李白、白居易、元稹等都在乐府诗歌创作上取得了不朽成绩。

作　业 ///

1. 有感情地诵读《代出自蓟北门行》，要求脱稿。
2. 课下查阅相关资料，查找有关鲍照的材料，形成文章。

从军行七首

【其一】

烽火城西百尺楼，黄昏独上海风秋。
更吹羌笛关山月，无那①金闺万里愁。

【其二】

琵琶起舞换新声，总是关山旧别情。
撩乱边愁②听不尽，高高秋月照长城。

【其三】

关城榆叶早疏黄，日暮云沙古战场。

表③请回军掩尘骨，莫教兵士哭龙荒。

【其四】

青海长云暗雪山，孤城遥望玉门关。

黄沙百战穿④金甲，不破楼兰终不还。

【其五】

大漠风尘日色昏，红旗半卷出辕门。

前军夜战洮河北，已报生擒吐谷浑⑤。

【其六】

胡瓶落膊紫薄汗，碎叶城西秋月团。

明敕星驰封宝剑，辞君一夜取楼兰。

【其七】

玉门山嶂几千重，山北山南总是烽。

人依远戍⑥须看火，马踏深山不见踪。

作者简介 ///

王昌龄(约690－756)，字少伯，汉族，山西太原人。盛唐著名边塞诗人，后人誉为"七绝圣手"。早年生活贫困，困于农耕，年近不惑，始中进士。初任秘书省校书郎，又中博学宏辞，授汜水尉，因事贬岭南。开元末返长安，改授江宁丞。被谤谪龙标尉。安史乱起，为刺史闾丘晓所杀。其诗以七绝见长，尤以登第之前赴西北边塞所作边塞诗最著。他的边塞诗气势雄浑，格调高昂，充满了积极向上的精神。世称王龙标，有"诗家天子王江宁"之称，存诗170余首，作品有《王昌龄集》。

注 释 ///

①无那：无奈，指无法消除思亲之愁。

②边愁：边塞思乡之愁。

③表：上表，上书。

④穿：磨破。

⑤吐谷(yù)浑：中国古代西北民族及其所建国名。本为辽东鲜卑慕容部的一支，西晋末，首领吐谷浑率部西迁到枹罕(今甘肃省临夏)。

⑥远戍：边远的哨所。

解　读 ///

《从军行七首》是唐代诗人王昌龄的组诗作品。第一首诗刻画了边疆戍卒怀乡思亲的情景；第二首诗写边塞将士英勇作战的场面，好像一幅月夜激战图，真实而生动地表现出双方战斗的激烈和将士斗志的高昂，如闻战鼓惊天动地，如见月下刀光剑影，有声有色。将士们的飒爽英姿，跃然纸上；第三首诗通过描写古战场的荒凉景象，无数的将士们死在边关，而没有办法好好安葬，反映了当时战争的惨烈，也表现了诗人对将士们深切的同情之心；第四首诗写将士们艰苦奋战，他们不消灭敌人誓不返家园。青海湖的上空阴云密布，祁连山的积雪为之暗淡，远望中的玉门关，像坚强的巨人屹立在大漠之上；第五首诗写一支增援部队，冒着恶劣的气候，高举着半卷的红旗，秘密而急速地开出军营，当他们正在奔驰战场的途中，已传来前线部队昨夜战胜敌人的捷报，这时全军上下欢声雷动，其情其景，跃然纸上；第六首诗写守边将士身骑紫色蕃马，肩背西域特产铜制酒壶，防守在安西四镇之一的碎叶城，迎来了一次又一次秋月的圆缺。当他们得到了皇帝的命令和封敕的宝剑，就毫不迟疑地星夜出战；第七首诗写边塞将士巡逻守卫的情况，宛如一幅深山巡逻图：戍楼远观烽火，深山骑马巡逻，他们以高度的责任心和警惕性，守卫着玉门关。雄关叠嶂，边塞景色历历在目。总之，王昌龄的边塞诗歌颂了唐初以来反击边境游牧民族侵扰的光辉胜利，表现了唐朝国力强盛、国威远扬的时代面貌，赞扬了广大人民英勇豪迈的精神境界，反映了边塞将士的豪情壮志和英雄气概，洋溢着爱国热情和民族自信心。

诵读注意事项 ///

《从军行七首》诵读时要仔细体会每一首抒发的感情，比如其四表达了渴望建功的壮志豪情，诵读时一些句子要读得斩钉截铁、掷地有声。

相关链接 ///

王昌龄的边塞诗充分体现了他的爱国主义、英雄主义精神，另外还深深蕴含了诗人对下层人民的人文关怀，体现了诗人宽大的视野和博大的胸怀。王昌龄在写作方式上擅长以景寓情，情景交融。这本是边塞诗所最常用的结构，但是诗人运用最简练的技巧，于这情境之外又扩大出一个更为广阔的视野，在最平实无华的主题之中凝练出贯穿于时间与空间中永恒的思考，最具代表性的作品是《出塞》。

作 业 ///

1.有感情地背诵《从军行七首》,并能对其中的句子进行解释。

2.找出王昌龄其他的边塞题材的诗歌,工整地抄写在笔记本上。

走马川行奉送封大夫出师西征

君不见,走马川行雪海边,平沙莽莽黄入天。

轮台九月风夜吼,一川碎石大如斗,随风满地石乱走①。

匈奴草黄马正肥,金山西见烟尘飞②,汉家大将西出师。

将军金甲夜不脱,半夜军行③戈相拨④,风头如刀面如割。

马毛带雪汗气蒸,五花连钱⑤旋作冰,幕中草檄⑥砚水凝。

虏骑闻之应胆慑,料知短兵不敢接,车师西门伫献捷⑦。

作者简介 ///

岑参(约715—770),祖籍南阳,出生于江陵(今湖北江陵)。他的曾祖父、伯祖父和堂伯父都曾做过宰相,父亲做过两任州刺史,但这些都是往日的荣耀了。他幼年丧父,家道中衰,全靠自己刻苦学习,于天宝三载(744)登进士第,授右内率兵曹参军。天宝八载(749),他弃官从戎,首次出塞,赴龟兹(今新疆库车),入安西四镇节度使高仙芝幕府。两年后返回长安,与高适、杜甫等结交唱和。天宝十三载(754),他又再度出塞,赴庭州(今新疆吉木萨尔县),入北庭都护府封常清幕中任职约三年。后来他到灵武,经杜甫等推荐,任右补阙;又历起居舍人、虢州长史等职。永泰元年(765)出为嘉州刺史,因蜀中兵乱,他两年后方赴任。次年秩满罢官,流寓成都,卒于客舍。

注 释 ///

①走:滚动。

②烟尘飞:发生战争。烟:烽烟。

③军行:行军。

④戈相拨:兵器互相撞击。

⑤五花连钱:均为名马,又指马身上斑纹。

⑥草檄(xí):起草讨伐敌军的文告。

⑦献捷:献上贺捷诗章。

解 读 ///

《走马川行奉送封大夫出师西征》是唐代诗人岑参创作的一首边塞诗,大约写于天宝十三年(754)。这年,御史大夫封常清受命为西域驻防军的统帅,军府驻轮台。冬天,率

军西征播仙镇。岑参当时在封常清军府中任职,故作诗送行。走马川是征播仙镇必经之地,本诗采用的是歌行体形式,所以叫"走马川行"。这首诗,以饱满的激情颂扬官军的声威,表现出征将士不畏艰苦、奋勇抗敌的英雄气概和必胜信心,读之令人振奋。此诗抓住边塞的景物来描写环境的艰苦,从而衬托士卒们大无畏的英雄气概。开头极力渲染环境恶劣、风沙遮天蔽日;接着写匈奴借草黄马壮之机入侵,而封将军不畏天寒地冻,严阵以待;最后写敌军闻风丧胆,预祝唐军凯旋。诗虽叙征战,却以叙寒冷为主,暗示冒雪征战之伟功。语句豪爽,如风发泉涌,真实动人。全诗句句用韵,三句一转,节奏急切有力,激越豪壮,别具一格。

诵读注意事项 ///

《走马川行奉送封大夫出师西征》是一首洋溢着爱国热情的、震人心魄的战歌,诵读时要带有饱满的激情。

相关链接 ///

岑参主要诗作:《轮台歌奉送封大夫出师西征》、《别董大》、《与高适薛据登慈恩寺浮图》、《寄左省杜拾遗》、《走马川行奉送封大夫出师西征》、《白雪歌送武判官归京》以及《逢入京使》等。

作 业 ///

1.有感情地诵读《走马川行奉送封大夫出师西征》。
2.能结合注释,对《走马川行奉送封大夫出师西征》进行解释。

出 塞

秦时明月汉时关,万里长征人未还。
但使①龙城飞将②在,不教胡马度阴山。

作者简介 ///

作者王昌龄,介绍见前文。

注 释 ///

①但使:只要。
②飞将:指汉朝的将军李广,曾镇守右北平,匈奴人数年不敢犯边,称之为汉之飞将军。

解 读 ///

《出塞》原是汉乐府与古代军歌的题目。"塞"即关塞、边关。此诗一、二句,绘景叙事,抚今追昔:今晚这明亮的月光,仍旧跟秦汉时一样照着"关塞",而这"关塞"依然是秦汉时所修筑的长城、古堡,多么空旷、凄清和寂静。这漫长的边防线上,战氛难靖,师劳力竭,征人不还,百姓遭殃。三、四句,"但"字一笔,转出正意:何以今日边关不宁,"胡马"放牧阴山?还不是朝廷昏聩用非其人,忠勇之师受屈遭弃;倘若汉时守卫"龙城"的"飞将军"李广还在,怎能让"胡马"越过阴山?

全诗言简意赅,既回顾了历史,又抨击了现实;既宣泄了忧愁愤懑之情,又表达了希冀朝廷起用能人,驱除来犯的"胡马",保家卫国,巩固边防的迫切愿望。

诵读注意事项 ///

《出塞》这首诗字里行间洋溢着深沉悲愤和激越昂扬的爱国豪情,风格雄浑悲壮,因而诵读时要注意把握这种感情,保持昂扬向上的精神状态。

相关链接 ///

唐代著名边塞诗人王昌龄,所作之诗气势雄浑,格调高昂,尤其是将七绝推向高峰,故人称"七绝圣手"。其诗歌体裁很大一部分是易于入乐的七言绝句。内容基本上选用乐府旧题来抒写战士爱国立功和思念家乡的心情。他善于捕捉典型的情景,有着高度的概括能力和丰富的想象力。其诗歌语言圆润蕴藉,音调婉转和谐,意境深远,耐人寻味。他的许多描写边塞生活的七绝被推为边塞名作,《出塞》一诗被推为唐人七绝的压卷之作。

作 业 ///

1.有感情地背诵《出塞》。

2.找出王昌龄的其他诗歌,以手抄报的形式展现出来。

使至塞上①

单车欲问边②,属国过居延。
征蓬③出汉塞,归雁入胡天④。
大漠孤烟直,长河落日圆。
萧关逢候骑⑤,都护在燕然⑥。

作者简介

王维(701—761,一说 699—761),字摩诘,汉族,河东蒲州(今山西运城)人,祖籍山西祁县,盛唐时期的著名诗人,官至尚书右丞,世称"王右丞"。苏轼评价其"味摩诘之诗,诗中有画;观摩诘之画,画中有诗"。王维是盛唐诗人的代表,著有《王右丞集》,今存诗 400余首,尤以山水诗成就为最,重要诗作有《相思》、《山居秋暝》等。王维与孟浩然合称"王孟",晚年无心仕途,专诚奉佛,故后世人称其为"诗佛"。王维精通佛学,受禅宗影响很大。佛教有一部《维摩诘经》,是王维名和字的由来。王维的诗、书、画都很有名,非常多才多艺,对音乐也很精通。

注 释

①使至塞上:奉命出使边塞。使:出使。
②问边:到边塞去看望,指慰问守卫边疆的官兵。
③征蓬:随风飘飞的蓬草,此处为诗人自喻。
④胡天:胡人的领地。这里是指唐军占领的北方地方。
⑤候骑:负责侦察、通信的骑兵。
⑥燕然:古山名,即今蒙古国杭爱山。这里代指前线。

解 读

《使至塞上》描绘了塞外奇特壮丽的风光,表现了诗人对不畏艰苦、以身许国的守边战士的爱国精神的赞美。"单车欲问边",轻车前往,所往之处是"属国过居延。"居延在今甘肃张掖县西北,远在西北边塞。"征蓬出汉塞,归雁入胡天。"诗人以"蓬""雁"自比,说自己像随风而去的蓬草一样出临"汉塞",像振翅北飞的"归雁"一样进入"胡天"。古诗中多用飞蓬比喻漂流在外的游子,这里却是比喻一个负有朝廷使命的大臣,正是暗写诗人内心的激愤和抑郁。与首句的"单车"相呼应。万里行程只用了十个字轻轻带过。然后抓住沙漠中的典型景物进行刻画:"大漠孤烟直,长河落日圆。"最后两句写到达边塞:"萧关逢候骑,都护在燕然。"到了边塞,却没有遇到将官,侦察兵告诉使臣:首将正在燕然前线。

诵读注意事项

诵读《使至塞上》这首诗歌时,要注意体会诗人的孤独、寂寞、悲伤之情以及慷慨悲壮之情,注意五言句式的平仄交替。

相关链接

世有"李白是天才,杜甫是地才,王维是人才"之说,后人亦称王维为诗佛,此称谓不仅是言王维诗歌中的佛教意味和王维的宗教倾向,更表达了后人对王维在唐朝诗坛崇高地位的肯定。王维不仅是公认的诗佛,也是文人画的南山之宗(钱钟书称他为"盛唐画坛第一把交椅"),并且精通音律,善书法,篆的一手好刻印,是少有的全才。

作业 ///

1. 有感情地背诵《使至塞上》。
2. 查阅相关材料,查找有关王维的材料,形成文章,在课堂上进行交流。

塞下曲六首

【其一】
五月天山雪,无花只有寒。
笛中闻折柳,春色未曾看。
晓战随金鼓,宵眠抱玉鞍。
愿将腰下剑,直为斩楼兰。

【其二】
天兵下北荒,胡马欲南饮。
横戈从百战,直为衔恩甚①。
握雪海上餐,拂沙陇头寝。
何当破月氏,然后方高枕。

【其三】
骏马似风飙,鸣鞭出渭桥②。
弯弓辞汉月,插羽破天骄③。
阵解星芒尽,营空海雾消。
功成画麟阁,独有霍嫖姚④。

【其四】
白马黄金塞,云砂绕梦思。
那堪愁苦节,远忆边城儿。
萤飞秋窗满,月度霜闺迟。
摧残梧桐叶,萧飒沙棠枝。
无时独不见,流泪空自知。

【其五】
塞虏乘秋下,天兵出汉家。
将军分虎竹,战士卧龙沙。
边月随弓影,胡霜拂剑花。
玉关殊未入,少妇莫长嗟。

【其六】

烽火动沙漠，连照甘泉云。

汉皇按剑起，还召李将军。

兵气天上合，鼓声陇底闻。

横行负勇气，一战净妖氛⑤。

作者简介 ///

李白(701—762)，字太白，号青莲居士。祖籍陇西成纪(今甘肃天水附近)，先世于隋末流徙西域，李白出生于中亚碎叶(今巴尔喀什湖南面的楚河流域，唐时属安西都护府管辖)。幼时随父迁居绵州昌隆(今四川江油)青莲乡。他一生绝大部分在漫游中度过。天宝元年(742)，因道士吴筠的推荐，被召至长安，供奉翰林。其文章风采，名动一时，颇为唐玄宗所赏识。后因不能见容于权贵，在京仅三年，就弃官而去，仍然继续他那飘荡四方的流浪生活。天宝十五年(756)，即安史之乱发生的第二年，他感愤时艰，曾做永王李璘的幕府。不幸，永王与肃宗发生了争夺帝位的斗争，失败之后，李白受牵累，流放夜郎(今贵州境内)，途中遇赦。晚年漂泊于东南一带，依当涂县令李阳冰，宝应元年(762)病逝于安徽当涂，享年61岁。

李白存世诗文千余篇，代表作有《蜀道难》、《行路难》、《梦游天姥吟留别》、《将进酒》等诗篇，有《李太白集》传世。李白被誉为"诗仙"，李白和杜甫并称"李杜"。他的诗歌既反映了时代的繁荣景象，也揭露了统治阶级的荒淫和腐败，表现出其蔑视权贵、反抗传统束缚、追求自由和理想的积极精神。

李白创造了古代积极浪漫主义文学的高峰，为唐诗的繁荣与发展打开了新局面。他批判继承了前人的传统并形成独特的风格，歌行体和七绝都达到了后人难及的高度，开创了中国古典诗歌的黄金时代。

注 释 ///

①衔恩：受恩。甚：多。

②鸣鞭：马鞭挥动时发出声响。渭桥：在长安西北渭水上。

③天骄：指匈奴。

④霍嫖姚：指霍去病

⑤负：凭借。妖氛：指敌人。

解 读 ///

《塞下曲六首》是唐代伟大诗人李白的组诗作品。这六首诗都是借用唐代流行的乐府题目而写时事与心声的，主要叙述了汉武帝平定匈奴侵扰的史实，诗中有对战士金戈铁马、奋勇战斗的歌颂，也有对闺中柔情的抒写，内容极为丰富，风格疏宕放逸，豪气充溢，表达了诗人高尚的爱国情操。

诵读注意事项 ///

诵读《塞下曲六首》时，要领会诗中所洋溢的诗人对国家前途、民族命运、黎民疾苦的深切关注和诗人御戎安边、维护祖国统一的爱国热情。

相关链接 ///

《塞下曲》出于汉乐府《出塞》、《入塞》等曲（属《横吹曲》），为唐代新乐府题，歌辞多写边塞军旅生活。唐朝很多诗人尤其是边塞诗人用过此题写诗，比较著名的有王昌龄、高适、李白、卢纶、李益、许浑等人的诗歌。

作 业 ///

1. 有感情地诵读《塞下曲六首》。
2. 借助相关工具，找出其他诗人写的《塞下曲》，并抄写下来。

凉州词

黄河远上白云间，一片孤城万仞山。

羌笛何须怨杨柳，春风不度①玉门关。

作者简介 ///

王之涣（688—742），盛唐时期诗人，字季凌，汉族，并州（山西太原）人，祖籍晋阳（今山西太原），其高祖迁今山西新绛县。王之涣豪放不羁，常击剑悲歌，其诗多被当时乐工制曲歌唱。名动一时，常与高适、王昌龄等相唱和，以善于描写边塞风光著称。代表作有《登鹳雀楼》、《凉州词》等。"白日依山尽，黄河入海流。欲穷千里目，更上一层楼"更是千古绝唱。

王翰，唐代边塞诗人。字子羽，并州晋阳（今山西太原市）人，著名诗人。睿宗景云元年（710）进士，玄宗时作过官，后贬道州司马，死于贬所。他性情豪放，喜爱游乐饮酒，善写歌词，能自歌自舞，是一个有才气的诗人，但是其集不传。其诗载于《全唐诗》的，仅有14首。

注 释 ///

①度：吹到过。

解　读 ///

《凉州词》是凉州歌的唱词，不是诗题，是盛唐时流行的一种曲调名。比较著名的有王之涣和王翰的诗作。前者描写了壮阔苍凉的边塞景物，抒发了守卫边疆的将士们凄怨而又悲壮的情感。诗的首句写自下而上对黄河的远眺，次句写边塞环境的险恶，两句合在一起，用大笔写意的手法，渲染刻画了边塞风光的雄奇苍凉和边防战士们生活环境的艰苦恶劣。后两句笔锋一转，引入羌笛之声。折杨柳送别本是唐人风习，羌笛吹奏的《折杨柳》曲词更能引起思乡的离愁。可如今在这玉门关外，春风不度，想要折一枝杨柳聊寄别情也不可能，这怎能不让人更感悲伤。全诗表现了盛唐诗人悲凉慷慨的精神风貌。后者以豪放的风格写了征戍战士饮酒作乐的情景，具有浓郁的边塞军营生活的色彩。全诗仅仅写了边塞的将士们出征前的一次开怀痛饮，却反映了将士们早将生死置之度外的豪爽气概，描摹了盛宴上人们开怀痛饮、尽情酣醉的场面。凉州属西北边地，这首七绝正是一首优美的边塞诗。边塞诗有歌颂与反对战争两类。这首诗是一首反对战争的诗歌，但它不从正面描写战争的残酷，而是通过战前饮酒这一场面来表达将士悲痛的厌战情绪。

诵读注意事项 ///

《凉州词》作为七言诗，诵读时不仅要注意二二三的句式，还要展开合理的想象，读出诗人凄苦而不失其壮的气概。

相关链接 ///

凉州在今甘肃武威，唐时属陇右道，音乐多杂有西域龟兹（今新疆库车一带）诸国的胡音。唐陇右经略使郭知运在开元年间，把凉州曲谱进献给玄宗后，迅即流行，颇有诗人依谱创作《凉州歌》者，以抒写边塞风情。这体现了唐人以毫不介怀的态度，对外来文化进行吸收、消化和创新的盛世魄力和大国风范。

凉州词

唐　王翰

葡萄美酒夜光杯，欲饮琵琶马上催。

醉卧沙场君莫笑，古来征战几人回？

作　业 ///

1.有感情地诵读《凉州词》。

2.利用 PPT 课件,对王之涣的《凉州词》和王翰的《凉州词》进行讲解。

战城南

塞北途辽远,
城南战苦辛。
幡旗①如鸟翼,
甲胄②似鱼鳞。
冻水寒伤马,
悲风愁杀人。
寸心明白日,
千里暗黄尘。

作者简介 ///

杨炯(650—约692),初唐著名诗人。弘农华阴(今陕西华阴县)人。十岁举神童,待制弘文馆。27岁应制举,补校书郎。高宗永隆二年(681)充崇文馆学士,迁太子詹事司直。他恃才傲物,因讥刺朝士的矫饰作风而遭人忌恨,武后时遭谗被贬为梓州司法参军。后出为婺州盈川令,卒于官。与王勃、骆宾王、卢照邻齐名,世称"王杨卢骆",为"初唐四杰"。工诗,擅长五律,其边塞诗较著名。

注 释 ///

①幡旗:旗帜。
②甲胄:指铠甲;胄,指头盔。甲胄结合起来亦称盔甲。

解 读 ///

《战城南》是用乐府旧题写的一首五言律诗。诗歌虽然以征战者的口吻讲述远征边塞的军旅生涯,但已不同于汉乐府中的《战城南》那样写得血流成河、不忍卒读了。诗中的主人公在叙述战争时,豪情满怀,信心百倍,充满了胜利的希冀。

诵读注意事项 ///

《战城南》格调雄浑激越,洋溢着浓烈的爱国之情,诵读时要把那种必胜的信心展现出来。

相关链接 ///

杨炯与王勃、卢照邻共同反对宫体诗风,主张"骨气""刚健"的文风。他的诗也如"四杰"其他诗一样,在内容和艺术风格上以突破齐梁"宫体"诗风为特色,在诗歌的发展史上起到了承前启后的作用。他的诗篇不多,所写的《从军行》等几首边塞诗,均表现出了雄健风格,很有气魄。

作　业 ///

1.有感情地背诵《战城南》。

2.找出杨炯的其他诗歌,并进行诵读。

关山月

和戎①诏下十五年,将军不战空临边②。

朱门沉沉按歌舞③,厩马肥死弓断弦④。

戍楼刁斗催落月⑤,三十从军今白发。

笛里⑥谁知壮士心,沙头空照征人骨。

中原干戈古亦闻,岂有逆胡传子孙!

遗民忍死望恢复,几处今宵垂泪痕。

作者简介 ///

作者陆游,介绍见第一编。

注　释 ///

①和戎:原意是与少数民族和睦相处,实指宋朝向金人屈膝求安。宋孝宗隆兴元年(1163)下诏与金人第二次议和,至作者作此诗时,已15年。

②边:边防,边境。

③朱门:红漆大门,借指豪门贵族。沉沉:形容门房庭院深邃。按:击节拍。

④厩(jiù):马棚。肥死:马棚里的马不用,渐渐死去。弓断弦:弓很久不用,绷得弦都断了。

⑤戍楼:边界上用以守望的岗楼。刁斗:军用铜锅,可以做饭,也可用来打更。

⑥笛里:指以笛吹奏的曲调声。

解　读 ///

这首诗是以乐府旧题写时事,作于陆游罢官闲居成都时。诗中痛斥了南宋朝廷文恬武嬉、不恤国难的态度,表现了爱国将士报国无门的苦闷以及中原百姓切望恢复的愿望,体现了诗人忧国忧民、渴望统一的爱国情怀。全诗十二句,每四句一转韵,表达一层意思,分别写将军权贵、戍边战士和中原百姓。诗人构思非常巧妙,以月夜统摄全篇,将三个场景融成一个整体,构成一幅关山月夜的全景图。可以说,这是当时南宋社会的一个缩影。诗人还选取了一些典型事物,如朱门、厩马、断弓、白发、征人骨、遗民泪等,表现了诗人鲜明的爱憎感情。本诗语言凝练,一字褒贬,具有很强的表现力。

诵读注意事项 ///

诵读《关山月》时,要表达出诗人内心的忧患、愤慨和悲哀之情。

相关链接 ///

陆游祠毗邻罨画池(成都崇州市),为纪念曾任蜀州通判的爱国诗人陆游而建,占地面积约4亩,建筑面积900多平方米,是省级重点文物保护单位,也是除陆游家乡浙江绍兴外,全国仅有的纪念陆游的专祠。陆游曾两次出任蜀州通判。在蜀州期间曾多次游览州中山川名胜,写下100多首寄怀蜀州的诗词,抒发他一腔忧国忧民的赤子情怀。

整个陆游祠为仿清建筑,含大门、长廊、过厅、序馆、两庑、正殿等,主体陈设突出"梅"的主题。过厅以"梅馨千代"命名。序馆为"香如故堂",陈列陆游生平简介,陆游遗像玉石碑、陆游手迹碑。堂后辟梅园,广植陆游喜爱的梅花。正殿为"放翁堂",塑陆游坐像。两庑陈列陆游诗文的各种版本及诗意画。正殿之南新增了文物陈列厅,专供陈列崇州的历史文物。

作　业 ///

1.将《关山月》工整地抄写在笔记本上。

2.查阅相关材料,查找有关陆游的材料,形成文章,在课堂上进行交流。

渔家傲

塞下秋来风景异，

衡阳雁去①无留意。

四面边声连角起②。

千嶂③里，

长烟落日孤城闭④。

浊酒一杯家万里⑤，

燕然未勒归无计⑥，

羌管⑦悠悠霜满地。

人不寐⑧，

将军白发征夫泪。

作者简介 ///

范仲淹(989—1052)，字希文。北宋中叶的军事家、政治家、文学家，吴县(今属江苏)人。范仲淹少时家贫，刻苦自励，真宗大中祥符八年(1015)进士。宋仁宗时官至参知政事，相当于副宰相。他为政清廉，体恤民情，刚直不阿。宋仁宗庆历三年(1043)，范仲淹针对当朝弊病，写了《十事疏》，主张建立严密的仕官制度，注意农桑，整顿武备，推行法制，减轻徭役。宋仁宗采纳了他的建议，陆续推行，史称"庆历新政"。后因保守派的反对而失败，被贬至陕西四路宣抚使，在赴颍州途中病死，卒谥文正。范仲淹词作不多，传世的仅有5首，风格较为明健。

注 释 ///

①衡阳雁去：衡阳今属湖南。相传北雁南飞。

②边声：边塞种种声响。连角起：(边声)随着军中号角声响起来。

③千嶂：连绵不断的直立山峰。

④孤城闭：边塞上孤零零的一座城，经常关闭城门。当时，宋军较弱，以防守为主，故"孤城闭"。

⑤家万里：离家乡有万里之遥。"一杯"与"万里"相对，饱含乡愁。

⑥燕然未勒：指未建军功。《后汉书·窦宪传》：窦宪穷追北单于，登燕然山，刻石记功而还。勒：刻。燕然山：即杭爱山，今在蒙古国境内。归无计：胜利而返还不知从何谈起。

⑦羌管：羌笛。

⑧寐：睡。

解　读 ///

　　本篇写词人守边生活的亲切体验和悲壮情怀。上片从听觉、视觉两方面写足了边地秋天景象,"千嶂里,长烟落日孤城闭。"与王维《使至塞上》诗:"大漠孤烟直,长河落日圆。"意境相类而情调迥异。下片抒发兵将共同襟怀,边功未就,故里难归。将军的白发、士兵的眼泪体现出报国无门、壮志未酬的悲愤。"羌管悠悠霜满地"描绘了军中月夜之景,景中含情,极富典型意义。此篇词境开阔,格调悲壮,给宋初充满吟风弄月的词坛吹来一股清劲的雄风,对以后的词风革新产生了积极影响,是一首难得的佳作。

诵读注意事项 ///

　　《渔家傲》这首词慷慨悲凉,诵读时要注意体会词人抵御外患、报国立功的壮烈情怀,还要注意诵读的节奏。

相关链接 ///

　　《渔家傲》创作背景:1038 年西夏元昊称帝后,连年侵宋。由于积贫积弱,边防空虚,宋军一败于延州,再败于好水川,三败于定川寨。宋仁宗康定元年(1040),范仲淹自越州改任陕西经略副使兼知延州(今陕西延安)。延州当西夏出入关要冲,战后城寨焚掠殆尽,戍兵皆无壁垒,散处城中。此词即作于知延州时。在范仲淹以前,很少有人用词这一形式来真实地反映边塞生活。由于作者有较长时期边地生活的体验,所以词中洋溢着浓厚的生活气息。宋魏泰在《东轩笔录》中说:"范文正公守边日,作《渔家傲》乐歌数阕,皆以'塞下秋来'为首句,颇述边镇之劳苦,欧阳公尝呼为穷塞主之词。"可惜这组反映边塞生活的词早已散佚,只剩现存的这一首了。在北宋柔靡词风统治词坛的形势下,能够出现这样气魄阔大的作品,的确是难能可贵的。它标志着北宋词风转变的开端,并说明范仲淹实际上是苏轼、辛弃疾的豪放词的先驱者。

作　业 ///

　　1.有感情地诵读《渔家傲》。
　　2.找出范仲淹的其他诗词,并进行诵读。

第四编

情真意挚送别诗

古往今来,许多文人墨客对于离别总是歌吟不绝。在这浓浓的感伤之外,往往还有其他寄寓:或用以激励劝勉,或用以抒发友情,或用于寄托诗人自己的理想抱负。另外,唐朝的一些送别诗往往洋溢着积极向上的青春气息,充满希望和梦想,反映盛唐的精神风貌。

古时候由于交通不便,通信极不发达,亲人朋友之间往往一别数载难以相见,所以古人特别看重离别。离别之际,人们往往设酒饯别,折柳相送,有时还要吟诗话别,因此离情别绪就成为古代文人吟咏的一个永恒的主题。

送别诗一般是按时间、地点来描写景物,表达离愁别绪,从而体现作者的思想感情。送别诗中常用的意象有长亭、杨柳、夕阳、酒、秋等。诗歌题目通常有"赠、别、送"等字眼。送别内容有写夫妻之别、亲人之别、友人之别的,也有写同僚之别的,甚至有写匆匆过客之别的。所用的手法常常是直抒胸臆或借景抒情。其艺术特点,有的格调豪放旷达,有的委婉含蓄,有的词浅情深。

临洞庭湖赠张丞相①

八月湖水平,涵虚混太清。②
气蒸云梦泽③,波撼岳阳城。
欲济无舟楫,端居耻圣明。④
坐观垂钓者,徒有羡鱼情⑤。

作者简介 ///

孟浩然(689—740),襄州襄阳(今湖北襄阳)人。唐代诗人,不甘隐居,却以隐居终老。壮年时曾往吴越漫游,后又赴长安谋求官职,但以"当路无人",只好还归故园。开元二十八年(740)诗人王昌龄游襄阳,和他相聚甚欢,但此时孟浩然背上正生毒疮,据说就是因为"食鲜疾动",终于病故,年52岁。

注 释 ///

①诗题一作《望洞庭湖赠张丞相》。张丞相,指张九龄,唐玄宗时宰相,诗人,字子寿,

一名博物。

②"八月"二句：湖水上涨，与岸齐平。天水相连，混为一体。虚、太清：均指天空。

③云梦泽：古时云、梦为二泽，长江之南为梦泽，江北为云泽，后来大部分变干变淤，成为平地，只剩洞庭湖，人们习惯称云梦泽。宋代范致明《岳阳风土记》："盖城据东北，湖面百里，常多西南风。夏秋水涨，涛声喧如万鼓，昼夜不息。"

④"欲济"二句：是以比喻的方式说，想做官却苦无门路，无人引荐，但不做官又有辱圣明的时代。

⑤羡鱼情：《淮南子·说林训》中记载："临渊而羡鱼，不若归家织网。"这句仍是表示作者希望入仕，企盼有人引荐。

解　读 ///

此诗旧注开元二十一年(733)张九龄为相时，孟浩然西游长安，以此诗投赠张九龄，希望引荐。然有人说开元二十一年孟浩然在长安时，张九龄尚在家乡韶关丁母忧，张于年底才进京就任中书侍郎。孟浩然此次未见到张九龄。二人之相会当在张贬荆州长史时。李景白《孟浩然诗集校注》云："本诗当作于开元四年(716)左右张说任岳州刺史期间。""张丞相当指张说"。

《临洞庭湖赠张丞相》是孟浩然山水诗的另类题材的佳作。全诗"托物写志"，表达了作者希望有人援引他入仕从政的理想。诗人托物抒怀，曲笔擒旨，于浩渺阔大、汹涌澎湃的自然之景中流露了心声。该诗含蓄委婉，独具风韵。

诵读注意事项 ///

诗的前四句写洞庭湖壮丽的景象，诵读时要突出其磅礴的气势，后四句是借此抒发自己的政治理想，因此要贴合诗人的情绪，突出其对入仕的热情和希望。

相关链接 ///

孟浩然一生经历比较简单，他诗歌创作的题材也比较单一。孟诗绝大部分为五言短篇，多写山水田园和隐居的逸兴以及羁旅行役的心情。其中虽不无愤世嫉俗之词，但是更多的是诗人的自我表现。他和王维并称，他的诗虽不如王诗题材广泛，但在艺术上有独特的造诣。

孟诗不事雕饰，富有超妙自得之趣，而不流于寒俭枯瘠。他善于发掘自然和生活之美，即景会心，写出一时真切的感受。如《秋登万山寄张五》、《夏日南亭怀辛大》、《过故人庄》、《春晓》、《宿建德江》、《夜归鹿门歌》等篇，自然浑成，而意境清迥，韵致流溢。杜甫说他清诗"句句尽堪传"(《解闷》)，又赞叹他"赋诗何必多，往往凌鲍谢"(《遣兴》)。皮日休则称："先生之作遇景入咏，不拘奇抉异，令龌龊束人口者，涵涵然有干霄之兴，若公输氏当巧而不巧者也。北齐萧悫'芙蓉露下落，杨柳月中疏'；先生则有'微云澹河汉，疏雨滴梧桐'。王融'日霁沙屿明，风动甘泉浊'；先生则有'气蒸云梦泽，波撼岳阳城'。何逊之诗句精者有'露湿寒塘草,月映清淮流';先生则有'荷风送香气,竹露滴清响'。此与古人争胜于毫厘也。"(《郢州孟亭记》)其抒情之作,如《岁暮归南山》、《早寒江上有怀》、《与诸子登岘山》、《晚泊浔阳望庐山》、《万山潭作》等篇,往往点染空灵,笔意在若有若无之间,而蕴藉深微,挹之不尽。严羽以禅喻诗,谓浩然之诗一味妙悟而已(《沧浪诗话·诗辨》)。

作　业 ///

有感情地诵读孟浩然的《临洞庭湖赠张丞相》,要求脱稿。

芙蓉楼①送辛渐②

寒雨③连江④夜入吴⑤,平明⑥送客楚山⑦孤⑧。
洛阳亲友如相问,一片冰心⑨在玉壶。

作者简介 ///

作者王昌龄,介绍见第三编。

注　释 ///

①芙蓉楼:原名西北楼,在润州(今江苏省镇江市)西北。
②辛渐:诗人的一位朋友。这首诗是作者在江宁做官时写的。
③寒雨:秋冬时节的冷雨。
④连江:满江。
⑤吴:三国时的吴国在长江下游一带,所以称这一带为吴地。
⑥平明:天亮的时候。
⑦楚山:春秋时的楚国在长江中下游一带,所以称这一带的山为楚山。
⑧孤:独自,孤单一人。
⑨冰心:比喻心的纯洁。

解　读 ///

这首诗大约作于开元二十九年(741)以后。王昌龄当时离京赴江宁(今南京市)丞任,辛渐是他的朋友,这次拟由润州渡江,取道扬州,北上洛阳。王昌龄可能陪他从江宁到润州,然后在此分手。这首诗原题共两首,这一首写的是第二天早晨在江边离别的情景。

《芙蓉楼送辛渐》的构思新颖,淡写朋友的离情别绪,重写自己的高风亮节。首两句苍茫的江雨和孤峙的楚山,烘托送别时的孤寂之情;后两句自比冰壶,表达自己开朗的胸怀和坚强的性格。全诗即景生情,寓情于景,含蓄蕴藉,韵味无穷。

诵读注意事项 ///

前两句要读出诗人凄清孤寂的心境,渲染出冷雨的气息。后两句语气要亲切,是诗人对友人真诚的诉说,更是在表露自己的心迹。最后一句要重读,语速减慢。

相关链接 ///

据《元和郡县志》卷二十六《江南道·润州》丹阳:"王恭为刺史,改创西南楼名万岁楼,西北楼名芙蓉楼。"丹阳在今江苏省西南部,东北滨长江,大运河斜贯,属镇江市。王昌龄大约于开元末年受任江宁丞,有"诗家夫子王江宁"之称。江宁属今南京市,东邻镇江。王昌龄由江宁至镇江西北隅的芙蓉楼,饯别友人辛渐,写了两首赠行诗,这是第一首。

此外,王昌龄还写过一首《别辛渐》,其中有"别馆萧条风雨寒"句,"别馆"即客馆。庾信《哀江南赋序》云"三年囚于别馆"。可见辛、王此别是在被贬谪或流落途中。芙蓉楼之别则是在一个阴雨的秋夜。"寒雨连江夜入吴"的"吴",就是前文所说的江宁一带,此地是三国孙吴故地。"平明"接上句,意谓次日清晨。"楚山"有的理解为友人经镇江取道安徽入洛阳,安徽古属楚国,故称楚山。其实这里当是泛指南方的山。"楚"字只是与上句的"吴"字相照应。因为安徽不仅属楚国,也曾经属孙吴,而孙吴占有今长江中下游的安徽、江苏等地。所以"楚山"与通常所说的"楚天"一样,也是指辽阔的南方。第二句还值得一提的是"孤"字的用法,它在修辞上被赋予的拟人化性质,能够更好地体现作者的感情色彩,突出特定的氛围,收到物我浑一之效。

作　业 ///

有感情地诵读王昌龄的《芙蓉楼送辛渐》。

送元二①使②安西③

渭城④朝雨⑤浥⑥轻尘,
客舍⑦青青柳色⑧新。
劝君⑨更⑩尽一杯酒,
西出阳关▮无故人▮。

作者简介 ///

作者王维,介绍见第三编。

注　释 ///

①元二:姓元,排行第二,作者的朋友。

②使:到某地出使。

③安西:唐代为统辖西域地区而设的安西都护府的简称,在今新疆维吾尔自治区库车县附近。

④渭城:故址秦时咸阳城,汉代改称渭城(《汉书·地理志》),位于渭水北岸,唐时属京兆府咸阳县辖区,陕西咸阳县东,现今西安市西北。

⑤朝雨:早晨下的雨。

⑥浥(yì):湿润,沾湿。

⑦客舍:旅店,本是羁旅者的伴侣。

⑧柳色:即指初春嫩柳的颜色。

⑨君:指元二。

⑩更:再。

▌阳关:汉朝设置的边关名,故址在今甘肃省敦煌县西南,古代跟玉门关同是出塞必经的关口。《元和郡县志》云,因在玉门之南,故称阳关(中国古代地名中,山的南面或水的北面称"阳")。

▌故人:老朋友,旧友。

解　读 ///

这是王维送朋友去西北边疆时作的诗。安西,是唐中央政府为统辖西域地区而设的安西都护府的简称,治所在龟兹城(今新疆库车)。这位姓元的友人是奉朝廷的使命前往安西的。唐代从长安往西去的,多在渭城送别。渭城即秦都咸阳故城,在长安西北,渭水北岸。

这首诗所描写的是一种最有普遍性的离别。它没有特殊的背景,而自有深挚的惜别之情,这就使它适合于绝大多数离筵别席演唱,后来编入乐府,成为最流行、传唱最久的歌曲。

诵读注意事项 ///

前两句写送别的时间、地点、环境气氛,只需徐徐道来。三四两句要深切理解这临行劝酒中蕴含的深情,要把诗人和朋友离别在即,却一时不知从何说起的复杂心情表现出来。

相关链接 ///

《旧唐书·王维传》(节选)

王维,字摩诘,太原祁县人。父处廉,终汾州司马,徙家于蒲,遂为河东人。维开元九年擢进士第。事母崔氏以孝闻。与弟缙俱有俊才,博学多艺亦齐名,闺门友悌,多士推之。历右拾遗、监察御史、左补阙、库部郎中。居母丧,柴毁骨立,殆不胜丧。服阕,拜吏部郎中。天宝末,为给事中。

作 业 ///

1.有感情地诵读王维的《送元二使安西》。

2.将《送元二使安西》改写成一篇送友人的散文。

赠汪伦

李白乘舟将欲行,忽闻岸上踏歌①声。

桃花潭②水深千尺③,不及④汪伦⑤送我情。

作者简介 ///

作者李白,介绍见第三编。

注 释 ///

①踏歌:民间的一种唱歌形式,一边唱歌,一边用脚踏地打拍子,可以边走边唱。

②桃花潭:在今安徽泾县西南一百里。《一统志》谓其深不可测。

③深千尺:诗人用潭水深千尺比喻汪伦与他的友情,运用了夸张的手法(潭深千尺不是实有其事)写深情厚谊,十分动人。

④不及:不如。

⑤汪伦:李白的朋友。李白游泾(jīng)县(在今安徽省)桃花潭时,附近贾村的汪伦经常用自己酿的美酒款待李白,两人便由此结下深厚的友谊。宋蜀本《李白集》此诗题下有注曰:"白游泾县桃花潭,村人汪伦常酝美酒以待白,伦之裔孙至今宝其诗"。据此,后人多以为汪伦是一"村人"。今人汪光泽、李子龙先后发现泾县《汪氏宗谱》、《汪渐公谱》、《汪氏续修支谱》,确知"汪伦又名凤林,仁素公之次子也,为唐时知名士,与李青莲、王辋川诸公相友善,数以诗文往来赠答。青莲居士尤为莫逆交。开元天宝间,公为泾县令,青莲往候之,款洽不忍别。公解任后,居泾邑之桃花潭"(详见《李白学刊》第二辑李子龙《关于汪伦其人》)。按此诗或为汪伦已闲居桃花潭时,李白来访所作。李白于天宝十三年(754)自广陵、金陵至宣城,则此诗当不早于此前。

解 读 ///

李白游泾县桃花潭时,常在汪伦家作客。临走时,汪伦来送行,于是李白写下这首诗留别。诗中表达了李白对汪伦的深情厚谊。

诵读注意事项 ///

这首诗是李白的即兴之作。要诵读时除了要突出李白对汪伦的离别之情处，更要把李白的那种奔放感情，直抒胸臆地表现出来。

相关链接 ///

趣闻轶事

汪伦是唐朝泾州（今安徽省泾县）人，他生性豪爽，喜欢结交名士，经常仗义疏财，慷慨解囊，一掷千金而不惜。当时，李白在诗坛上名声远扬，汪伦非常钦慕，希望有机会一睹诗仙的风采。可是，泾州名不见经传，自己也是个无名小辈，怎么才能请到大诗人李白呢？

后来，汪伦得到了李白将要到安徽游历的消息，这是一次难得的机会，汪伦决定写信邀请他。那时，所有知道李白的人，都知道他有两大爱好：喝酒和游历，只要有好酒，有美景，李白就会闻风而来。于是汪伦便写了这样一封邀请信："先生好游乎？此地有十里桃花。先生好饮乎？此地有万家酒店。"李白接到这样的信，立刻高高兴兴地赶来了。一见到汪伦，便要去看"十里桃花"和"万家酒店"。汪伦微笑着告诉他说："桃花是我们这里潭水的名字，桃花潭方圆十里，并没有桃花。万家呢，是我们这酒店店主的姓，并不是说有一万家酒店。"李白听了，先是一愣，接着哈哈大笑起来，连说："佩服！佩服！"

汪伦留李白住了好几天，李白在那儿过得非常愉快。因为汪伦的别墅周围，群山环抱，重峦叠嶂。别墅里面，池塘馆舍，清静深幽，像仙境一样。在这里，李白每天饮美酒，吃佳肴，听歌咏，与高朋胜友高谈阔论，一天数宴，常相聚会，往往欢娱达旦。这正是李白喜欢的生活。因此，他对这里的主人不禁产生出相见恨晚的情怀。他曾写过《过汪氏别业二首》，在诗中他把汪伦作为窦子明、浮丘公一样的神仙来加以赞赏。

李白要走的那天，汪伦送给他名马八匹、绸缎十捆，派仆人给他送到船上。在家中设宴送别之后，李白登上了停在桃花潭上的小船，船正要离岸，忽然听到一阵歌声。李白回头一看，只见汪伦和许多村民一起在岸上踏步唱歌为自己送行。主人的深情厚谊，古朴的送客形式，使李白十分感动。他立即铺纸研墨，写了这首著名的送别诗给汪伦：李白乘舟将欲行，忽闻岸上踏歌声。桃花潭水深千尺，不及汪伦送我情。这首诗比喻奇妙，并且由于受纯朴民风的影响，李白的这首诗非常质朴平实，更显得情真意切。《赠汪伦》这首诗，使普通村民汪伦的名字流传后世，桃花潭也因此成为游览的胜地。为了纪念李白，村民们在潭的东南岸建起"踏歌岸阁"，至今还吸引着众多游人。

作业 ///

1. 有感情地诵读李白的《赠汪伦》，脱稿。
2. 观看《唐之韵》之《一代诗仙》，了解李白的经历、思想及诗歌创作。

送友人

青山横北郭①，白水②绕东城。
此地一为别③，孤蓬④万里征⑤。
浮云⑥游子⑦意，落日故人情。
挥手自兹⑧去，萧萧⑨班马鸣⑩。

作者简介 ///

作者李白，介绍见第三编。

注 释 ///

①郭：古代在城外修筑的一种外墙。
②白水：明净的水。
③一：助词，加强语气。为别：分别。
④孤蓬：又名"飞蓬"，枯后根短，常随风飞旋。这里比喻即将孤身远行的友人。
⑤征：远行。
⑥浮云：飘动的云。
⑦游子：离家远游的人。
⑧兹：此。
⑨萧萧：马的嘶叫声。
⑩班马：离群的马。

解 读 ///

《送友人》是唐代伟大诗人李白创作的一首充满诗情画意的送别诗。全诗八句四十字，表达了作者送别友人时的依依不舍之情。此诗写得情深意切，境界开朗，对仗工整，自然流畅。青山、白水、浮云、落日，构成高朗阔远的意境。

诵读注意事项 ///

诵读时要把诗人真挚热诚而又豁达乐观的感情表现出来。

相关链接 ///

李白的乐府、歌行及绝句成就为最高。其歌行，完全打破诗歌创作的一切固有格式，空无依傍，笔法多端，达到了任随性之而变幻莫测、摇曳多姿的神奇境界。李白的绝句自然明快，飘逸潇洒，能以简洁明快的语言表达出无尽的情思。在盛唐诗人中，王维、孟浩然长于五绝,王昌龄等七绝写得很好,兼长五绝与七绝而且同臻极境的,只有李白一人。

李白的诗雄奇飘逸,艺术成就极高。他讴歌祖国山河与美丽的自然风光,风格雄奇奔放,俊逸清新,富有浪漫主义精神,达到了内容与艺术的完美统一。他被贺知章称为"谪仙人",其诗大多为描写山水和抒发内心的情感为主。李白的诗具有"笔落惊风雨,诗成泣鬼神"的艺术魅力,这也是他的诗歌中最鲜明的艺术特色。李白的诗富于自我表现的主观抒情色彩十分浓烈,感情的表达具有一种排山倒海、一泻千里的气势。他与杜甫并称为"大李杜",(李商隐与杜牧并称为"小李杜")。

李白诗中常将想象、夸张、比喻、拟人等手法综合运用,从而造成神奇异彩、瑰丽动人的意境,这就是李白的浪漫主义诗作给人以豪迈奔放、飘逸若仙的原因所在。

作 业 ///

1. 有感情地诵读李白的《送友人》,脱稿。
2. 将《送友人》翻译成现代文。

宣州谢朓楼饯别校书叔云①

弃我去者,昨日之日不可留;
乱我心者,今日之日多烦忧。
长风②万里送秋雁,对此可以酣高楼③。
蓬莱文章建安骨④,中间小谢又清发⑤。
俱怀逸兴壮思飞⑥,欲上青天览明月⑦。
抽刀断水水更流,举杯消愁愁更愁。
人生在世不称意⑧,明朝散发弄扁舟⑨。

作者简介 ///

作者李白,介绍见第三编。

注 释 ///

①此诗《文苑英华》题作《陪侍御叔华登楼歌》,则所别者一为李云,一为李华。李白另有五言诗《饯校书叔云》,作于某春季,且无登楼事,与此诗无涉。宣州:今安徽宣城一带。谢朓楼:又名北楼、谢公楼,在陵阳山上,谢朓任宣城太守时所建,并改名为叠嶂楼。饯别:以酒食送行。校(jiào)书:官名,即秘书省校书郎,掌管朝廷的图书整理工作。叔云:李白的叔叔李云。
②长风:远风,大风。
③此:指上句的长风秋雁的景色。酣(hān)高楼:畅饮于高楼。
④蓬莱:此指东汉时藏书之东观。《后汉书》卷二三《窦融列传》附窦章传:"是时学者

称东观为老氏藏室,道家蓬莱山。"李贤注:"言东观经籍多也。蓬莱,海中神山,为仙府,幽经秘籍并皆在也。"蓬莱文章:借指李云的文章。建安骨:汉末建安(汉献帝年号,196—220)年间,"三曹"和"七子"等作家所作之诗风骨遒上,后人称之为"建安风骨"。

⑤小谢:指谢朓,字玄晖,南朝齐诗人。后人将他和谢灵运并称为大谢、小谢。这里用以自喻。清发(fā):指清新秀发的诗风。发:秀发,诗文俊逸。

⑥俱怀:两人都怀有。逸兴(xìng):飘逸豪放的兴致,多指山水游兴,超远的意兴。王勃《滕王阁序》:"遥襟甫畅,逸兴遄飞。"李白《送贺宾客归越》:"镜湖流水漾清波,狂客归舟逸兴多。"壮思飞:卢思道《卢记室诔》:"丽词泉涌,壮思云飞。"壮思:雄心壮志,豪壮的意思。

⑦览:通"揽",摘取。览明月:《唐诗鉴赏辞典》(上海辞书出版社1983年版)作"揽明月"。

⑧称(chèn)意:称心如意。

⑨明朝(zhāo):明天。散发(fà):不束冠,意谓不做官。这里是形容狂放不羁。古人束发戴冠,散发表示闲适自在。弄扁(piān)舟:乘小舟归隐江湖。扁舟:小舟,小船。春秋末年,范蠡辞别越王勾践,"乘扁舟浮于江湖"(《史记·货殖列传》)。

解 读 ///

《宣州谢朓楼饯别校书叔云》是唐代伟大诗人李白在宣城与李云相遇并同登谢朓楼时创作的一首送别诗。此诗共九十二字,并不直言离别,而是重笔抒发自己怀才不遇的牢骚。全诗灌注了慷慨豪迈的情怀,抒发了诗人怀才不遇的激烈愤懑,表达了对黑暗社会的强烈不满和对光明世界的执着追求。虽极写烦忧苦闷,却并不阴郁低沉。诗中蕴含了强烈的思想感情,如奔腾的江河瞬息万变,波澜迭起,和艺术结构的腾挪跌宕、跳跃发展完美结合,达到了豪放与自然和谐统一的境界。

诵读注意事项 ///

这首诗是诗人在宣州谢朓楼上的饯别之作。诗人感慨万端,既满怀豪情逸兴,又时时掩抑不住郁闷与不平,感情回复跌宕,一波三折。语言明朗,似脱口而出,音调激越高昂。

相关链接 ///

这首诗作于安史之乱前不久。李白于天宝元年(742)怀着远大的政治理想来到长安,任职于翰林院。两年后,因被谗而离开朝廷,内心十分愤慨地重新开始了漫游生活。大约是在天宝十二年(753)的秋天,李白来到宣州,客居宣州不久,他的一位故人李云行至此,很快又要离开,李白陪他登谢朓楼,设宴送行。宣州谢朓楼是南齐诗人谢朓任宣城太守时所建。李白曾多次登临,并且写过一首《秋登宣城谢朓北楼》。

李白要送行的李云,是当时著名的古文家,任秘书省校书郎,专门负责校对图书。李白称他为叔,但并非族亲关系。李云又名李华,是当时著名的散文家,曾任秘书省校书郎,天宝十一年(752)任监察御史。独孤及《检校尚书吏部员外郎赵郡李公中集序》中记载:"(天宝)十一年拜监察御史。会权臣窃柄,贪猾当路,公入司方书,出按二千石,持斧所向,列郡为肃。"可见李云为官的刚直、清正和不畏权贵。这首诗是在李云行至宣城与李白相遇并同登谢朓楼时,李白为之饯行而作。

作 业 ///

诵读并书写李白的《宣州谢朓楼饯别校书叔云》

别董大①

【其一】
千里黄云②白日曛③,
北风吹雁雪纷纷。
莫愁前路无知己,
天下谁④人不识君⑤!

【其二】
六翮⑥飘飖⑦私自怜,
一离京洛⑧十余年。
丈夫贫贱应未足,
今日相逢无酒钱。

作者简介 ///

作者高适,介绍见第一编。

注 释 ///

①董大:指董庭兰,是当时有名的音乐家。在其兄弟中排名第一,故称"董大"。

②黄云:天上的乌云,在阳光下,乌云是暗黄色,所以叫黄云。

③曛:昏暗。白日曛,即太阳黯淡无光。

④谁人:哪个人。

⑤君:你,这里指董大。

⑥翮(hé):鸟的羽翼。

⑦飘飖(yáo):飘动。六翮飘飖,比喻四处奔波而无结果。

⑧京洛:长安和洛阳。

解 读 ///

在唐人赠别诗篇中,那些凄清缠绵、低回流连的作品,固然感人至深,但另外一种慷慨悲歌、出自肺腑的诗作,却又以它的真诚情谊,坚强信念,为灞桥柳色与渭城风雨涂上了另一种豪放健美的色彩。高适的《别董大二首》便是后一种风格的佳篇。

这两首送别诗作于天宝六年(747),当时高适在睢阳,送别的对象是著名的琴师董庭兰。盛唐时盛行胡乐,能欣赏七弦琴这类古乐的人不多。崔珏有诗道:"七条弦上五音寒,此艺知音自古难。唯有河南房次律,始终怜得董庭兰。"这时高适也很不得志,到处浪游,常处于贫贱的境遇之中。但在这两首送别诗中,高适却以开朗的胸襟,豪迈的语调把临别赠言说得激昂慷慨,鼓舞人心。

从诗的内容来看,这两篇作品当是写高适与董大久别重逢,经过短暂的聚会以后,又各奔他方的赠别之作。而且,两个人都处在困顿不达的境遇之中,贫贱相交自有深沉的感慨。诗的第二首可作如是理解。第一首却胸襟开阔,写别离而一扫缠绵幽怨的老调,雄壮豪迈,堪与王勃"海内存知己,天涯若比邻"的情境相媲美。

诵读注意事项 ///

前两句要突出悲壮、大气,后两句要突出慷慨、激昂,把诗人营造的情与景紧密地结合起来,做到情景交融。

相关链接 ///

高适是盛唐时期"边塞诗派"的领军人物,"雄浑悲壮"是他的边塞诗的突出特点。其诗歌尚质主理,雄壮而浑厚古朴。高适少孤贫,有游侠之气,曾漫游梁宋,躬耕自给,加之本人豪爽正直的个性,故诗作反映的层面较广阔,题旨亦深刻。高适的心理结构比较粗放,性格率直,故其诗多直抒胸臆,或夹叙夹议,较少用比兴手法。如《燕歌行》,开篇就点出国难当头,突出紧张气氛:"汉家烟尘在东北,汉将辞家破残贼";结尾处直接评论:"君不见沙场征战苦,至今犹忆李将军!"既有殷切期待,又有深切感叹,含蓄而有力。

作 业 ///

诵读并书写高适的《别董大》。

赋得古原草送别①

离离原上草②,一岁一枯荣③。
野火烧不尽,春风吹又生。
远芳侵古道④,晴翠接荒城⑤。
又送王孙去⑥,萋萋满别情⑦。

作者简介 ///

白居易(772—846),字乐天,号香山居士,下邽(今陕西渭南)人。贞元十六年(800)进士及第,历任左拾遗,东宫赞善大夫,江州司马,杭州、苏州刺史等职。白居易是一位伟大的现实主义诗人。他的诗歌题材广泛,形式多样,语言平易通俗。在诗歌创作理论上,他提出"文章合为时而著","诗歌合为事而作"的主张,领导了中唐时期的"新乐府运动"。在创作实践中,以其对通俗性、写实性的突出强调和全力表现,在中国诗史上占有重要地位。有《白氏长庆集》,存诗2800多首。诗歌代表作为《琵琶行》《长恨歌》等。

注　释 ///

①赋得:借古人诗句或成语命题作诗。诗题前一般都冠以"赋得"二字。这是古代人学习作诗或文人聚会分题作诗或科举考试时命题作诗的一种方式,称为"赋得体"。

②离离:青草茂盛的样子。

③一岁一枯荣:枯,枯萎。荣,茂盛。野草每年都会茂盛一次,枯萎一次。

④远芳侵古道:芳,指野草那浓郁的香气。侵,侵占,长满。远处芬芳的野草一直长到古老的驿道上。

⑤晴翠:草原明丽翠绿。

⑥王孙:本指贵族后代,此指要送的人。

⑦萋萋:形容草木长得茂盛的样子。

解　读 ///

《赋得古原草送别》作于唐德宗贞元三年(788),作者当时实龄16岁。此诗是应考习作,按科考规矩,凡指定、限定的诗题,题目前必须加"赋得"二字,作法与咏物诗相似。

此诗通过对古原上野草的描绘,抒发送别友人时的依依惜别之情。它可以看成是一曲野草颂,进而是生命的颂歌。诗的前四句侧重表现野草生命的历时之美,后四句侧重表现其共时之美。全诗章法谨严,用语自然流畅,对仗工整,写景抒情水乳交融,意境浑成,是"赋得体"中的绝唱。

诵读注意事项 ///

诵读时要融入深切的生活感受,要字字含真情。

相关链接 ///

一圣二仙

李白、杜甫、白居易是中国三大诗人,人们尊李白为"诗仙",尊杜甫为"诗圣"、"诗史",对白居易称"诗魔"等,日本学界则称白居易为"诗神"。其实,在唐代对白居易的称呼是"诗仙",请看唐宣宗的诗:"缀玉联珠六十年,谁教冥路作诗仙? 浮云不系名居易,造化无为字乐天。童子解吟长恨曲,胡儿能唱琵琶篇,文章已满行人耳,一度思卿一怆然。"
而李白的"诗仙"是清代文人给予的称呼。因此,学者认为:中国诗坛应该是一圣二仙。

创作主张

文章合为时而著,歌诗合为事而作。

作品风格

语言优美、通俗、音调和谐,形象鲜明、政治讽喻。

作 业 ///

1.观看《唐之韵》之《江州司马》,了解白居易的经历、思想及诗歌创作。

2.课下诵读白居易的另一首诗歌《钱塘湖春行》,体会这首诗歌的感情基调跟《赋得古原草送别》有何不同。并说出这两首诗歌表达的思想感情。

送 别

长亭外,古道边,芳草碧连天。

晚风拂柳笛声残,夕阳山外山。

天之涯,地之角,知交半零落。

一杯浊酒尽余欢,今宵别梦寒。

长亭外,古道边,芳草碧连天。

问君此去几时还,来时莫徘徊。

天之涯,海之角,知交半零落。

人生难得是欢聚,唯有别离多。

作者简介 ///

李叔同,又名李息霜、李岸、李良,谱名文涛,幼名成蹊,学名广侯,字息霜,别号漱筒。李叔同是著名音乐、美术教育家,书法家,戏剧活动家,是中国话剧的开拓者之一。他从日本留学归国后,担任过教师、编辑之职,后剃度为僧,法名演音,号弘一,晚号晚晴老人。1913年受聘为浙江两级师范学校(后改为浙江省立第一师范学校)音乐、图画教师。1915年起又兼任南京高等师范学校(南京大学前身)音乐、图画教师。南京大学历史上第一首校歌——南京高等师范学校校歌就是由他谱曲的。

解 读 ///

《送别》曲调取自约翰·P.奥德威作曲的美国歌曲《梦见家和母亲》。李叔同在日本留学时,日本歌词作家犬童球溪采用《梦见家和母亲》的旋律填写了一首名为《旅愁》的歌词。而李叔同作的《送别》,则取调于犬童球溪的《旅愁》。《送别》不涉教化,意蕴悠长,音乐与文学的结合堪称完美。歌词以长短句结构写成,语言精练,感情真挚,意境深邃。歌

曲为单三部曲式结构,每个乐段由两个乐句构成。

《送别》一词写的是人间的离别之情,述的是人间美好之缘,构筑的却是人生的天问风景。从歌词的字里行间,我们也感悟到人间事事本无常的道理。花开花落,生死无常,何况离别呢! 在这首清词的丽句中,蕴藏着禅意,是一幅生动感人的画面,作品中充溢着不朽的真情,感动着自己,也感动着熟悉的陌生的人们。在弘一法师的众多作品里,从另外一个角度也体现了中国文化的意蕴和精神。"一音入耳来,万事离心去"。弘一法师的作品充满了人生哲理,蕴藏着禅意,给人启迪,宁静淡雅。法师的词像一杯清香的茶,清淡纯净,淡中知真味。

诵读注意事项 ///

诵读时语调要注意平缓悠长,凄美柔婉,要表达出李叔同与"金兰之交"友人分别时的离愁别绪,对友人依依不舍的思想感情。

相关链接 ///

弘一法师,俗名李叔同,清光绪六年(1880)阴历九月二十生于天津官宦富商之家,1942 年九月初四圆寂于泉州。他是中国新文化运动的前驱,卓越的艺术家、教育家、思想家、革新家,是中国传统文化与佛教文化相结合的优秀代表,是中国近现代佛教史上最杰出的一位高僧,又是国际上声誉甚高的知名人士。李叔同是"二十文章惊海内"的大师,集诗、词、书、画、篆刻、音乐、戏剧、文学于一身,在多个领域,开中华灿烂文化艺术之先河。同时,他在教育、哲学、法学、汉字学、社会学、广告学、出版学、环境与动植物保护、人体断食实验诸方面均有创造性发展。

他把中国古代的书法艺术推向了极致。作为高僧,弘一与历史上的一些僧人艺术家存有差异,如智永和怀素,尽管身披袈裟,但似乎他们的一生并未以坚定的佛教信仰和恳切实际的佛教修行为目的,他们不过是寄身于禅院的艺术家,"狂来轻世界,醉里得真知",这完全是艺术家的气质与浪漫。八大山人笔下的白眼八哥形象,讽刺的意味是显而易见的,他的画作实在为一种发泄,是入世的,并未超然。比之他们,弘一修禅来得彻底,他皈依自心,超然尘外,要为律宗的即修为佛而献身,是一名纯粹的佛教大家。

他是第一个向中国传播西方音乐的先驱者,所创作的《送别歌》,历经几十年传唱经久不衰,成为经典名曲。同时,他也是中国第一个开创裸体写生的教师。卓越的艺术造诣,先后培养出了名画家丰子恺、音乐家刘质平等一些文化名人。他苦心向佛,过午不食,精研律学,弘扬佛法,普度众生出苦海,被佛门弟子奉为律宗第十一代世祖。他为世人留下了咀嚼不尽的精神财富,他的一生充满了传奇色彩,他是中国绚丽至极归于平淡的典型人物。太虚大师曾为赠偈:以教印心,以律严身,内外清净,菩提之因。赵朴初先生评价大师的一生为:"无尽奇珍供世眼,一轮圆月耀天心。"

作　业 ///

能默读并演唱《送别》

再别康桥

轻轻地我走了，
正如我轻轻地来；
我轻轻地招手，
作别西天的云彩。
那河畔的金柳，
是夕阳中的新娘；
波光里的艳影，
在我的心头荡漾。
软泥上的青荇，
油油的在水底招摇；
在康河的柔波里，
我甘心做一条水草！
那榆荫下的一潭，
不是清泉，
是天上虹；
揉碎在浮藻间，
沉淀着彩虹似的梦。
寻梦？撑一支长篙，
向青草更青处漫溯；
满载一船星辉，
在星辉斑斓里放歌。
但我不能放歌，
悄悄是别离的笙箫；
夏虫也为我沉默，
沉默是今晚的康桥！
悄悄地我走了，
正如我悄悄地来；
我挥一挥衣袖，
不带走一片云彩。

作者简介 ///

徐志摩,现代诗人、散文家。徐志摩是金庸的表兄。原名章垿,字槱森,留学英国时改名志摩。曾经用过的笔名:南湖、诗哲、海谷、谷、大兵、云中鹤、仙鹤、删我、心手、黄狗、谔谔等。徐志摩是新月派代表诗人,新月诗社成员。1915 年毕业于杭州一中,先后就读于上海沪江大学、天津北洋大学和北京大学。1918 年赴美国学习银行学。1921 年赴英国留学,入剑桥大学当特别生,研究政治经济学。1926 年任中央大学(1949 年更名南京大学)教授。在剑桥两年深受西方教育的熏陶及欧美浪漫主义和唯美派诗人的影响。

解 读 ///

此诗写于 1928 年 11 月 6 日,初载于 1928 年 12 月 10 日《新月》月刊第 1 卷第 10 号,署名徐志摩。康桥,即英国著名的剑桥大学所在地。1920 年 10 月—1922 年 8 月,诗人曾游学于此。康桥时期是徐志摩一生的转折点。诗人在《猛虎集·序文》中曾经自陈道:在 24 岁以前,他对于诗的兴味远不如对于相对论或民约论的兴味。正是康河的水,开启了诗人的心灵,唤醒了久蛰在他心中的诗人的天命。因此他后来曾满怀深情地说:"我的眼是康桥教我睁的,我的求知欲是康桥给我拨动的,我的自我意识是康桥给我胚胎的。"(《吸烟与文化》)

1928 年诗人故地重游。11 月 6 日在归途的中国南海上,他吟成了这首传世之作。这首诗最初刊登在 1928 年 12 月 10 日《新月》月刊第 1 卷 10 号上,后收入《猛虎集》。可以说,"康桥情节"贯穿在徐志摩一生的诗文中;而《再别康桥》无疑是其中最有名的一篇。

此诗作于徐志摩第三次欧游的归国途中。时间是 1928 年 11 月 6 日,地点是中国上海。7 月底的一个夏天,他在英国哲学家罗素家中逗留一夜之后,事先谁也没有通知,一个人悄悄来到康桥找他的英国朋友。遗憾的是他的英国朋友一个也不在,只有他熟悉的康桥在默默等待他,一幕幕过去的生活图景,又重新在他的眼前展现……由于他当时时间比较紧急,又赶着要去会见另一个英国朋友,故未把这次感情活动记录下来。直到他乘船离开马赛的归国途中,面对汹涌的大海和辽阔的天空,才展纸执笔,记下了这次重返康桥的切身感受。

诵读注意事项 ///

诵读时要注意当时徐志摩即将踏上回国的旅途,他要再看一眼康桥,看到眼睛里,珍藏在心里,所以他的心情应该是一种恋恋不舍,一种赞美,但他也为快回到祖国而感到极为高兴。所以要怀着这种情绪,以情带声。当然在朗读的过程中也要注意节奏的快慢,轻重。

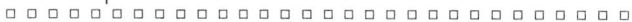

相关链接 ///

趣闻轶事:徐悲鸿画"无爪猫"揶揄徐志摩

徐悲鸿喜欢以画马言志,猫则大半是画来酬答友人的。1930 年 4 月,徐悲鸿画展在上海举行,徐志摩因故未能参加。不久徐志摩发表散文《猫》,写到"我的猫,她是美丽与健壮的化身"。徐悲鸿遂画《猫》赠予徐志摩。画中题跋首句"志摩多所恋爱,今乃及猫",字面上指的是物事,言外揶揄之意,朋友间都能一笑而解。徐悲鸿的幽默还体现在他画的是一只"无爪猫",这也和"两徐"文艺论战有关。徐悲鸿倡导写实主义,此处他以猫比喻西方绘画,"去其爪"就是指需要改良,他通过这幅画再次强调了自己的绘画观。

作 业 ///

1.能带感情地诵读《再别康桥》。
2.阅读徐志摩的《雪花的快乐》、《我不知道风是在哪一个方向吹》、《偶然》。

第五编

言志抒情咏怀诗

饱含着诗人丰富感情的诗歌,是发自诗人内心的声音。"诗言志,歌咏言",这是前人对诗歌本质的概括和总结。小时候我们念李白的"床前明月光",不懂思乡的我们只知道月亮和想家有关;长大后李商隐一句"相见时难别亦难"让我们知道爱似乎是苦涩的。再后来,陶渊明"采菊东篱下"让我们忙碌的时候也要有份"悠然"的态度……可以说,诗歌伴随我们的成长。

它通过对大自然的感情,医治人们心灵的创伤;通过享受宇宙的私语,安抚人们的魂灵。它可以浪漫,可以悲伤;它可以愤怒,可以压抑;它可以喷发,可以低吟……这就是诗,它教会我们静听雨打芭蕉的声音,它教我们学会欣赏袅袅升起的炊烟,它教会我们体会母亲的思子之痛,也让我们学会游子的感恩之心。

诗歌让我们融入自然,也贴近自己的心灵。春来雨声杏花落,夏季蝉鸣白莲开,秋天的霜叶,冬日的白雪……一年四季,生命轮回,我们的生活从来不曾离开过诗。

短歌行

对酒当歌,人生几何①?譬如朝露,去日苦多②。
慨当以慷③,忧思难忘。何以解忧?唯有杜康④。
青青子衿,悠悠我心⑤。但为君故,沉吟至今。
呦呦鹿鸣,食野之苹。我有嘉宾,鼓瑟吹笙⑥。
明明如月,何时可掇⑦?忧从中来,不可断绝。
越陌度阡,枉用相存⑧。契阔谈讌,心念旧恩⑨。
月明星稀,乌鹊南飞。绕树三匝⑩,何枝可依?
山不厌高,海不厌深。周公吐哺,天下归心。

作者简介 ///

曹操(155—220),字孟德,小名阿瞒,东汉沛国谯(今安徽省亳(bó)县)人。汉献帝时官至丞相,后被封为魏王。死后其子曹丕称帝,追尊他为魏武帝。曹操是汉末的政治家、军事家,也是作家。在文学上的主要成就是诗和散文。他的诗继承汉代乐府民歌反映现实的优良传统,有的写时事,有的写自己的政治理想和远大抱负,风格悲凉慷慨。散文写得质朴简约,从内容到形式都不受传统的束缚,豪迈雄健,体现了"建安风骨"的基本特征。曹操的两个儿子曹丕和曹植在文学上也各有成就,文学史家习惯称他们为"曹氏父子"或"三曹"。曹操原著有集三十卷,已散佚。现存乐府诗二十余首,散文四十余篇,有中华书局辑校的《曹操集》。

注 释 ///

①对酒当歌:一边喝着酒,一边唱着歌。当,是应当的意思,也有当对着讲。几何:多少。指岁月有多少。

②去日苦多:苦于过去的日子太多了,有慨叹人生短暂之意。

③慨当以慷:指宴会上的歌声激昂慷慨。当以,这里是"应当用"的意思。全句意思是,应当用激昂慷慨(的方式来唱歌)。慷:激昂扬声。慨:叹息。

④杜康:相传是最早造酒的人,这里代指酒。

⑤青青子衿(jīn),悠悠我心:出自《诗经·郑风·子衿》。原写姑娘思念情人,这里用来比喻渴望得到有才学的人。子,对对方的尊称。衿,古式的衣领。青衿,是周代读书人的服装,这里指代有学识的人。悠悠,长久的样子,形容思虑连绵不断。

⑥呦(yōu)呦鹿鸣,食野之苹。我有嘉宾,鼓瑟吹笙(shēng):出自《诗经·小雅·鹿鸣》。呦呦:鹿叫的声音。鼓:弹。苹:艾蒿。

⑦何时可掇(duō):什么时候可以摘取呢?掇,拾取,摘取。

⑧越陌度阡:穿过纵横交错的小路。陌,东西向田间小路。阡,南北向的小路。枉用相存:屈驾来访。枉,这里是"枉驾"的意思;用,以。存,问候,思念。

⑨讌(yàn):同"宴"(原文中讌为"讌")。

⑩匝(zā):周,圈。

解 读 ///

《短歌行》是汉乐府的旧题,属于《相和歌辞·平调曲》。这就是说它本来是一个乐曲的名称。最初的古辞已经失传。乐府里收集的同名诗有 24 首,最早的是曹操的这首。这首《短歌行》的主题非常明确,就是作者希望有大量人才来为自己所用。曹操在其政治活动中,为了扩大他在庶族地主中的统治基础,打击反动的世袭豪强势力,曾大力强调"唯才是举",为此而先后发布了"求贤令""举士令""求逸才令"等,而《短歌行》实际上就是一曲"求贤歌",又因为运用了诗歌的形式,含有丰富的抒情成分,所以起到了独特的感染作用,有力地宣传了他所坚持的主张,配合了他所颁发的政令。

《三国演义》第四十八回有一段曹操横槊赋诗的描写。曹操平定北方后,率百万雄师,饮马长江,与孙权决战。是夜明月皎洁,他在大江之上置酒设乐,欢宴诸将。酒酣,操取槊(长矛)立于船头,慷慨而歌。

诵读注意事项 ///

此诗作于诗人的晚年,对于年近 53 岁的曹操来说人生的短促感、焦灼感重重地向他压来。诵读时前四句语速缓慢,语气伤感低沉,后四句慷慨激昂。

感受诗人呐喊中求贤若渴及奋发向上、渴求建功立业的精神。把握诗人"忧"的内涵。

相关链接 ///

建安风骨

指汉魏之际曹氏父子、建安七子等人诗文的俊爽刚健风格。汉末建安时期文坛巨匠"三曹"(曹操、曹丕、曹植)、"七子"(孔融、陈琳、王粲、徐干、阮瑀、应场、刘桢)继承了汉乐府民歌的现实主义传统,普遍采用五言形式,以风骨遒劲而著称,并具有慷慨悲凉的阳刚之气,形成了文学史上"建安风骨"的独特风格,被后人尊为典范。无论是"曹氏父子"还是"建安七子",都长期生活在河洛大地,这种骏爽刚健的风格是同河洛文化密切相关的。"风骨"是中国文学批评史上的一个重要的概念,自南朝至唐,它一直是文学品评的主要标准。

作　业 ///

1. 背诵《短歌行》。
2. 配乐诵读《短歌行》。

咏怀诗

夜中不能寐,起坐弹鸣琴。
薄帷鉴明月,清风吹我襟①。
孤鸿号外野,翔鸟鸣北林。
徘徊将何见,忧思独伤心。

作者简介 ///

阮籍(210～263),字嗣宗,陈留尉氏(今河南开封)人。是建安七子之一阮瑀之子。曾任步兵校尉等职,故世称阮步兵。崇奉老庄之学,政治上则采取谨慎避祸的态度。与嵇康、刘伶等七人为友,常集于竹林之下肆意酣畅,世称竹林七贤。他本有济世志,但生活在魏晋易代之际,天下名士少有全者。他只有酣饮以全身远祸,并常常做出一些越礼骇俗之举来表现自己对黑暗政治的反抗和对虚伪礼法的蔑视。他的代表作是 82 首五言《咏怀诗》。《咏怀诗》是魏晋易代之际险恶的社会政治现实挤压出来的以诗人血泪凝铸成的一曲社会人生的悲歌,是诗人痛苦心灵的回声。诗以"言在耳目之内,情寄八荒之表"的寓意象征手法,抒发了阮籍的忧生伤世之痛,悲天悯人之哀和超尘脱俗之想,表现了诗人孤独、焦虑、苦闷、忧伤的内在思想感情,被誉为我国诗史上创作格调最高的旷世绝作。这无疑主要取决于阮籍《咏怀诗》突出的艺术成就。

注 释 ///

①襟：也有版本为"衿"。

解 读 ///

正始时期，魏国内部发生了残酷血腥的权力斗争，司马氏擅权，大肆屠杀异己。政治的黑暗和恐怖之中，文人少有全其身者，所谓"天下多故，名士少有全焉"。活着的人，或放浪形骸，或寄情于山水之中，借以逃避祸端，或曲折为文，借以发泄不满。士人政治理想归于破灭，普遍出现危机感和幻灭感，诗风由建安时的慷慨悲壮变为词旨渊永，寄托遥深。诗歌表现了深刻的理性思考和尖锐的人生悲哀，体现出了正始诗风的独特面貌。

诵读注意事项 ///

不眠的诗人在清风明月中弹琴徘徊，除了孤鸿哀号、翔鸟悲鸣，一无所见。整首诗基调凄清悲冷，充满对社会的深广忧愤，对人生的无限悲哀，还有无与言说的孤独痛苦。诵读时要深刻体会作者的情感，徐缓诵之。

相关链接 ///

竹林七贤

魏正始年间（240－249），嵇康、阮籍、山涛、向秀、刘伶、王戎及阮咸七人，常在当时的山阳县（今河南辉县、修武一带）竹林之下，喝酒、纵歌，肆意酣畅，世谓竹林七贤。但据后来学者陈寅恪先生考，西晋末年，比附内典，外书的"格义"风气盛行，东晋初年，乃取天竺"竹林"之名，加于"七贤"之上，成为"竹林七贤"，"竹林"既非地名，也非真有什么"竹林"之说的观点。"竹林七贤"的作品基本上继承了建安文学的精神，但由于当时的血腥统治，作家不能直抒胸臆，所以不得不采用比兴、象征、神话等手法，隐晦曲折地表达自己的思想感情。

作 业 ///

1.背诵《咏怀诗》。
2.了解"竹林七贤"的事迹和各自的作品。

拟咏怀

步兵未饮酒，中散未弹琴①。
索索无真气，昏昏有俗心。
涸鲋常思水②，惊飞每失林。
风云能变色，松竹且悲吟。
由来不得意，何必往长岑。

作者简介 ///

庾信(513—581),字子山,祖籍南阳新野(今河南新野),南北朝文学家。庾信早年曾任梁湘东国常侍等职,陪同太子萧纲(梁简文帝)等写作一些绮艳的诗歌。梁武帝末,侯景叛乱,庾信时为建康令,率兵御敌,战败。建康失陷,他被迫逃亡江陵,投奔梁元帝萧绎。元帝承圣三年(554),他奉命出使西魏,抵达长安不久,西魏攻克江陵,杀萧绎。他被留在长安,官至骠骑大将军开府仪同三司,故又称"庾开府"。庾信被强留于长安,永别江南,内心很是痛苦,再加上流离颠沛的生活,使他出使西魏以前和以后在思想、创作上发生了深刻的变化。庾信出使西魏以前的作品存者不多,一般没有摆脱"宫体诗"的影响,迄今被传诵的诗赋,大抵是到北方后所作,这些作品从思想内容到艺术风格都和早年有所不同。

注　释 ///

①中散(zhōng sàn):中散大夫的省称。
②涸鲋(hé fù):"涸辙之鲋"的略语。典出《庄子·外物》。指在干涸了的车辙沟里的鲫鱼,喻指处境艰难或无益之助。

解　读 ///

《拟咏怀》27首是庾信的诗歌代表作,主要是作者是感叹自己的身世,其文苍劲沉郁。

诵读注意事项 ///

作者以涸鲋思水、惊鸟失林、风云变色、松林悲吟形容失去故国的处境及悲凉沉痛的心情。诵读时语气低沉、徐缓。

相关链接 ///

小园赋(节选)
庾　信

若夫一枝之上,巢夫得安巢之所;一壶之中,壶公有容身之地。况乎管宁藜床,虽穿而可座;嵇康锻灶,既烟而堪眠。岂必连阃洞房,南阳樊重之第;赤墀青锁,西汉王根之宅。余有数亩弊庐,寂寞人外,聊以拟伏腊,聊以避风雨。虽复晏婴近市,不求朝夕之利;潘岳面城,且适闲居之乐。况乃黄鹤戒露,非有意于轮轩;爱居避风,本无情于钟鼓。陆机则兄弟同居,韩康则舅甥不别,蜗角蚊睫,又足相容者也。

尔乃窟室徘徊,聊同凿坯。桐间露落,柳下风来。琴号珠柱,书名玉杯。有棠梨而无馆,足酸枣而无台。犹得敧侧八九丈,纵横数十步,榆柳三两行,梨桃百余树。拔蒙密兮见窗,行敧斜兮得路。蝉有翳兮不惊,雉无罗兮何惧!草树混淆,枝格相交。山为篑覆,地有堂坳。藏狸并窟,乳鹊重巢。连珠细菌,长柄寒匏。可以疗饥,可以栖迟,崎岖兮狭室,穿漏兮茅茨。檐直倚而妨帽,户平行而碍眉。坐帐无鹤,支床有龟。鸟多闲暇,花随四时。心则历陵枯木,发则睢阳乱丝。非夏日而可畏,异秋天而可悲。

一寸二寸之鱼,三竿两竿之竹。云气荫于丛著,金精养于秋菊。枣酸梨酢,桃榹李奠。落叶半床,狂花满屋。名为野人之家,是谓愚公之谷。试偃息于茂林,乃久美于抽簪。虽无门而长闭,实无水而恒沉。三春负锄相识,五月披裘见寻。问葛洪之药性,访京房之卜林。草无忘忧之意,花无长乐之心。鸟何事而逐酒? 鱼何情而听琴?

作 业 ///

1.背诵《拟咏怀》。

望月怀远①

海上生明月,天涯共此时②。
情人怨遥夜③,竟夕起相思。
灭烛怜光满④,披衣觉露滋。
不堪盈手赠,还寝梦佳期⑤。

作者简介 ///

张九龄(678—740),唐朝大臣,字子寿,又名博物,韶州曲江(今广东韶关)人。景龙初年进士。唐玄宗时历官中书侍郎、同中书门下平章事、中书令,是唐朝有名的贤相。开元二十四年(736)为李林甫所谮,罢相。其《感遇诗》以格调刚健著称,著有《曲江集》。

注 释 ///

①怀远:怀念远方的亲人。

②"海上"两句:辽阔无边的大海上升起一轮明月,使人想起了远在天涯海角的亲友,此时此刻也该是望着同一轮明月。谢庄《月赋》:"隔千里兮共明月"。

③情人:多情的人,指作者自己;一说指亲人。遥夜:长夜。怨遥夜:因离别而幽怨失眠,以至抱怨夜长。竟夕:终宵,即一整夜。

④怜:爱。滋:湿润。怜光满:爱惜满屋的月光。这里的灭烛怜光满,很显然根据上下文,应该是个月明的时候,应该在农历十五左右。此时月光明亮,熄掉油灯仍然感受得到月光的柔美。当一个人静静地在屋子里面享受月光,就有种"怜"的感觉,这只是一种发自内心的感受而已,读诗读人,应该理解当时诗人的心理才能读懂诗词。"光满"自然就是月光照射充盈的样子,"满"描写了一个状态,应该是月光直射到屋内。

⑤"不堪"两句:月华虽好但是不能相赠,不如回入梦乡觅取佳期。陆机《拟明月何皎皎》:"照之有余辉,揽之不盈手。"盈手:双手捧满之意。盈:满(指那种满当当的充盈的状态)。

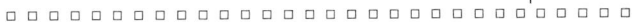

解　读

古人对月,有着深厚的感情,联想非常丰富。望月怀人,常常成为古诗词中的题材,但像张九龄写得如此幽清淡远,深情绵邈,却不多见。诗是通过主人公望月时思潮起伏的描写,来表达诗人对远方之人殷切怀念的情思的。这一声"怨长夜",包孕着多么深沉的感情!

诗题《望月怀远》,全诗以"望""怀"着眼,把"月"和"远"作为抒情对象。所以诗中处处不离明月,句句不离怀远,把月写得那么柔情,把情写得那么沉着,诗的情意是那么缠绵而不见感伤。语言自然浑成而不露痕迹。这种风格对以后的孟浩然、王维等诗人有着深远的影响。

诵读注意事项

诗是通过主人公望月时思潮起伏的描写,来表达诗人对远方之人殷切怀念的情思的。整首诗基调缠绵却不见伤感,诵读时注意停顿。

相关链接

西江夜行

遥夜人何在,澄潭月里行。
悠悠天宇旷,切切故乡情。
外物寂无扰,中流澹自清。
念归林叶换,愁坐露华生。
犹有汀洲鹤,宵分乍一鸣。

作　业

1.赏析并背诵《望月怀远》。
2.默写。
3.配乐诵读。

行路难①

金樽清酒斗十千,玉盘珍羞直万钱②。
停杯投箸不能食③,拔剑四顾心茫然。
欲渡黄河冰塞川④,将登太行雪满山。
闲来垂钓碧溪上,忽复乘舟梦日边⑤。
行路难!行路难!多歧路,今安在⑥?
长风破浪会有时,直挂云帆济沧海⑦。

作者简介 ///

作者李白,介绍见第三编。

注 释 ///

①行路难:选自《李白集校注》,乐府《杂曲歌辞》调名,内容多写世路艰难和离别悲伤之意。

②金樽(zūn):古代盛酒的器具,以金为饰。清酒:清醇的美酒。斗十千:一斗值十千钱(即万钱),形容酒美价高。玉盘:精美的食具。珍羞:珍贵的菜肴。羞:同"馐",美味的食物。直:通"值",价值。

③投箸:丢下筷子。箸(zhù):筷子。不能食:咽不下。茫然:无所适从。

④塞:堵塞。太行:太行山,在现在山西、河南、河北三省交界处。

⑤闲来垂钓碧溪上,忽复乘舟梦日边:这两句暗用典故,姜太公曾在渭水的磻溪上钓鱼,得遇周文王,助周灭商;伊尹曾梦见自己乘船从日月旁边经过,后被商汤聘请,助商灭夏。姜太公和伊尹都曾辅佐帝王建立不朽功业,诗人借此表明自己对从政仍有所期待。碧:一作"坐"。忽复:忽然又。

⑥多歧路,今安在:岔道这么多,如今身在何处?岐:一作"歧",岔路。安:哪里。

⑦长风破浪:比喻实现政治理想。据《宋书·宗悫传》载:宗悫少年时,叔父宗炳问他的志向,他说:"愿乘长风破万里浪。"会:当。云帆:高高的船帆。船在海里航行,因天水相连,船帆好像出没在云雾之中。济:渡过。

解 读 ///

天宝元年(742),李白奉诏入京,担任翰林供奉。李白本是个积极入世的人,才高志大,很想像管仲、张良、诸葛亮等杰出人物一样干一番大事业。可是入京后,他却没被唐玄宗重用,还受到权臣的谗毁排挤,两年后被"赐金放还",变相撵出了长安。

"行路难"多写世道艰难,表达离情别意。李白《行路难》共三首,尤以这一首最被人们所熟知。诗以"行路难"比喻世道险阻,抒写了诗人在政治道路上遭遇艰难时,产生的不可抑制的激愤情绪。但他并未因此而放弃远大的政治理想,仍盼着总有一天会施展自己的抱负,表现了他对人生前途乐观豪迈的气概,充满了积极浪漫主义的情调。

全诗在高度彷徨与大量感叹之后,以"长风破浪会有时"忽开异境,并且坚信美好前景终会到来,因而"直挂云帆济沧海",激流勇进。蕴意波澜起伏,跌宕多姿。

诵读注意事项 ///

本诗抒写了诗人在政治道路上遭遇艰难时,产生的不可抑制的激愤情绪。但他并未因此而放弃远大的政治理想,仍盼着总有一天会施展自己的抱负,所以又表现了他乐观豪迈的气概,充满了积极浪漫主义的情调。

相关链接 ///

将(qiāng)进酒①

李　白

君不见,黄河之水天上来,奔流到海不复回。

君不见,高堂明镜悲白发,朝如青丝暮成雪。

人生得意须尽欢,莫使金樽(zūn)空对月。

天生我材必有用,千金散尽还(huán)复来。

烹羊宰牛且为乐,会须一饮三百杯。

岑(cén)夫子,丹丘生,将进酒,杯莫停。

与君歌一曲,请君为我侧耳听。

钟鼓馔(zhuàn)玉不足贵,但愿长醉不复醒。

古来圣贤皆寂寞,惟有饮者留其名。

陈王昔时宴平乐,斗酒十千恣(zì)欢谑(xuè)。

主人何为言少钱,径须沽(gū)取对君酌。

五花马,千金裘(qiú),

呼儿将出换美酒,与尔同销万古愁。

①将进酒:将,音 qiāng,愿也。进酒,饮酒。将进酒,意即请饮酒,等同于今言"干杯"。

作　业 ///

1. 理解并背诵《行路难》。

2. 配乐诵读。

旅夜书怀

细草微风岸①,危樯独夜舟②。

星垂平野阔,月涌大江流③。

名岂文章著,官应老病休④。

飘飘⑤何所似,天地一沙鸥。

作者简介 ///

作者杜甫,介绍见第一编。

注　释

①岸：指江岸边。

②危樯(qiáng)：高竖的桅杆。危，高。樯，船上挂风帆的桅杆。独夜舟：是说自己孤零零地一个人夜泊江边。

③星垂平野阔：星空低垂，原野显得格外广阔。月涌：月亮倒映，随水流涌。大江：指长江。

④官应老病休：官倒是因为年老多病而被罢退。应，认为是。

⑤飘飘：飞翔的样子，这里含有"飘零""漂泊"的意思，借沙鸥以写人的漂泊。

解　读

这首诗是杜甫五律诗中的名篇，历来为人称道。《四溟诗话》评此诗"句法森严，'涌'字尤奇。"《瀛奎律髓汇评》引纪昀语："通首神完气足，气象万千，可当雄浑之品。"

王夫之《姜斋诗话》说："情景虽有在心在物之分，而景生情，情生景，……互藏其宅。"情景互藏其宅，即寓情于景和寓景于情。前者写宜于表达诗人所要抒情的景物，使情藏于景中；后者不是抽象地写情，而是在写情中藏有景物。杜甫的这首《旅夜书怀》，就是古典诗歌中情景相生、互藏其宅的一个范例。

全诗从侧面烘托了当时朝廷政治的腐败以及自己内心怀才不遇的愤懑与无奈。

诵读注意事项

这首诗是感叹身世之作。前一层写旅夜风景，其实是寓情于景，为下文抒怀作铺垫，应当读得缓慢一些，使听者能品出此中情味。后一层直抒胸臆，"名岂"二句中上句为宾，下句为主——诗人后半生漂泊四方，居无定所，正是因"休官"之故，要读出压抑感。这两句可以不按"义群"读，仍读作："名岂/文章/著，官应/老病/休。"最后两句形象地概括了诗人的后半生生活，要缓缓读出，有自伤漂泊之意。

相关链接

石壕吏

暮投石壕村，有吏夜捉人。

老翁逾墙走，老妇出门看。

吏呼一何怒！妇啼一何苦！

听妇前致词：三男邺城戍。

一男附书至，二男新战死。

存者且偷生，死者长已矣！

室中更无人，唯有乳下孙。

有孙母未去，出入无完裙。
老妪力虽衰，请从吏夜归。
急应河阳役，犹得备晨炊。
夜久语声绝，如闻泣幽咽。
天明登前途，独与老翁别。

作 业 ///

1.背诵《旅夜书怀》。

相见欢①·林花谢了春红

林花谢了春红，太匆匆，
无奈朝来寒雨晚来风。
胭脂泪，相留醉，几时重？
自是人生长恨水长东。

作者简介 ///

李煜，五代十国时南唐国君，961—975 在位，字重光，初名从嘉，号钟隐、莲峰居士。汉族，彭城（今江苏徐州）人。南唐元宗李璟第六子，于宋建隆二年（961）继位，史称李后主。开宝八年（974），宋军破南唐都城，李煜降宋，被俘至汴京，封为右千牛卫上将军、违命侯。后因作感怀故国的名词《虞美人》而被宋太宗毒死。李煜虽不通政治，但其艺术才华却非凡。精书法，善绘画，通音律，诗和文均有一定造诣，尤以词的成就最高。有千古杰作《虞美人》《浪淘沙》《乌夜啼》等词。在政治上失败的李煜，却在词坛上留下了不朽的篇章，被称为"千古词帝"。

注 释 ///

①相见欢，词牌名，原为唐教坊曲，又名"乌夜啼""秋夜月""上西楼"等。三十六字，上片平韵，下片两仄韵两平韵。

解 读 ///

这首词是李煜从自己亡国之痛中提炼出来的人生哲理，是他在特定环境中产生的特有情感。但由于其丰富、充实的内涵，把个人感情与自然现象融为一体的艺术表达方式以及对人生经历的抽象和高度的概括，却使它远远超过了李煜自身情感的樊篱，而具有普遍的意义。通过伤春来抒发亡国亡家之痛。词人将春花凋谢，水长东流这类自然界的规律与"人生长恨"相比照，实乃历经悲酸所悟，正如王国维所说的："眼界始大，感慨遂深"了。

诵读注意事项 ///

词的上阕写景,以暮春时节,雨打风吹,落红无数,春去匆匆,喻帝王生活之消散,作画之短暂,表达了一种无可奈何之心境。词的下阕转写对"林花"的眷恋之情,暗喻人事,抒发了好景不现、失国难复之恨。

相关链接 ///

相见欢·无言独上西楼
【南唐】李煜

无言独上西楼,月如钩。寂寞梧桐深院锁清秋。

剪不断,理还乱,是离愁。别是一般滋味在心头。

虞美人
【南唐】李煜

春花秋月何时了,往事知多少。小楼昨夜又东风,故国不堪回首月明中。

雕阑玉砌应犹在,只是朱颜改。问君能有几多愁,恰似一江春水向东流。

相见欢·落花如梦凄迷
【清】纳兰性德

落花如梦凄迷,麝烟微,又是夕阳潜下小楼西。

愁无限,消瘦尽,有谁知? 闲教玉笼鹦鹉念郎诗。

木兰花令·拟古决绝词柬友
【清】纳兰性德

人生若只如初见,何事秋风悲画扇。

等闲变却故人心,却道故人心易变。

骊山语罢清宵半,泪雨霖铃终不怨。

何如薄幸锦衣郎,比翼连枝当日愿。

作 业 ///

1.了解李煜。

2.诵读并默写《相见欢·林花谢了春红》。

3.查找李煜其他的作品,选择自己喜欢的抄录。

定风波

【序】

三月七日,沙湖道中遇雨。雨具先去,同行皆狼狈,余独不觉,已而遂晴,故作此。

莫听穿林打叶声,何妨吟啸且徐行。竹杖芒鞋①轻胜马,谁怕? 一蓑烟雨任平生②。

料峭③春风吹酒醒,微冷,山头斜照却相迎。回首向来萧瑟④处,归去,也无风雨也无晴。

作者简介 ///

苏轼(1037—1101),字子瞻,又字和仲,自号"东坡居士",世称"苏东坡"。汉族,眉州眉山(今四川眉山,北宋时为眉山城)人,祖籍栾城。北宋著名散文家、书画家、文学家、词人、诗人,是豪放派词人的主要代表。

苏轼和父亲苏洵、弟弟苏辙合称为唐宋八大家中的"三苏"。他在文学艺术方面堪称全才。其文汪洋恣肆,明白畅达,与欧阳修并称欧苏;诗清新豪健,善用夸张比喻,在艺术表现方面独具风格,与黄庭坚并称苏黄;词开豪放一派,对后代有很大影响,与辛弃疾并称苏辛;书法擅长行书、楷书,能自创新意,用笔丰腴跌宕,有天真烂漫之趣,与黄庭坚、米芾、蔡襄并称宋四家;画学文同,喜作枯木怪石,论画主张神似。著有《苏东坡全集》和《东坡乐府》等。

苏轼代表作品有:《水调歌头》《赤壁赋》《念奴娇·赤壁怀古》《定风波》《江城子·密州出猎》《饮湖上初晴后雨》等。

注　释 ///

①芒鞋:草鞋。
②一蓑烟雨任平生:披着蓑衣在风雨里过一辈子也处之泰然。一蓑(suō):蓑衣,用棕制成的雨披。
③料峭:微寒的样子。
④萧瑟:风雨吹打树叶声。

解　读 ///

《定风波·莫听穿林打叶声》由北宋词人苏轼写于宋神宗元丰五年(1082),这是作者被贬官到黄州的第三年。贬官黄州是作者在人生道路上第一次遭受的沉重政治打击,但他能以超脱旷达的态度来对待。它通过野外途中偶遇风雨这一生活中的小事,于简朴中见深意,于寻常处生奇景,表现出旷达超脱的胸襟,寄寓着超凡脱俗的人生理想。此词篇幅虽短,但意境深邃,内蕴丰富,颇值得玩味。此词诠释着作者的人生信念,展现着作者的精神追求。

诵读注意事项 ///

这首词通过描写眼前景,寓心中事,从习以为常的自然现象,生发出明睿、深刻的人生哲理。深刻体会作者藐视祸难、达观自信的智者襟怀,读出作者的超脱旷达。

相关链接 ///

念奴娇·赤壁怀古
苏轼

大江东去,浪淘尽,千古风流人物。

故垒西边,人道是,三国周郎赤壁。

乱石穿空,惊涛拍岸,卷起千堆雪。

江山如画,一时多少豪杰。

遥想公瑾当年,小乔初嫁了(liǎo),雄姿英发。

羽扇纶(guān)巾,谈笑间,樯(qiáng)橹(lǔ)灰飞烟灭。

故国神游,多情应笑我,早生华(huá)发(fà)。

人生如梦,一樽还(huán)酹(lèi)江月。

作 业 ///

1. 了解苏轼。
2. 赏析并诵读《定风波》。

临安春雨初霁

世味年来薄似纱,谁令骑马客京华?

小楼一夜听春雨,深巷明朝卖杏花。

矮纸斜行闲作草①,晴窗细乳②戏分茶③。

素衣莫起风尘叹,犹及清明可到家。

作者简介 ///

作者陆游,介绍见第一编。

注 释 ///

①矮纸:短纸、小纸。草,就是草书。这一句实是暗用了张芝的典故。据说张芝擅草书,但平时都写楷字,人问其故,回答说,"匆匆不暇草书",意即写草书太花时间,所以没功夫写。陆游客居京华,闲极无聊,所以以草书消遣。

②细乳:沏茶时水面呈白色的小泡沫。

③分茶:鉴别茶的等级,是南宋时期的一种茶道,这里就是品茶的意思。

解 读 ///

陆游的这首《临安春雨初霁》写于淳熙十三年(1186),此时他已 62 岁,在家乡山阴

(今浙江绍兴)赋闲了五年。诗人少年时的意气风发与壮年时的裘马轻狂,都随着岁月的流逝一去不返了。虽然他光复中原的壮志未衰,但对偏安一隅的南宋小朝廷的软弱与黑暗,是日益见得明白了。这一年春天,陆游又被起用为严州知府,赴任之前,先到临安(今浙江杭州)去觐见皇帝,住在西湖边上的客栈里听候召见,在百无聊赖中,写下了这首广泛传诵的名作。

自淳熙五年(1178)孝宗召见了陆游以来,他并未得到重用,只是在福建、江西做了两任提举常平茶盐公事;家居五年,更是远离政界,但对于政治舞台上的倾轧变幻,对于世态炎凉,他是体会得更深了。所以诗的开头就用了一个独具匠心的巧譬,感叹世态人情薄得就像半透明的纱。世情既然如此浇薄,何必出来做官?所以下句说:为什么骑了马到京城里来,过这客居寂寞与无聊的生活呢?偌大一个杭州城,竟然容不得诗人有所作为,悲愤之情见于言外。

诵读注意事项 ///

此诗貌似写恬淡、闲适的临安春雨杏花景致,实际上抒写了诗人对京华生活的厌倦。表面上看来写极了闲适恬静的境界,然而其背后隐藏着诗人无限的感伤与惆怅,那种报国无门、蹉跎岁月的落寞情怀,含蓄而有深蕴,个中滋味需要细细品味。

相关链接 ///

游山西村

莫笑农家腊酒浑,丰年留客足鸡豚。
山重水复疑无路,柳暗花明又一村。
箫鼓追随春社近,衣冠简朴古风存。
从今若许闲乘月,拄杖无时夜叩门。

冬夜读书示子聿(yù)

古人学问无遗力,少壮工夫老始成。
纸上得来终觉浅,绝知此事要躬行。

示儿

死去元知万事空,
但悲不见九州同。
王师北定中原日,
家祭无忘告乃翁。

作　业 ///

背诵《临安春雨初霁》。

采桑子①·重阳

人生易老天难老,
岁岁重阳。
今又重阳,
战地黄花②分外香。
一年一度秋风劲,
不似春光。
胜似春光,
寥廓③江天万里霜。

作者简介 ///

毛泽东(1893—1976),字润之,笔名子任,湖南湘潭人。1893 年 12 月 26 日生于湖南湘潭韶山冲一个农民家庭。1976 年 9 月 9 日在北京逝世。中国人民的领袖,马克思主义者,伟大的无产阶级革命家、战略家和理论家,中国共产党、中国人民解放军和中华人民共和国的主要缔造者和领导人,诗人,书法家。1949—1976 年,毛泽东担任中华人民共和国最高领导人。他对马克思列宁主义的发展、军事理论的贡献以及对共产党的理论贡献被称为毛泽东思想。因毛泽东担任过的主要职务几乎全部称为主席,所以也被人们尊称为"毛主席"。毛泽东被视为现代世界历史中最重要的人物之一,《时代》杂志也将他评为20 世纪最具影响的 100 人之一。

注 释 ///

①采桑子:词牌名。
②黄花:菊花。
③寥廓:高远空旷。

解 读 ///

对于九九重阳节这个民间古老的习俗,曾引起古往今来多少诗人的咏叹,这是一个属于秋天的时节,也是一个登临赏菊的时节,是慨叹、惆怅、追忆的时节;韶光易逝,人生短促,譬如朝露,明日黄花蝶也悲的时节。而诗人毛泽东在他这首《采桑子·重阳》中却融慨叹和飞扬为一体,他没有一味缠绵在古代诗人的悲秋、哀秋、伤秋之中,而是从此中飞升起来。

1929 年 6 月 22 日在闽西龙岩召开了红四军第七次代表大会,会上毛泽东被朱德、陈毅等批评搞"家长制",未被选为前敌委员会书记。毛泽东随即离开部队,到上杭指导地方工作,差点死于疟疾。直到 11 月 26 日,大病初愈的毛泽东才在上海中央(当时由周恩来主持)"九月来信"的支持下恢复职务。这首诗反映了毛泽东病中的心情。

毛泽东的这首词脱尽古人悲秋的窠臼,一扫衰颓萧瑟之气,把秋写得无比可爱,以壮阔绚丽的诗境、昂扬振奋的豪情,唤起人们为理想而奋斗的英雄气概和高尚情操,独步诗坛。读了以后给人以很大的鼓舞。

诵读注意事项 ///

这首词写的是重阳节令,但并不是纯写重阳节,而是借重阳节礼赞战地风光,讴歌革命战争。整首词格调高昂,意境开阔,余韵悠扬。生动地抒发了作者在这场革命战争的逆境中的乐观情绪和积极的人生态度。

相关链接 ///

沁园春·长沙

独立寒秋,湘江北去,橘子洲头。看万山红遍,层林尽染;漫江碧透,百舸争流。鹰击长空,鱼翔浅底,万类霜天竞自由。怅寥廓,问苍茫大地,谁主沉浮?

携来百侣曾游,忆往昔峥嵘岁月稠。恰同学少年,风华正茂;书生意气,挥斥方遒。指点江山,激扬文字,粪土当年万户侯。曾记否,到中流击水,浪遏飞舟?

沁园春·雪

北国风光,千里冰封,万里雪飘。

望长城内外,惟余莽莽;大河上下,顿失滔滔。

山舞银蛇,原驰蜡象,欲与天公试比高。

须晴日,看红装素裹,分外妖娆。

江山如此多娇,引无数英雄竞折腰。

惜秦皇汉武,略输文采;唐宗宋祖,稍逊风骚。

一代天骄,成吉思汗,只识弯弓射大雕。

俱往矣,数风流人物,还看今朝。

作 业 ///

1. 诵读《采桑子·重阳》。
2. 查找毛泽东诗词,选择自己喜欢的进行抄录、诵读。

第六编

声声悲歌诉乡思

故乡的歌是一支清远的笛,总在有月亮的晚上响起。

故乡的梦是一只南来北往的雁,总在春去秋来的更替中飞来飞去。

故乡的情是一杯清冽的酒,在岁月的沉淀中变得芳香四溢。

乡愁啊,是一首永恒的歌。

从古至今,永不停歇。

河 广

《诗经》

谁谓河广?一苇杭之①。谁谓宋远?跂予望之②。

谁谓河广?曾不容刀③。谁谓宋远?曾不崇朝④。

出处介绍 ///

见第二编。

注 释 ///

①杭:有一版本为"舣",通"航",渡过。苇可以编"筏","一苇杭之"是说用一片芦苇就可以渡过黄河了,极言渡河不难。

②跂(qì):踮起脚跟。予:犹"而",连词,表修饰关系。以上两句言宋国并不远,一抬脚跟就可以望见了,这也是夸张的说法。

③曾:犹"乃"。刀:小舟。"曾不容刀"也是形容黄河之狭。

④崇:终。从天明到早饭时叫做"终朝(zhāo)"。这句是说从卫到宋不消终朝的时间,言其很近。

阅读提示 ///

《卫风·河广》传诵千古,得力于奇特的夸张。诗歌开篇即从对黄河的奇特设问发端——谁谓河广?面对着"览百川之弘壮""纷鸿踊而腾骛"的黄河,主人公作出了傲视旷古的回答:"一苇杭之。"他竟要驾着一支苇筏,飞越这横无际涯的大河——想象之大胆,因了"一苇"之夸张,而具有了石破天惊之力。

接着的"谁谓宋远? 跂予望之",以急不可耐的思乡奇情,推涌出又一石破天惊的奇思。主人公试图跂起脚跟看一看那黄河阻隔的宋国。思乡之情在主人公超乎寻常的想象力中,缩小了卫宋之间的空间距离。以突兀的否定式问句和看似荒谬的夸张来抒写客旅之人不可遏制的思乡奇情,是《河广》艺术表现上的最大特色。

诵读注意事项 ///

此诗是一首动人的思乡之歌。作者离开家乡、栖身异国,由于某种原因,虽然日夜苦思归返家乡,但最终未能如愿以偿。整首诗的感情基调是哀怨的,朗读时语调高亢上扬,抒发作者不可遏抑的归国之情。

相关链接 ///

诗经·魏风·陟(zhì)岵(hù)

陟彼岵兮,	登上那郁郁葱葱的山呀,
瞻望父兮。	远远眺望我那老迈的父亲。
父曰:"嗟!	好像听到父亲嘱咐说:"唉!
予子行役,	我的儿啊,你被派去服兵役,
夙夜无已。	没有白天没有黑夜。
上慎旃(zhān)哉,	凡事要多加小心,
犹来! 无止!"	我等你回来,不要在异乡逗留!"
陟彼屺(qǐ)兮,	登上那光秃秃的山呀,
瞻望母兮。	远远眺望我那沧桑的母亲。
母曰:"嗟!	好像听母亲耳边絮语:"唉!
予季行役,	我那可怜的小儿在服兵役,
夙夜无寐。	从早到晚不得休憩。
上慎旃哉,	凡事要小心谨慎啊,
犹来! 无弃!"	你一定要快回! 别丢下你的母亲!"
陟彼冈兮,	登上那乱石嶙峋的山呀,
瞻望兄兮。	远远眺望我的兄长。
兄曰:"嗟!	似乎听见哥哥说:"唉!
予弟行役,	我弟弟正在服兵役,
夙夜必偕。	从早到晚都辛劳。
上慎旃哉,	凡事要谨慎小心,
犹来! 无死!"	早日回来! 不要埋骨他乡!"

作 业 ///

1. 背诵《河广》。
2. 有感情地朗读《诗经·魏风·陟岵》。

悲愁歌

吾家嫁我兮天一方,远托异国兮乌孙①王。
穹庐②为室兮旃③为墙,以肉为食兮酪为浆。
居常土思兮心内伤,愿为黄鹄④兮归故乡。

作者简介 ///

刘细君(前 130? —前 87?),汉朝江都(今江苏扬州)人。江都王刘建的女儿,汉武帝刘彻的侄孙女。因为她生于江都,史称江都公主;又因远嫁乌孙(居于今伊犁河上流流域),别称乌孙公主。为了联合乌孙,抗击匈奴,元封六年(前 105 年),汉武帝封细君为公主,将其下嫁乌孙国王昆莫猎骄靡(又作昆莫)。细君公主到达乌孙后,猎骄靡封她为右夫人,她对于联合乌孙抗击匈奴起到了重要的作用,为汉王朝北方的安宁作出了重要的贡献。

注 释 ///

①乌孙:汉代时西域国名。
②穹庐:游牧民族居住的帐篷。
③ 旃:同"毡"。
④ 黄鹄:天鹅。

阅读提示 ///

西汉为了联合西域各国,远嫁公主到乌孙。远嫁异国使刘细君心中充满了悲愁,生活的巨大差异让她难以适应,而她为了国家的利益又不得不牺牲自己的自由。她十分羡慕秋去春来的天鹅,渴望飞回故乡。据史书记载,直到去世,刘细君这个心愿始终未能实现。她内心深处莫大的感伤只能通过诗歌来抒发。

诵读注意事项 ///

《悲愁歌》围绕着"悲""愁"二字展开,感情极为深沉,朗读时语速宜低沉凝重。

相关链接 ///

江城子·颂华夏伟大诗人刘细君

王中华

和亲远嫁乌孙王,别爷娘,碎肝肠。锦瑟胡笳,一路伴忧伤。回望乡关遮泪眼,迷远道,过敦煌。

毡充墙壁地为床,肉当粮,酪为浆。如许腥膻,庐肉暗无光。每望归鸿心意乱,思故土,盼还乡。

作　业 ///

1.熟读并背诵《悲愁歌》。

2.阅读王昭君、文成公主等和亲女子的相关资料,写一篇题为"女子的担当"的短文。

古　歌①

《汉杂曲歌辞》

秋风萧萧愁杀人,出亦愁,入亦愁,

座中何人,谁不怀忧?令我白头。

胡②地多飙风,树木何修修③。

离家日趋远,衣带日趋缓④。

心思不能言,肠中车轮转。

出处介绍 ///

"汉杂曲歌辞"是汉乐府诗的一类,这些诗歌的乐调多不知所起。因无法归入其他类别,便自成一类。"杂曲歌辞"中有不少优秀的民歌。

注　释 ///

①本诗是汉代的一首思乡诗,作者姓名、生卒年月俱不可考,后人收在《汉杂曲歌辞》中。

②胡:泛指西北少数民族聚居区。飙(biāo)风:暴风。

③修修:原指鸟尾羽凋敝,这里借喻树叶掉落。

④衣带日趋缓:指愁苦得吃不下饭,人消瘦,衣带逐渐宽松。趋,向。

阅读提示 ///

这是一位客居胡地的游子所作的一首思乡之歌。诗歌用质朴自然的语言抒发了浓浓的乡愁。诗以"萧萧秋风"渲染了凄凉愁惨的氛围后,内心的"愁"苦喷薄而出——"出亦愁,入亦愁",此句写得愁肠百结,凄苦万状。面对瑟瑟秋风,举座之人"谁不怀忧?"作者更是乡愁莫释,愁白了头!"胡地多飙风"写出了边远之地的荒凉,同时也透露出漂泊者心境的凄凉。"离家"二句直点主题,离家越远,乡愁越重,以至身体消瘦,衣带渐宽。这份乡愁如车轮翻滚,令人痛苦难安。

这首诗借景抒情,情景交融。有一股扣人心弦的力量。

诵读注意事项 ///

诵读时应注意把握这首诗歌沉郁的感情基调。体会作者"欲归家无人,欲渡河无船"的愁苦思绪,用沉郁顿挫的语调来表达诗人深沉饱满的感情。

相关链接 ///

悲歌声声诉愁肠
陆炳荣

这首诗描述了客居胡地的商旅游子思家怀乡的悲愁。前六句明写"愁",后六句暗写"愁",全诗无一不贯穿一个"愁"字。

"秋风萧萧愁杀人",起句如疾雷震霆,愁绪如潮,滚滚而来。萧瑟寒凉的秋风,常给人们带来感情上的压抑,使悲愁的人们更添凄苦。客居胡地,举目无亲,本已为乡思家恋所苦,再加上整天呼号的寒风就更显得悲凉。乡思和悲秋交织在一起,为全诗定下了一种凄凉激楚的感情基调。由于这句诗极富感染力,又有象征意义,后人常在政治、经济形势恶劣或个人遭遇重大困难、不幸时引用,借以表达愁苦之情。

"出亦愁,入亦愁"。一旦激起愁海的狂澜,就再也无法平息。那郁积于游子心头的愁苦,欲驱不散,欲罢不能。真是"剪不断,理还乱,别是一般滋味在心头。"诗歌几乎用纯自然的笔调,描绘出游子悲怆难抑的情态。"座中何人,谁不怀忧?"这里以反诘语气,由己及人,点明"自古多情伤离别,更那堪,冷落清秋节"的普遍心理,加深了乡愁的内涵。"令我白头"一句,似乎是一个小结,言乡思之烈、之长,催人老衰。

诗歌后六句转而以曲笔描绘游子泪,使愁苦之情愈深。"胡地多飙风,树木何修修。"胡地早寒,"八月即飞雪"。尽管尚属秋季,这里已是朔风呼号,树木枯槁,一派惨淡景象。一"多"一"何"中,移情入景,蕴含着游子道不尽的悲愁。"离家日趋远,衣带日趋缓。"这说的是游子思乡悲愁,因而食无味,睡不香,形体消瘦,衣带渐宽,可见忧思之深。深到何等程度?"心思不能言,肠中车轮转。"悲苦已极,很难用言辞表达。更何况座中人皆忧,此情更向谁诉?只能把一腔苦水往肚里吞。说"不能言",其实是"此时无声胜有声"。而结句的比喻更形象感人。回环在心里的愁思,犹如车轮在滚动。车子渐渐远去,听到嘎吱嘎吱的声音,仿佛轮子碾在心头一般,痛楚无比,催人泪下。

全诗不以文辞取胜,而以真情动人。用质朴自然的语言把游子的乡愁写得无边无涯,触处皆是,确是一首不可多得的乡愁篇。

作　业 ///

1.背诵《古歌》全诗。

2.搜集相关资料,研究一下汉末诗歌中的"忧患意识"和"思乡情结"。

明月何皎皎①

《古诗十九首》

明月何皎皎,照我罗床帏②。

忧愁不能寐,揽衣③起徘徊。

客行虽云乐,不如早旋归④。

出户独彷徨⑤,愁思当告谁!

引领⑥还入房,泪下沾裳衣。

出处介绍 ///

节选自《古诗十九首》,介绍见第二编。

注　释 ///

①《明月何皎皎》是一首游子久客思归诗,诗真切地表达了游子无法排解的思归之情。

②罗床帏:用罗绮织成的床帐。

③揽衣:披衣,穿衣。

④客行:离家旅行在外。这两句诗的意思是,在外地游历虽然也有乐趣,毕竟不如早日回来的好。

⑤彷徨:徘徊。

⑥引领:伸长脖子,即抬头远望。

阅读提示 ///

　　《古诗十九首·明月何皎皎》是东汉时期的作品,作者情况已不可考证。本诗以细腻而出色的心理描写和动作描写刻画了一个久客异乡、愁思辗转、夜不能寐的游子形象。主人公因为离家念家的浓浓乡愁,辗转反侧,难以入眠。这种翻腾的愁绪使他彻夜徘徊,待回到房中,禁不住"泪下沾裳衣"。

诵读注意事项 ///

　　全诗以"愁"字贯穿全篇,朗读时声调要低沉缓慢,"愁思当告谁""泪下沾裳衣"两句当读出悲咽之感,来传达愁思无法排遣的苦闷。

相关链接 ///

古今点评《古诗十九首》

1.观其结体散文,直而不野,婉转附物,怊怅切情,实五言之冠冕也。(刘勰《文心雕龙·明诗》)

2.把客中苦乐,思想殆遍,把苦且不提,"虽云乐"亦是客,"不如早旋归"之为乐也。(朱筠《古诗十九首说》)

3.十句中层次井井,极其明白,也极其自然,构成了一幅色彩素淡的月夜思归图。在这幅图景中,诗意霭霭亭亭,缕缕引出。游子不堪明月照,明月偏偏照游子,游子的衷情便在月光之下表现出来。(焦泰平《汉魏六朝诗三百首》)

作 业 ///

阅读《古诗十九首》的其他诗篇,选择其中之一将其改写成现代诗歌。

邯郸①冬至②夜思家

邯郸驿③里逢冬至,抱膝灯前影伴身。
想得家中夜深坐,还应说着远行人。

作者简介 ///

作者白居易,介绍见第四编。

注 释 ///

①邯郸:唐代县名,今河北邯郸市。

②冬至:二十四节之一,在阳历十二月二十二或二十三日。在古代,冬至是一个重要节日,民间互馈酒食,庆贺节日,类似过春节。

③驿:驿站,客店,古代传递公文或出差的官员途中歇息的地方。

阅读提示 ///

这首诗写于贞元二十年(804)岁末,是作者早期的名篇之一,写这首诗时,作者正宦游在外,夜宿于邯郸驿舍中。该诗以直率而质朴的语言,道出了一种人们常有的生活体验,感情真挚动人。这首诗的高明之处在于第三、四两句,作者因思家而展开想象和联想,"深夜的时候,家里人应该同样还没有睡,坐在灯前,说着'我'这个远行客吧"。至于"说"了些什么,便给读者留下了想象的广阔天地,也留给了读者情感体验的巨大空间。

诵读注意事项 ///

　　这首诗的感情基调是忧伤的,诵读时前两句要读出心中的凄凉和落寞之感。后两句要读出想象和联想时的几分酸苦之情。

相关链接 ///

琵琶行

白居易

浔阳江头夜送客,枫叶荻花秋瑟瑟。
主人下马客在船,举酒欲饮无管弦。
醉不成欢惨将别,别时茫茫江浸月。
忽闻水上琵琶声,主人忘归客不发。
寻声暗问弹者谁? 琵琶声停欲语迟。
移船相近邀相见,添酒回灯重开宴。
千呼万唤始出来,犹抱琵琶半遮面。
转轴拨弦三两声,未成曲调先有情。
弦弦掩抑声声思,似诉平生不得志。
低眉信手续续弹,说尽心中无限事。
轻拢慢捻抹复挑,初为霓裳后六幺。
大弦嘈嘈如急雨,小弦切切如私语。
嘈嘈切切错杂弹,大珠小珠落玉盘。
间关莺语花底滑,幽咽泉流冰下难。
冰泉冷涩弦凝绝,凝绝不通声暂歇。
别有幽愁暗恨生,此时无声胜有声。
银瓶乍破水浆迸,铁骑突出刀枪鸣。
曲终收拨当心画,四弦一声如裂帛。
东船西舫悄无言,唯见江心秋月白。
沉吟放拨插弦中,整顿衣裳起敛容。
自言本是京城女,家在虾蟆陵下住。
十三学得琵琶成,名属教坊第一部。
曲罢曾教善才服,妆成每被秋娘妒。
五陵年少争缠头,一曲红绡不知数。
钿头云篦击节碎,血色罗裙翻酒污。
今年欢笑复明年,秋月春风等闲度。
弟走从军阿姨死,暮去朝来颜色故。

门前冷落鞍马稀,老大嫁作商人妇。

商人重利轻别离,前月浮梁买茶去。

去来江口守空船,绕船月明江水寒。

夜深忽梦少年事,梦啼妆泪红阑干。

我闻琵琶已叹息,又闻此语重唧唧。

同是天涯沦落人,相逢何必曾相识。

我从去年辞帝京,谪居卧病浔阳城。

浔阳地僻无音乐,终岁不闻丝竹声。

住近湓江地低湿,黄芦苦竹绕宅生。

其间旦暮闻何物? 杜鹃啼血猿哀鸣。

春江花朝秋月夜,往往取酒还独倾。

岂无山歌与村笛? 呕哑嘲哳难为听。

今夜闻君琵琶语,如听仙乐耳暂明。

莫辞更坐弹一曲,为君翻作琵琶行。

感我此言良久立,却坐促弦弦转急。

凄凄不似向前声,满座重闻皆掩泣。

座中泣下谁最多? 江州司马青衫湿。

作 业

1. 背诵《邯郸冬至夜思家》。
2. 品读白居易的经典名篇《琵琶行》,感受白居易作品的风格。

商山①早行

晨起动征铎②,客行悲故乡。

鸡声茅店月,人迹板桥霜。

槲(hú)叶③落山路,枳花明驿墙④。

因思杜陵⑤梦,凫(fú)雁⑥满回塘⑦。

作者简介

温庭筠(约812—866),唐代诗人、词人。本名岐,字飞卿,太原祁(今山西祁县东南)人。文思敏捷,然恃才不羁,生活放浪。温庭筠精通音律,善鼓琴吹笛。诗词兼工。诗与李商隐齐名,时称"温李"。其诗辞藻华丽,秾艳精致,内容多写闺情,仅少数作品对时政有所反映。其词艺术成就在晚唐诸词人之上,为"花间派"首要词人,对词的发展影响较大。在词史上,与韦庄并称"温韦"。后人辑有《温飞卿集》及《金奁集》。

□□□□□□□□□□□□□□□□□□□□□□□□□□□□

注　释 ///

①商山:也叫楚山,在今陕西商洛市东南山阳县与丹凤县辖区交汇处。作者曾于大中(唐宣宗年号)末年离开长安,经过这里。

②铎(duó):大铃。

③槲(hú):陕西山阳县生长的一种落叶乔木。叶子在冬天虽枯而不落,春天树枝发芽时才落。每逢端午用这种树叶包出的槲叶粽也成了当地特色。

④枳花明驿墙:墙边枳树的花使驿站的墙都显得明艳。枳,树名。

⑤杜陵:古地名,在今天陕西西安东南。秦置杜县,汉宣帝筑陵于东原上,因名杜陵。作者在长安时曾寓居杜陵。这句意为:因而想起在长安时的梦境。

⑥凫(fú)雁:凫,野鸭;雁,一种候鸟,春来往北飞,秋天往南飞。这句写的就是“杜陵梦”的梦境。

⑦回塘:圆而曲折的池塘。

阅读提示 ///

《商山早行》是唐末文学家温庭筠的诗作。此诗描写了旅途中寒冷凄清的早行景色,抒发了游子的孤寂之情和浓浓的思乡之意,字里行间流露出人在旅途的失意和无奈。整首诗的正文虽然没有出现一个“早”字,但是通过霜、茅店、鸡声、人迹、板桥、月这六个意象,把初春山村黎明特有的景色,细腻而又精致地描绘出来。全诗语言明净,结构缜密,情景交融,含蓄有致,是唐诗中的名篇,也是文学史上写羁旅之情的名篇,历来为诗词选家所重视,尤其是诗的颔联“鸡声茅店月,人迹板桥霜”,更是脍炙人口,备受推崇。

诵读注意事项 ///

此诗虽写客行之悲,却没有《古歌》之“愁”的深沉,而是如“霜”般薄薄的惆怅,朗读时语调缓慢,但不宜凝重。

相关链接 ///

这首诗之所以为人们所传诵,是因为它通过鲜明的艺术形象,真切地反映了封建社会里一般旅人的某些共同感受。商山,也叫楚山,在今陕西商洛市东南。作者曾于唐宣宗大中末年离开长安,经过这里。首句表现“早行”的典型情景,概括性很强。清晨起床,旅店里外已经叮叮当当,响起了车马的铃铎声,旅客们套马、驾车之类的许多活动已暗含其中。第二句固然是作者讲自己,但也适用于一般旅客。“在家千日好,出外一时难。”在封建社会里,一般人由于交通困难、人情浇薄等许多原因,往往安土重迁,怯于远行。“客行悲故乡"这句诗,很能够引起读者情感上的共鸣。

三、四两句,历来脍炙人口。梅尧臣曾经对欧阳修说:最好的诗,应该"状难写之景如在目前,含不尽之意见于言外"。欧阳修请他举例说明,他便举出这两句和贾岛的"怪禽啼旷野,落日恐行人",并反问道:"道路辛苦,羁旅愁思,岂不见于言外乎?"(《六一诗话》)李东阳在《怀麓堂诗话》中进一步分析说:"'鸡声茅店月,人迹板桥霜',人但知其能道羁愁野况于言意之表,不知二句中不用一二闲字,止提掇出紧关物色字样,而音韵铿锵,意象具足,始为难得。若强排硬叠,不论其字面之清浊,音韵之谐舛,而云我能写景用事,岂可哉!""音韵铿锵","意象具足",是一切好诗的必备条件。李东阳把这两点作为"不用一二闲字,止提掇紧关物色字样"的从属条件提出,很可以说明这两句诗的艺术特色。所谓"闲字",指的是名词以外的各种词;所谓"提掇紧关物色字样",指的是代表典型景物的名词的选择和组合。这两句诗可分解为代表十种景物的十个名词:鸡、声、茅、店、月、人、迹、板、桥、霜。虽然在诗句里,"鸡声"、"茅店"、"人迹"、"板桥"都结合为定语加中心词的偏正词组,但由于作定语的都是名词,所以仍然保留了名词的具体感。例如"鸡声"一词,"鸡"和"声"结合在一起,不是可以唤起引颈长鸣的视觉形象吗?"茅店"、"人迹"、"板桥",也与此相类似。

古时旅客为了安全,一般都是"未晚先投宿,鸡鸣早看天"。诗人既然写的是早行,那么鸡声和月,就是有特征性的景物。而茅店又是山区有特征性的景物。"鸡声茅店月",把旅人住在茅店里,听见鸡声就爬起来看天色,看见天上有月,就收拾行装,起身赶路等许多内容,都有声有色地表现出来了。

同样,对于早行者来说,板桥、霜和霜上的人迹也都是有特征性的景物。作者于雄鸡报晓、残月未落之时上路,也算得上"早行"了;然而已经是"人迹板桥霜",这真是"莫道君行早,更有早行人"啊!

这两句纯用名词组成的诗句,写早行情景宛然在目,确实称得上"意象具足"的佳句。

"槲叶落山路,枳花明驿墙"两句,写的是刚上路的景色。商洛县、洛南一带,枳树、槲树很多。槲树的叶片很大,冬天虽干枯,却存留枝上;直到第二年早春树枝将发嫩芽的时候,才纷纷脱落。而这时候,枳树的白花已在开放。因为天还没有大亮,驿墙旁边的白色枳花,就比较显眼,所以用了个"明"字。可以看出,诗人始终没有忘记"早行"二字。

旅途早行的景色,使诗人想起了昨夜在梦中出现的故乡景色:"凫雁满回塘"。春天来了,故乡杜陵,回塘水暖,凫雁自得其乐;而自己,却离家日远,在茅店里歇脚,在山路上奔波呢!"杜陵梦",补出了夜间在茅店里思家的心情,与"客行悲故乡"首尾照应,互相补充;而梦中的故乡景色与旅途上的景色又形成鲜明的对照。眼里看的是"槲叶落山路",心里想的是"凫雁满回塘"。"早行"之景与"早行"之情,都得到了完美的表现。

作 业 ///

阅读温庭筠的其他作品,全面了解作者的文学创作。

苏幕遮

怀旧·碧云天

碧云天,黄叶地。秋色连波,波上寒烟翠。山映斜阳天接水。芳草无情,更在斜阳外①。

黯乡魂②,追旅思③。夜夜除非,好梦留人睡④。明月楼高休独倚,酒入愁肠,化作相思泪。

作者简介 ///

作者范仲淹,介绍见第三编。

注 释 ///

①芳草无情,更在斜阳外:草地绵延到天涯,似乎比斜阳更遥远。"芳草"常暗指故乡,因此,这两句有感叹故乡遥远之意。

②黯乡魂:因思念家乡而黯然销魂。黯,愁苦的样子。语出江淹的《别赋》:"黯然销魂者,唯别而已矣。"

③追旅思(sī):撇不开羁旅的愁思。追,这里有缠住不放的意思。旅思,旅居在外的愁思。

④夜夜除非,好梦留人睡:每天夜里只有做(返还故乡的)好梦时才得安睡。

阅读提示 ///

此词上片着重写景,下片重在抒情。词的上阕选取了碧云、黄叶、寒波、翠烟、芳草、斜阳、水天相接的江野辽阔苍茫的景色,勾画出一幅阔远秋丽的秋景图,在以悲秋伤春为常调的词中,显得别具一格。和一般的中长调一样,词的下阕给我们塑造了一个思乡游子的形象,抒发了夜不能寐、高楼独倚、借酒浇愁、怀念家园的深情。

诵读注意事项 ///

该词上片的景物辽远清丽,朗读时应高亢中略带苍凉,下阕直接抒情,感情逐渐深沉,语速宜逐渐放慢,至结尾在"相思泪"处达到最慢,最低,可收到言有尽而情无尽的效果。

相关链接 ///

黄鹤楼
崔颢

昔人已乘黄鹤去,此地空余黄鹤楼。

黄鹤一去不复返,白云千载空悠悠。

晴川历历汉阳树,芳草萋萋鹦鹉洲。

日暮乡关何处是,烟波江上使人愁。

作 业 ///

有感情地朗诵《苏幕遮·碧云天》词,并将其改写为一首现代诗歌。

天净沙·秋思

枯藤老树昏鸦,小桥流水人家,

古道西风瘦马。夕阳西下,断肠人在天涯。

作者简介 ///

马致远(约1250—约1324),元代著名的杂剧家。号东篱,元大都(今北京)人。他工于杂剧,与关汉卿、白朴、郑光祖并称"元曲四大家"。杂剧代表作有《吕洞宾三醉岳阳楼》、《孤雁汉宫秋》、《青衫泪》等。此外,他还是一个优秀的散曲作家。其作品豪迈、清逸,被推崇为"元人第一"。辑本有《东篱乐府》,现存小令104首,套曲23套。

阅读提示 ///

这首《天净沙·秋思》是马致远的散曲名作。《中原音韵·小令定格》说此曲为"秋思之祖"。王国维《人间词话》评曰:"寥寥数语,深得唐人绝句妙境。有元一代词家,皆不能办此也。"

曲子的头两句"枯藤老树昏鸦,小桥流水人家",给读者渲染出一种冷落暗淡的气氛,勾勒出一种凄清幽静的境界。这里的"枯藤"、"老树"给人以凄凉的感觉,"昏"字点出时间已是傍晚;"小桥""流水""人家"幽雅闲致,寥寥数语勾画出一幅深秋时节僻静的村野图景。"古道""西风""瘦马"三个意象则为僻静的村野图增加一层荒凉感。而"夕阳西下"使这幅昏暗的画面有了几丝惨淡的光线,更加深了悲凉的气氛。

全篇共28个字,把十种平淡无奇的客观景物,巧妙地连缀起来,将诗人的无限愁思自然地寓于图景中。曲子使用寓情于景的手法完美地表现了漂泊天涯的旅人的愁思。

诵读注意事项 ///

这只曲子前三句选取了九个意象,这九种意象各自独立又浑然一体,朗读时应一词一顿,低沉舒缓,之后的"夕阳西下"声调上扬,"断肠人在天涯"一句则深沉郁结。

相关链接 ///

人日思归
薛道衡

入春才七日,离家已二年。

人归落雁后,思发在花前。

静夜思
李白

床前明月光,疑是地上霜。

举头望明月,低头思故乡。

作　业 ///

结合自己的生活经历写一写离家的感受。

长相思

山一程,水一程,身向榆关①那畔②行,夜深千帐灯。

风一更③,雪一更,聒④碎乡心梦不成,故园无此声。

作者简介 ///

纳兰性德(1655－1685),原名纳兰成德,满洲人,叶赫那拉氏,字容若,号楞伽山人,清代最著名词人之一。其诗词在清代以至整个中国文坛上都享有很高的声誉,在中国文学史上也占有光彩夺目的一席。他的词以一个"真"字取胜,写情真挚浓烈,写景逼真传神。和他的个性和经历相关,其诗词作品大都充满淡淡的忧伤,呈现出独特的个性和鲜明的艺术风格。国学大师王国维在《人间词话》一书中将作者推为宋后第一真词人。有词集《纳兰词》刊行于世。

注　释 ///

①榆关:今山海关。

②那畔:山海关的另一边,指身处关外。

③更:旧时一夜分五更,每更大约两小时。"风一更,雪一更",即言整夜风雪交加。

④聒:声音嘈杂,使人厌烦。

阅读提示 ///

康熙二十年（1681），"三藩之乱"被平定。康熙帝出山海关至盛京告祭祖陵，作为御前侍卫的纳兰性德随驾前往。本词即创作于词人由京城（北京）赴关外盛京（沈阳）途中，作品抒写了词人羁旅关外、思念故乡的情怀，柔婉缠绵中见慷慨沉雄。

上片写行程之劳。"山一程，水一程"六字，写路途之曲折遥远，又写跋山涉水之艰险辛苦。叠用两个"一程"，突出了路途的修远和行程的艰辛。第三句"身向榆关那畔行"，交代行旅去向——山海关的"那边"。"夜深千帐灯"一句为引出下片的"乡心"蓄势。

下片侧重写游子的思乡之苦，交代了深夜不眠的原因。"风一更""雪一更"，突出塞外风狂雪骤的荒寒景象。"聒碎乡心梦不成"呼应上片的"夜深千帐灯"一句，直接回答了深夜不寝的原因。"故园无此声"，交代了"梦不成"的原因：故乡是没有这样的连绵不绝的风雪聒噪声的，当然可以酣然入梦；而这边塞苦寒之地，怎比钟灵毓秀之京都，况且又是暴风雪肆虐的露营之夜，加之"乡心"的重重裹挟，就更难入梦了。结尾一句直接抒情，表达了作者对故乡的深深眷恋之意。

诵读注意事项 ///

作为一篇怀乡名作，它的感情是无奈而凝重的，朗读时应始终舒缓低沉。

相关链接 ///

木兰花令·拟古决绝词

人生若只如初见，何事秋风悲画扇。
等闲变却故人心，却道故人心易变。
骊山语罢清宵半，夜雨霖铃终不怨。
何如薄幸锦衣郎，比翼连枝当日愿。

作 业 ///

阅读纳兰性德的词作或有关纳兰性德的文章，做好读书笔记。

乡 愁

小时候，
乡愁是一枚小小的邮票，
我在这头，母亲在那头。

长大后，
乡愁是一张窄窄的船票，

我在这头，新娘在那头。

后来啊，
乡愁是一方矮矮的坟墓，
我在外头，母亲在里头。

而现在，
乡愁是一湾浅浅的海峡，
我在这头，大陆在那头。

作者简介 ///

余光中(1928—)，当代台湾著名诗人、散文家、批评家、翻译家。祖籍福建永春，1928 年出生于南京，1948 年进入厦门大学外文系时开始发表新诗，1949 年 5 月到达台湾，入台大外文系学习，1952 年毕业。毕业后进入军界。退役后进修硕士学位，并从事编辑与教学工作。1959 年获美国爱荷华大学艺术硕士学位。他"左手为诗，右手为文"，其诗作多抒发诗人的悲悯情怀，书写对土地的关爱以及对一切现代人、事、物的透视解析与捕捉。先后任教台湾东吴大学、师范大学、台湾大学、政治大学，现任台湾中山大学文学院院长。曾获得包括"吴三连文学奖"、"中国时报奖"、"金鼎奖"、"文艺奖"等在内的台湾所有重要文艺奖项，已出版诗文及译著共 40 余种。

阅读提示 ///

乡愁，是中国诗歌一个历史常新的普遍的主题，余光中多年来写了许多以乡愁为主题的诗篇，《乡愁》就是其中情深意长、音调动人的一曲。

《乡愁》一诗，侧重写个人在大陆的经历，那年少时的一枚邮票，那青年时的一张船票，甚至那未来的一方坟墓，都寄寓了诗人的也是万千海外游子的绵长乡关之思，而这一切在诗的结尾升华到了一个新的高度："而现在/乡愁是一湾浅浅的海峡/我在这头/大陆在那头。"有如百川奔向东海，有如千峰朝向泰山，诗人个人的悲欢与巨大的祖国之爱、民族之恋交融在一起，而诗人个人经历的倾诉，也因为结尾的感情的燃烧而更为撩人愁思了，正如诗人自己所说："纵的历史感，横的地域感。纵横相交而成十字路口的现实感。"(《白玉苦瓜》序)这样，诗人的《乡愁》是我国民族传统的乡愁诗在新的时代和特殊的地理条件下的变奏，具有以往的乡愁诗所不可比拟的广度和深度。

在意象的撷取和提炼上，这首诗具有单纯而丰富之美。乡愁，本来是大家所普遍体验却难以捕捉的情绪，如果找不到与之对应的独特的美的意象来表现，那将不是流于一般化的平庸，就是堕入抽象化的空泛。《乡愁》从广远的时空中提炼了四个意象：邮票、船票、坟墓、海峡。它们是单纯的，所谓单纯，绝不是简单，而是明朗、集中、强烈，没有旁逸斜出意多文乱的芜蔓之感；它们又是丰富的，所谓丰富，也绝不是堆砌，而是含蓄。有张力，能诱发读者多方面的联想。在意象的组合方面，《乡愁》以时间的发展来综合意象，可称为意象递进。"小时候"、"长大后"、"后来呵"、"而现在"，这种表时间的时序像一条红线贯串全诗,概括了诗人漫长的生活历程和对祖国的绵绵怀念,前面三节诗如同汹涌而进的波涛,到最后轰然而汇成了全诗的九级浪。

《乡愁》的形式美也令人瞩目。它的形式美一表现为结构美,一表现为音乐美。《乡愁》在结构上呈现出寓变化于传统的美。统一,就是相对地均衡、匀称;段式、句式比较整齐,段与段、句与句之间又比较和谐对称。变化,就是避免统一走向极端,而追逐那种活泼、流动而生机蓬勃之美。《乡愁》共四节。每节四行,节与节之间相当均衡对称,但是,诗人注意了长句与短句的变化调节,从而使诗的外形整齐中有参差之美。《乡愁》的音乐美,主要表现在回旋往复、一唱三叹的美的旋律,其中的"乡愁是——"与"在这头……在那(里)头"的四次重复,加之四段中"小小的"、"窄窄的"、"矮矮的"、"浅浅的"在同一位置上的重叠词运用,使得全诗低回掩抑,如怨如诉。而"一枚"、"一张"、"一方"、"一湾"的数量词的运用,不仅表现了诗人的语言的功力,也加强了全诗的音韵之美。

《乡愁》,有如音乐中柔美而略带哀伤的"回忆曲",是海外游子深情而美的恋歌。

诵读注意事项 ///

诗的前两个小节写对于母亲、爱人的思恋,感情是苦涩却温馨的,所以朗读时要低缓轻盈;第三节写自己与母亲天人永隔,感情转入悲痛,朗诵时低缓沉痛;最后一节,"浅浅"二字中有一种能而不可的悲愤,要通过语速和语调的变化加以体现。

相关链接 ///

乡 愁

席慕蓉

故乡的歌是一支清远的笛

总在有月亮的晚上响起

故乡的面貌却是一种模糊的怅惘

仿佛雾里的挥手别离

离别后

乡愁是一棵没有年轮的树

永不老去

作 业 ///

1.有感情地朗诵《乡愁》。

2.尝试着创作一首以"思乡"或"思人"为主题的诗歌。

第七编

治国修身励志文

中国古典散文是我国文学史上的丰厚宝藏。中国古典散文以高度简洁,小中见大,虚实相生,神随言外的意象见长,在文学史上大放异彩。中国古典散文博大精深,可谓"笼天地于形内,挫万物于笔端","观古今于须臾,抚四海于一瞬"。

每一个中国人都应该用心去读点中国古典散文,从中可以审视我们祖先留下来的这份遗产,真正认识到国学的价值,转变一些观念,获得更多的精神启示,参透人生,点亮智慧的心灯,成就一个充实而丰富的人生。

论 语

《论语》是孔门后学记录孔子及其门人言行的语录体著作,主要是记孔子的谈话及孔子与门人的问答。《汉书·艺文志》:"《论语》者,孔子应答弟子时人及弟子相与言而接闻于夫子之语也。当时弟子各有所记。夫子既卒,门人相与辑而论纂,故谓之《论语》。"孔子(前551-前479),名丘,字仲尼,春秋末期鲁国陬邑人。我国古代伟大的教育家和思想家,儒家学派创始人,世界文化名人。

1.子贡①曰:"贫而无谄,富而无骄,何如?"子曰:"可也。未若贫而乐,富而好礼②者也。"子贡曰:"诗云:'如切如磋,如琢如磨。'其斯之谓与?③"子曰:"赐也,始可与言诗已矣! 告诸往而知来者④。"

注 释///

①子贡:端木赐(前520-?),春秋末年卫国人,字子贡。孔子的得意门生,孔子曾称其为"瑚琏之器",在孔门十哲中以言语闻名。子贡善于雄辩,办事通达。曾任鲁、卫两国之相。先后追封其为"黎侯"、"黎公"、"先贤端木子"。贫:贫穷。谄:献媚;奉承。

②礼:礼仪。

③诗:《诗经》。如切如磋,如琢如磨:《尔雅·释器》曰:"骨谓之切,象谓之磋,玉谓之琢,石谓之磨。"斯之谓:即"谓之斯",说的就是这个。也说成"此之谓"。

④赐:即端木赐。古时长辈、上级可以称晚辈、下级的名,反之不可。诸:"之乎"或"之于"的合音。知:明白。

译　文///

子贡说："贫穷却不巴结奉承，有钱却不骄傲自大，怎么样？"孔子说："可以了，但是还不如虽贫穷却乐于道，纵有钱却谦虚有礼。"

子贡说："《诗经》上说：'要对待骨、角、象牙、玉石一样，先开料，再糙锉，细刻，然后磨光。'那就是这样的意思吧？"孔子道："赐呀，现在可以同你讨论《诗经》了，告诉你一件，你能有所发挥，举一反三了。"

解　读///

子贡觉得无论贫穷与富贵都应该保持个人的人格与尊严，而孔子温婉地否定了子贡的看法，提出了安贫乐道，有钱而谦逊好礼的道理。下一句意思是说，子贡悟到由"贫而无谄，富而无骄"上升到追求贫而乐道，富而好礼犹如切、磋、琢、磨一样精益求精。这样的看法得到孔子的高度赞扬。认为可以和他讨论《诗经》了；认为他是个可以举一反三的学生。从这段对话中，可以看出孔子的价值取向。

"贫"是什么？自然，此处"安贫乐道"中的贫，应该首先是指物质贫乏，也指沉于下僚时精神上的苦闷和高远志向无处发抒的内心伤痛。

物质上的贫乏尚且不谈，没有物质的生活自然不是人想要的，但带给人伤痛的，往往是精神上的苦闷和感情无处发抒之苦。这时，能安于贫，安于"暂时"或"永久"的这样一种状态，是极为难得的。因此，这种人在古代，往往被称为高人隐士，譬如晋代之陶潜等名士。

对当代而言，贫，当然指物质生活的贫苦，但更指的是不为人知的精神的苦闷和精神追求上的同道者的贫乏。是要守护自己内心的家园。是要有一个恒定的信念和对未来、对终身、对世界的一个稳健的把握。尽管处于一个"贫"的境地，却永远不会失去努力追求的心愿和斗志，听从自己内心的召唤，坚定地朝自己设定的目标走，静心调养自己，丰厚自己，耐住寂寞，没有抱怨，没有责问，用平和之心，不问为什么，只问耕耘不问收获。

2.子曰："巧言、令色、足恭①，左丘明耻之②，丘亦耻之。匿怨而友其人③，左丘明耻之，丘亦耻之。"

注　释///

①巧言：好听而不实的言辞。令色：虚伪而谄媚的脸色。足恭：过于谦恭。
②耻之：形容词意动用法。以之为耻。
③匿怨：隐藏怨恨。友：名词意动用法。以之为友。

译　文///

孔子说："花巧的言语，讨好的脸色，假意的恭敬，左丘明耻于这（样），我也耻于这（样）。隐藏怨恨而交友他人，左丘明耻于这（样），我也耻于这（样）。"

解　读 ///

君子最可憾的是失足、失色、失口。君子当然有君子的襟怀、气度、风采。那么花巧的言语,讨好的脸色,假意的恭敬,自然不是君子所当为,如果为之,那就有辱于君子之口、君子之色、君子之格。左丘明的道德判断近于圣人,有很高的社会声望,因此,孔子认为左丘明耻于这(样),他自然也耻于这(样)了。君子之交,当"直"道而为,因此隐藏怨恨而交友他人,为欹曲之人,不合君子之道,为君子所不齿,所以左丘明耻于这(样),孔子自然也耻于这(样)了。

对他人甜言蜜语、毕恭毕敬,这种态度有时候是可以理解的,这要看场合,不能一概否定。如果是逢迎拍马、心怀叵测,那么就应该受到谴责和鄙视了。孔子在这个问题上立场异常鲜明,令人敬佩。

3.子曰:"饭疏食饮水①,曲肱而枕之②,乐亦在其中矣。不义而富且贵,于我如浮云。"

注　释 ///

①饭疏食饮水:吃粗粮,喝白水。饭,动词,吃。疏食,粗粮。
②曲肱而枕之:弯起胳膊枕在上面。肱(gōng),手臂自肘到腕的部分。枕(zhèn),动词,躺着时把头放在枕头或其他物体上。之:指代"肱"。

译　文 ///

孔子说:"吃粗粮,喝白水,弯着胳膊当枕头,乐趣也就在这中间了。用不正当的手段得来的富贵,对于我来讲就像是天上的浮云一样。"

阅读提示 ///

追求吃穿享受的一个直接的后果就是很容易导致不义的行为。自己私欲的极度膨胀,必然要与他人争夺有限的物质资源,必然要想方设法地为了满足自己私欲而大行不义之事。但是通过不义的行为而获得的富贵是很不稳定的。你怎么得到的,最终也会怎么失去。经历生活酸甜苦辣的人,才会知道生活的真正意义,才能"乐在其中"。有道是:君子爱财,取之有道。通过不义手段而取得的富贵,是不道德的,即使再富有也是个精神贫穷的人。

4.曾子曰:"士不可以不弘毅①,任重而道远②。仁以为己任③,不亦重乎?死而后已,不亦远乎?"

注　释 ///

①士:读书人。弘毅:坚强而有毅力。

②任重而道远:担子重,路途远。比喻肩负需经历长期奋斗的重任。

③仁以为己任:即"以仁为己任"。

译 文 ///

曾子说:"士不可以不弘大刚强而有毅力,因为他责任重大,道路遥远。把实现仁作为自己的责任,难道还不重大吗? 奋斗终生,死而后已,难道路程还不遥远吗?"?

解 读 ///

一个士人,一个君子,必须要有宽广、坚忍的品质,因为自己责任重大,道路遥远。在孔子看来,要实现仁的愿望不是一件很容易的事,他为此做好了穷其一生而为之奋斗的准备。

5.颜渊喟然①叹曰:"仰之弥高,钻之弥坚②;瞻之在前,忽焉③在后。夫子循循然善诱人④,博我以文,约我以礼⑤。欲罢不能,既竭吾才,如有所立卓尔⑥。虽欲从之,末由⑦也已。"

注 释 ///

①喟然:感叹;叹息。喟(kuì),叹息。

②仰之弥高,钻之弥坚:越是抬头看,越觉得高;越是钻研,越觉得艰深。

③忽焉:忽然的样子。

④循循然:渐渐的样子。诱:诱导。

⑤约我以礼:即"以礼约我"。

⑥卓尔:超凡出众。

⑦末由:无由。

译 文 ///

颜渊喟然叹息:"仰望孔子及其道,高不可及;钻研孔子及其道,坚不可入;看看在前面,忽然又在后面了。夫子教人循循善诱,用文章博大我,用仪礼约束我,我想停下来都不能,我竭尽才力,但孔子及其道,如峻岭高山立在面前。虽然想跟从它,但我无路可以到达啊。"

解 读 ///

一个人成功与否,常常决定于他对工作学习的态度,所以我们常说态度决定一切,因为态度是影响是否能获得真知灼见的关键和根本。颜渊对孔子的为人和学识充满了敬意,所以"欲罢不能",孜孜以求,成为孔子最得意的弟子之一。

6.颜渊问仁。子曰:"克己复礼为仁①。一日克己复礼,天下归仁焉。为仁由己,而由人乎哉?"颜渊曰:"请问其目②。"子曰:"非礼勿视,非礼勿听,非礼勿言,非礼勿动。"颜渊曰:"回虽不敏,请事斯语矣③。"

注　释

①克己复礼:克制自己,使自己的言行合乎先王的礼节。
②目:纲领。
③敏:敏锐;聪明。事:实践;施行。

译　文

颜渊问怎样做才是仁。孔子说:"克制自己,一切都照着礼的要求去做,这就是仁。一旦这样做了,天下的一切就都归于仁了。实行仁德,完全在于自己,难道还在于别人吗?"颜渊说:"请问实行仁的条目。"孔子说:"不合于礼的不要看,不合于礼的不要听,不合于礼的不要说,不合于礼的不要做。"颜渊说:"我虽然愚笨,也要照您的这些话去做。"

解　读

"克己复礼为仁",这是孔子关于什么是仁的主要解释。在这里,孔子以礼来规定仁,依礼而行就是仁的根本要求。所以,礼以仁为基础,以仁来维护。仁是内在的,礼是外在的,二者紧密结合。这里实际上包括两个方面的内容,一是克己,二是复礼。克己复礼就是通过人们的道德修养自觉地遵守礼的规定。这是孔子思想的核心内容,贯穿于《论语》一书的始终。

孔子要求人们要约束自己而按照西周的"礼"来办事,如果这样的话就是"仁"的体现。凡不符合礼的就不要看,不要听,不要说,也不要做。当然孔子是为了维护当权者的利益而这样说的。

老　子

老子,生卒年不详,姓李名耳,字伯阳,又名老聃,春秋时期楚国苦县(今河南周口鹿邑县)人。我国古代伟大的哲学家、思想家,道家学派的创始人,世界文化名人。曾在东周国都洛邑(今河南洛阳)任守藏史。老子的思想主张是"无为"。因丰富而深邃的哲学思想而被尊为"中国哲学之父"。有《道德经》(又名《老子》)。

1.道,可道也,非恒道也①。名,可名也,非恒名也②。无,名万物之始也;有,名万物之母也③。故恒无欲也,以观其眇④;恒有欲也,以观其徼⑤。两者同出,异名同谓。玄之又玄,众妙之门⑥。

注 释

①"道，可道也"三句：意谓道而能讲说则非永恒之道。

②"名，可名也"三句：意谓名而叫得出则非永恒之名。

③无：虚无，万物之始。有：实有其体，故可状。母：本源。当天地还未产生，混混沌沌如少女之处，纯朴天真。这就是"无"，是万物的开端。到"有"时，就像一个少女已经做了母亲，哺育滋养，万物茂盛。

④无欲：没有欲望。眇：莫也，言远视眇莫不知边际也。

⑤徼(jiào)：边也，谓有限度的认识道。

⑥玄：幽远。众妙：万物之玄理。

译 文

"道"如果可以用言语来表述，那它就是一般的"道"；"名"如果可以用文辞去命名，那它就是一般的"名"。"无"可以用来表述天地浑沌未开之际的状况；而"有"则是宇宙万物产生之本原的命名。因此，要常从"无"中去观察领悟"道"的奥妙；要常从"有"中去观察体会"道"的端倪。无与有这两者，来源相同而名称相异，都可以称之为玄妙、深远。它不是一般的玄妙、深奥，而是玄妙又玄妙、深远又深远，是宇宙天地万物之奥妙的总门径。

解 读

老子破天荒提出"道"这个概念，作为自己的哲学思想体系的核心。它的涵义博大精深，可从历史的角度来认识，也可从文学的方面去理解，还可从美学原理去探求，更应从哲学体系的辩证法去思维。

哲学家们在解释"道"这一范畴时并不完全一致，有的认为它是一种物质性的东西，是构成宇宙万物的元素；有的认为它是一种精神性的东西，同时也是产生宇宙万物的泉源。不过在"道"的解释中，学者们也有大致相同的认识，即认为它是运动变化的，而非僵化静止的；而且宇宙万物包括自然界、人类社会和人的思维等一切运动，都是遵循"道"的规律而发展变化的。总之，在这一章里，老子说"道"产生了天地万物，但它不可以用语言来说明，而是非常深邃奥妙的，并不是可以轻而易举地加以领会，这需要一个从"无"到"有"的循序渐进的过程。

2.天下皆知美之为美①，斯恶已②。皆知善之为善，斯不善已。有无相生，难易相成③，长短相形④，高下相倾⑤，音声相和，前后相随。恒也。是以圣人处无为之事，行不言之教⑥；万物作而弗始⑦，生而弗有⑧，为而弗恃，功成而不居⑨。夫唯弗居，是以不去。

注 释

①之：用在主谓之间，取消句子独立性。

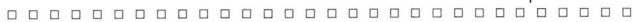

②斯恶已：就显露出丑的了。斯，就。恶，丑。已，矣。

③成：形成。

④形：比较。

⑤倾：依赖。

⑥是以：即"以是"，"是"作介词的前置宾语。教：教导；教育。

⑦始：主宰。

⑧有：占有。

⑨居：居功自傲。

译　文///

人们都知道什么是美，丑就一清二楚了；都知道什么是善，不善就一清二楚了。有无互为条件；难易互相促成；长短相比较产生；高低互相呈现；音声相比较而区分，先后在位置对比中体现，这是道的本性，是宇宙万物永恒不变的法则。同样，无为之益与有为之害也只有在相比较中才能显现。圣人依道而行，以无为的理念治理国家，用德政和爱心教化人民。这正好合于道的特点。道产生蓄育万物，却不以其缔造者自居；圣人即使有巨大贡献，也不邀功；即使成就伟大功绩，也不会居功自傲。正因为有功不居，才不会被人民抛弃。

解　读///

为论证其基本观点，老子睿智地通过指出美与恶，善与不善，有与无，难与易，长与短，高与下，音与声这些人们司空见惯的日常现象的特点，揭示了事物存在和展现特性的普遍方式，就是相对立而存在，相比较而区分。由此联系下文，从逻辑上可以推导出老子论述的重点是"无为"之益在与"有为"之害的对比中显现出来。于是乎圣人居无为之事，行不言之教。这一切都是道性的体现，合于道、守于德的治国理念才是最完美的理念。托圣人之名，行教导君王之实。

在此，老子使用了"圣人"的概念。圣人是老子理想中理解道并按道纪行事的能者，是理想化的统治者的化身。圣人的特点，就是遵照道的特点行事，就是无为，居无为之事，行不言之教。

3.知人者智①，自知者明。胜人者有力，自胜者强②。知足者富。强行者有志③。不失其所者久④。死而不亡者寿⑤。

注　释///

①知：熟悉；了解。

②自胜者强：能够战胜自己的人是坚强的。

③强行：坚持力行。

④不失其所者久:不违背规律的人可以长久。

⑤死而不亡者寿:死了之后而精神还存在的人是真正的长寿。

译 文///

能够了解他人的人是有智慧的,能够了解自己的人是高明的。能够战胜他人的人是有力量的,能够战胜自我的人是真正的强者。知道满足而不妄想的人是富有的,努力不懈地去奋斗的人是有志气的。言行不离道之规律中的人能够活得长久。躯体虽死而精神仍然存在于世的人才是真正的长寿。

解 读///

本章主要阐述人生哲理,强调要有丰富的个人精神生活:不但要知人、胜人,更重要的是自知、自胜。采用对比的形式,增强了说服力。哲人无忧,智者常乐。人生四项基本原则:懂得选择,学会放弃,耐得住寂寞,经得起诱惑。人生最高修养的原则是四个字:乐天知命!

4.信言不美①,美言不信。善者不辩②,辩者不善。知者不博③,博者不知。圣人不积④,既以为人己愈有⑤,既以与人己愈多。天之道⑥,利而不害⑦;圣人之道,为而不争⑧。

注 释///

①信:诚实。美:漂亮。这里指听起来顺耳。

②辩:巧言。

③知:聪明。博:博学。

④积:积累;积聚。

⑤既以为人己愈有:全心全意帮助别人,自己变得更加富有。既,竭尽。

⑥天之道:上天之道,即大自然的规律。

⑦利而不害:施利万物,不加损害。

⑧为而不争:帮助他人,不争名夺利。

译 文///

诚实的话不一定动听,动听的话不一定诚实。世间的好人不会花言巧语,能言善辩的人不一定是好人。聪明的人不一定博学,见多识广的人不一定真正聪明。圣人不为自己积攒什么:既然一切都是为了世人,自己就愈发拥有了;既然一切都已给了世人,自己就愈发丰富了。上天的道理养育了万物而无加害之心。做人的道理与世无争而懂得用方法来实践。

解　读 ///

　　"信言不美，美言不信。善者不辩，辩者不善。知者不博，博者不知。"这三句从人类认识事物的角度，提出了信与美、善与辩、知与博的矛盾对立关系，是善者、圣人、立言、立学、求知的准则。

　　本章是《道德经》最后一章，是全文的结束语。主要阐述人生的境界：真、善、美，并且以真为核心成分。语言简洁、质朴而深含哲理，具有朴素的辩证法思想。

孟　子

　　孟子（前372－前289），名轲，字子舆，战国中期邹（今山东省邹县）人，是我国古代著名的思想家、教育家。他受业于孔子之孙子思，是孔子学说的继承者和发扬者，故后人常将他与孔子并称为"孔孟"。《孟子》共七篇，记述了孟轲的重要言论和有关活动，内容包括哲学、政治、伦理、教育等方面。《孟子》主旨严正，具有很高的文学价值，对我国古代散文的发展有广泛而巨大的影响。

　　1. 君子有三乐
　　君子有三乐，而王天下不与存焉[①]。父母俱存，兄弟无故[②]，一乐也；仰不愧于天，俯不怍于人[③]，二乐也；得天下英才而教育之，三乐也。君子有三乐，而王天下不与存焉。

注　释 ///

①不与存：不存在于其中。
②故：灾祸，丧病。
③怍（zuò）：羞惭。

译　文 ///

　　孟子说："君子有三大快乐，称王天下不在其中。父母健在，兄弟平安，这是第一大快乐；上不愧对于天，下不愧对于人，这是第二大快乐；得到天下优秀的人才进行教育，这是第三大快乐。君子有三大快乐，以德服天下不在其中。"

解　读 ///

　　本文选自《孟子·尽心上》。"君子"是儒家的理想人格，孟子认为君子和常人不同的根本地方在于他能够把道德和良知存放在自己心中，时刻不忘，而这正是常人做不到的。因此，孟子的"君子三乐"，第一乐是躬行孝悌，它会给人带来道德上的满足和快乐。第二乐是言行举止能合乎自己的良心本性要求，做到问心无愧，从而获得心灵的安宁。第三乐是能得到天下英才，启发他们的心智，解答他们的疑惑，传授给他们知识，并通过他们把真理遍传天下,泽惠百姓。"三乐"是一种较高道德境界上的内心体验,也就是说,只有君子才能获得的快乐。

2.浩然之气

公孙丑问曰①:"敢问夫子恶乎长②?"曰:"我知言③,我善养吾浩然之气④。""敢问何谓浩然之气?"曰:"难言也。其为气也,至大至刚,以直养而无害⑤,则塞于天地之间。其为气也,配义与道;无是,馁也⑥。是集义所生者,非义袭而取之也。行有不慊于心⑦,则馁矣。"

注　释 ///

①公孙丑:姓公孙,名丑,孟子弟子。

②恶(wū):疑问代词。相当于"何""什么"。

③知言:识别别人的言论。

④浩然:浩大流行的样子。

⑤以直养:用正直去培养。

⑥馁:萎缩,空虚无力。

⑦慊(qiè):满足。

译　文 ///

公孙丑问:"请问先生在哪方面擅长?"(孟子)说:"我能理解别人言辞中表现出来的情志趋向,我善于培养我拥有的浩然之气。"(公孙丑说:)"请问什么叫浩然之气呢?"(孟子)说:"这难以说得明白。那浩然之气,最宏大最刚强,用正义去培养它而不用邪恶去伤害它,就可以使它充满天地之间无所不在。那浩然之气,与仁义和道德相配合辅助,不这样做,那么浩然之气就会像人得不到食物一样疲软衰竭。浩然之气是由正义在内心长期积累而形成的,不是通过偶然的正义行为来获取的。自己的所作所为有不能心安理得的地方,则浩然之气就会衰竭"。

解　读 ///

本文选自《孟子·公孙丑上》,这是孟子在向公孙丑描述他所擅长培养的浩然之气,它"至大至刚",充塞于天地之间。培养的方法是由人的义行加上所行的正道,和日积月累的坚持。浩然正气的培养过程正体现了人在生命中追求人格完善的过程,它由内心而发,以人性的向善为基础,努力择善而行,止于至善。

3.大丈夫

居天下之广居①,立天下之正位②,行天下之大道③。得志,与民由之④;不得志,独行其道。富贵不能淫,贫贱不能移,威武不能屈。此之谓大丈夫。

注　释

①广居:宽广的住处,即大丈夫居心要"仁",因此得人心,无处不可居。
②正位:正确的位置,大丈夫的行为要符合"礼",进退自如,无处不可立。
③大道:大丈夫能行"义",胸中充满浩然之气,处处都是大道。
④与民由之:把自己所主张的推行于人民。

译　文

(至于大丈夫,)则应该住在天下最宽广的住宅里,站在天下最正确的位置上,走着天下最光明的大道。得志的时候,与老百姓一同前进;不得志的时候,便独自坚持自己的原则。富贵不能使我骄奢淫逸,贫贱不能使我改移节操,威武不能使我屈服意志。这样才叫做大丈夫!

解　读

本文选自《孟子·滕文公下》,主要体现了孟子理想中大丈夫应该具有的人格。大丈夫与普通人的区别在于"大"字,充满了伟大不凡的魅力。这种"大"由人的志向、操守、修养来决定。只要人存有仁心,行遵于义,立符合礼节,经过"富贵、贫贱、威武"的考验,就可以达到"穷则独善其身,达则兼济天下"的目标。

庄　子

庄子(约前375—前275年),名周,字子休(一说子沐),战国时代宋国蒙(今安徽省蒙城县,一说河南省商丘市东北)人,著名思想家、哲学家、文学家,道家学派的代表人物。《庄子》想象力丰富,语言机智幽默,阐述哲理的时候加入了大量的寓言故事,具有浓厚的浪漫主义色彩,在我国思想史和文学史上都具有重要的地位。

1. 望洋兴叹

秋水时至,百川灌河①。泾流之大,两涘渚崖之间,不辩牛马②。于是焉,河伯欣然自喜,以天下之美为尽在己。顺流而东行,至于北海,东面而视,不见水端③。于是焉河伯始旋其面目,望洋向若而叹曰④:"野语有之曰,'闻道百,以为莫己若者',我之谓也⑤。且夫我尝闻少仲尼之闻,而轻伯夷之义者,始吾弗信⑥。今我睹子之难穷也,吾非至于子之门则殆矣⑦。吾长见笑于大方之家⑧。"

注　释

①秋水:秋天的雨水。时:名词作状语,意为按时、按季节。河:黄河。
②泾流:成玄英疏,"泾:通也。"这里指顺势而下倾泻的水流。涘:水边。渚:水中的小岛。崖:岸边。辩:通"辨"。

③东行:东,方位词作状语;东行,表示向东行走。北海:今渤海。东面:东,方位名词作动词"面"的状语,东面表示面朝东。端:边际。

④旋:转。望洋:叠韵联绵词,仰视的样子。若:传说中的海神。

⑤野语:俗话说。莫己若:莫若己,以为没有谁能赶得上自己,代词宾语前置。

⑥少仲尼之闻:小看仲尼的学识。少,以……为少,小看的意思。轻伯夷之义:轻视伯夷的义。轻,以……为轻,轻视的意思。伯夷,商朝末年人,他认为周王伐纣是不义的,商朝灭亡后,他不食周粟表明自己的义,最后饿死。所以古人称他是义士。

⑦殆:危险了。

⑧大方之家:识记广博或有专长的人。

译 文 ///

秋天按时到来,千百条河川都奔注入黄河,大水一直浩瀚地流去,遥望两岸洲渚崖石之间,辨不清牛马的外形。于是乎,河伯(黄河之神)便欣然自喜,以为天下所有的美景全都在自己这里了。他顺着水流向东走,到了北海。他向东遥望,看不见水流的尽头。于是,河伯改变了他的神态,茫然地抬头对北海(北海之神)感慨地说:"俗语说,'自以为知道很多道理,没人能赶上自己了。'这正是说我呀。而且,我还曾经听说过有人贬低仲尼的学识,轻视伯夷的节义,开始我不相信。现在我看到你的浩瀚无穷,如果我不到你的门下,那是多么危险,我将会永远被有见识的人讥笑了。"

阅读提示 ///

本文选自《庄子·外篇·秋水》。《秋水》一文通篇都是由寓言、故事构成的,前后共有七个,这里节选的是第一个。这则寓言意在告诉我们,做人不要狂妄自大,更不能好高骛远,学问是无止境的,人的见识是有限的。那种坐井观天、夜郎自大的想法和做法实在要不得。要知道,人外有人,天外有天!

文章开门见山,"秋水时至,百川灌河",时值秋季,雨水连绵,汇聚入河,河水汪洋浩荡,于是乎"河伯欣然自喜,以天下之美为尽在于己"了。可是等到河伯顺流到达大海之后,见到了大海的茫无际涯,才明白先前自己的"欣然自喜"是多么可笑。知耻自省的态度使河伯在认识上达到了一种升华,实现了从无知到有知的转化。庄子正是通过这个寓言,表达了自己对自然、人生的思考和认识,并使文章生动形象,深入浅出,通俗易懂。

2.惠子相梁

惠子相梁①,庄子往见之。或谓惠子曰:"庄子来,欲代子相。"于是惠子恐,搜于国中三日三夜。庄子往见之,曰:"南方有鸟,其名为鹓雏②,子知之乎?夫鹓雏,发于南海,而飞于北海,非梧桐不止,非练实不食③,非醴泉不饮④。于是鸱得腐鼠⑤,鹓雏过之,仰而视之曰:'吓!'今子欲以子之梁国而吓我邪?"

注　释

①惠子：即惠施。相（xiàng）梁：在魏国做国相。梁，指魏国。
②鹓雏（yuān chú）：凤凰一类的鸟。
③连实：竹实。
④醴泉：甘美如醴（甜酒）的泉水。
⑤鸱（chī）：猫头鹰。

译　文

惠子在魏国当宰相，庄子去看望他。有人告诉惠子说："庄子到魏国来，想（或就要）取代你做宰相。"于是惠子非常害怕，在国都搜捕三天三夜。庄子前去见他，说："南方有一种鸟，它的名字叫鹓雏，你知道它吗？鹓雏从南海起飞，飞到北海去，不是梧桐树不栖息，不是竹子的果实不吃，不是甜美的泉水不喝。在这时，一只猫头鹰拾到一只腐臭的老鼠，鹓雏从它面前飞过，仰头看着它，发出'吓'的怒斥声。难道现在你想用你的梁国（相位）来威吓我吗？"

阅读提示

本文选自《庄子·外篇·秋水》，通过写惠子猜疑庄子取代自己的相位而又被庄子言辞反击的故事，辛辣地讥讽了醉心于功名富贵者的嘴脸，表现了庄子对功名利禄的态度。故事发展出人意料，人物形象形成鲜明对照，比喻巧妙贴切，收到言简义丰的效果。

在写作上，首先，巧妙地采用了寓言的形式。庄子往见惠子，表明自己的清高，无意功名利禄，指责惠子为保住官位而褊狭猜忌的心态，但这些并没有直接道出，而是寓于一个虚构的故事中，使人感到意味隽永，具有更强的讽刺性。

善于运用比喻。其中的"鹓雏""鸱"和"腐鼠"都具有明显的比喻义，且比喻自然生动形象，特别是把鸱吓鹓雏的情景刻画得惟妙惟肖，活画出了惠子因怕丢掉相国的官职而褊狭猜忌的丑态。按：庄子和惠子本是朋友，惠子先于庄子而逝，在《庄子·徐无鬼》中表现了庄子对墓中的惠子的怀念。

其次，本篇表现了庄子无意于功名利禄的清高的品质。比起《逍遥游》中表现的虚无主义和追求绝对自由的人生观，更值得肯定的。

3.运斤成风

庄子送葬，过惠子之墓，顾谓从者曰①："郢人垩慢其鼻端若蝇翼②，使匠石斫之③。匠石运斤成风④，听而斫之⑤，尽垩而鼻不伤，郢人立不失容⑥。宋元君闻之，召匠石曰：'尝试为寡人为之。'匠石曰：'臣则尝能斫之。虽然，臣之质死久矣⑦！'自夫子之死也⑧，吾无以为质矣，吾无与言之矣！"

注 释///

①顾:回头。

②郢:楚国的都城,在今湖北江陵西北。垩:白石灰。慢:通"漫",涂抹,玷污。

③匠石:名叫石的匠人。斫:砍削。

④斤:斧子一类的工具。运斤成风:挥动斧子很快,呼呼生风。

⑤听:任由。

⑥容:容貌,仪容。

⑦质:对手,对象。

⑧夫子:惠子。

译 文///

庄子送葬,去惠子墓地的路上,他回过头来对跟随的人说:"郢地有一个人把白色黏土涂抹在他的鼻尖上,(黏土薄得)像苍蝇的翅膀。于是他让一个叫石的匠人砍削掉这一小白点。匠石听他的话挥动斧子,快得像一阵风,很快地砍过去,削去鼻尖上的白泥,并且没有伤到鼻子。郢地的人站在那里脸色毫无改变。宋元君知道了这件事,找来匠人对他说:'你再给我砍一下试试。'匠人石说:'我确实曾经能够砍削掉鼻尖上的小白点。尽管如此,我可以搭配的伙伴已经死去很久了。'自从惠子离开了人世,我也没有搭档了,没有与我争辩的人了。"

注 释///

本文选自《庄子·杂篇·徐无鬼》,这是庄子路过惠子墓时对自己的弟子讲的一段话,庄子巧用寓言故事表达了对惠子的深切怀念。在这个寓言故事里,我们可以欣赏到匠石高超的技艺,他可以借助于斧子消去鼻尖上的污点而不伤害到鼻子;同时也看到郢人对匠石的了解和信任,他在匠石的利斧挥动之下,不失常态地站着,对匠石发挥卓越的本领起着至关重要的作用。庄子借这个故事表明自己和惠子之间的关系就如同匠石和郢人一样,也让我们了解到"君子和而不同"的真正意味。

兰亭集序①

永和九年,岁在癸丑②,暮春之初,会于会稽山阴之兰亭③,修禊事也④。群贤毕至,少长咸集。此地有崇山峻岭,茂林修竹,又有清流激湍,映带左右⑤,引以为流觞曲水⑥,列坐其次。虽无丝竹管弦之盛,一觞一咏,亦足以畅叙幽情。是日也,天朗气清,惠风和畅。仰观宇宙之大,俯察品类之盛,所以游目骋怀⑦,足以极视听之娱,信可乐也。

注　释

①永和九年上巳日，王羲之和谢安、孙绰等 41 人在会稽境内的兰亭，聚会饮酒，各抒怀抱，汇集成《兰亭集》，王羲之为之写了这篇序文，将集会的盛况做了记载，并抒发了个人的感想。

②岁在癸丑：这一年是癸丑年，即公元 353 年。

③会(kuài)稽：郡名，包括今浙江西部、江苏东南部一带地方。山阴：今浙江绍兴。

④修禊(xì)：古代习俗，于阴历三月上旬的巳日(魏以后定为三月三日)，人们群聚于水滨嬉戏洗濯，以祓除不祥和求福。实际上这是古人的一种游春活动。

⑤激湍：急流。映带：水流环绕似带。

⑥流觞曲水：用漆制的酒杯盛酒，放入弯曲的水道中任其漂流。杯停在某人面前，某人就引杯饮酒。这是古人一种劝酒取乐的方式。

⑦骋：尽情施展，不受约束。

夫人之相与，俯仰一世①。或取诸怀抱，晤言一室之内②；或因寄所托，放浪形骸之外③。虽趣舍万殊，静躁不同，当其欣于所遇，暂得于己，快然自足，不知老之将至④；及其所之既倦，情随事迁，感慨系之矣。向之所欣，俯仰之间，已为陈迹，犹不能不以之兴怀，况修短随化，终期于尽！古人云："死生亦大矣"⑤，岂不痛哉！

每览昔人兴感之由，若合一契⑥，未尝不临文嗟悼，不能喻之于怀。固知一死生为虚诞⑦，齐彭殇为妄作⑧。后之视今，亦犹今之视昔。悲夫！故列叙时人，录其所述，虽世殊事异，所以兴怀，其致一也。后之览者，亦将有感于斯文。

注　释

①俯仰一世：很快地过了一生。俯仰，低首抬头之间，形容时间短暂。

②晤言：面对面谈话。《晋书·王羲之传》《全晋文》均作"悟言"，指心领神会的妙悟之言。

③放浪形骸之外：行为放纵不羁，形体不受世俗礼法所拘束。

④老之将至：《论语·述而》："其为人也，发愤忘食，乐以忘忧，不知老之将至云尔。"

⑤死生亦大矣：死生也是人生的一桩大事。

⑥契：符契，古代的一种信物。在符契上刻上字，剖而为二，各执一半，作为凭证。

⑦一死生：把死和生看作一回事。《庄子·德充符》："以死生为一条。"又《庄子·大宗师》："孰知生死存亡之一体者，吾与之为友矣。"

⑧齐彭殇：把高寿的彭祖和短命的殇子等量齐观。彭，彭祖，相传为颛顼帝的玄孙，活了八百岁。殇，指短命夭折的人。《庄子·齐物论》："莫寿于殇子，而彭祖为夭。"

作者简介

王羲之(303—361)，字逸少，号澹斋，原籍琅琊临沂(今属山东)，后迁居山阴(今浙江绍兴)。官至右军将军，会稽内史等官，世称"王右军"。东晋著名的书法家，被后人尊为"书圣"。有《王右军集》。

解　读 ///

　　东晋永和九年(353)的三月三日,王羲之与孙绰、谢安、支遁等41人,到水边禊祭(古人阴历三月初三时,在水边游赏嬉戏,以求福。实际上是一种游春活动)。他们一起流觞饮酒,感兴赋诗,畅叙幽情。事后,将全部诗歌结集成册,由王羲之写成此序。

　　《兰亭集序》记叙的是东晋时期清谈家们的一次大集会,表达了他们的共同意志。文章融叙事、写景、抒情、议论于一体,文笔腾挪跌宕,变化奇特精警,以适应表现富有哲理的思辨的需要。全文可分前后两个部分。前一部分主要是叙事、写景,先叙述集会的时间、地点。然后点染出兰亭优美的自然环境:山岭蜿蜒,清流映带;又风和日丽,天朗气清,仰可以观宇宙之无穷,俯可以察万类之繁盛。在这里足以"游目骋怀","极视听之娱",可以自由地观察、思考,满足人们目视耳闻的需求。这里正是与会者"畅叙幽情"、尽兴尽欢的绝好处所。这些描写都富有诗情画意,作者的情感也是平静、闲适的。后一部分,笔锋一转,变为抒情、议论,由欣赏良辰美景、流觞畅饮,而引发出乐与忧、生与死的感慨,作者的情绪顿时由平静转向激荡。他说:人生的快乐是极有限的,待快乐得到满足时,就会感觉兴味索然。往事转眼间便成为历史,人到了生命的尽头都是要死的。由乐而生悲,由生而到死,这就是他此时产生的哲理思辨。他认为"一死生为虚诞,齐彭殇为妄作",从而进一步深入地探求生命的价值和意义,并产生了一种珍惜时间、眷恋生活、热爱文明的思考。寿夭、生死既是一种人力不能左右的自然规律,他在文中就难免流露出一种感伤情绪。但到篇末作者的情绪又趋于平静,他感到人事在变迁,历史在发展,由盛到衰,由生到死,都是必然的。正因人生无常,时不我待,所以他才要著文章留传后世,以承袭前人,以启示来者。

　　纵观全篇,主要描绘了兰亭的景致和王羲之等人集会的乐趣,抒发了作者盛事不常、"修短随化,终期于尽"的感叹。作者时喜时悲,喜极而悲,文章也随其感情的变化由平静而激荡,再由激荡而平静,极尽波澜起伏、抑扬顿挫之美,所以《兰亭集序》才成为千古盛传的名篇佳作。

　　这篇文章具有清新朴实、不事雕饰的风格。语言流畅,清丽动人,与魏晋时期模山范水之作"俪采百字之偶,争价一句之奇"(《文心雕龙·明诗篇》)迥然不同。句式整齐而富于变化,以短句为主,在散句中参以偶句,韵律和谐,悦耳动听。

　　总之,这篇文章体现了王羲之积极入世的人生观,和老庄学说主张的无为形成了鲜明的对比。给后人以启迪、思考。

归去来兮辞

　　归去来兮,田园将芜胡不归①?既自以心为形役②,奚惆怅而独悲!悟已往之不谏,知来者之可追③。实迷途其未远,觉今是而昨非④。

注　释 ///

　　①胡不归:《诗经·邶风·式微》:"式微,式微,胡不归?"胡,何。

②心为形役：心志为形体所驱使。

③"悟已往"二句：《论语·微子》："楚狂接舆歌而过孔子曰：'凤兮，凤兮！何德之衰！往者不可谏，来者犹可追。已而，已而，今之从政者殆而！'"谏：止。来者：指未来的事情。追：来得及弥补。

④"实迷途"二句：意谓违背内心求仕。今辞官归隐田园，合其本性，故今是而昨非。《楚辞·离骚》："回朕车以复路兮，及行迷之未远。"

舟遥遥以轻飏①，风飘飘而吹衣。问征夫以前路，恨晨光之熹微②。乃瞻衡宇，载欣载奔③。僮仆欢迎，稚子候门。三径就荒④，松菊犹存。携幼入室，有酒盈樽。引壶觞以自酌，眄庭柯以怡颜⑤。倚南窗以寄傲，审容膝之易安⑥。园日涉以成趣，门虽设而常关。策扶老以流憩⑦，时矫首而遐观⑧。云无心以出岫⑨，鸟倦飞而知还。景翳翳以将入⑩，抚孤松而盘桓。

注　释///

①飏（yáng）：轻举貌。形容船驶行轻快，是作者心情的写照。

②征夫：行人。熹微：晨光微明。

③瞻：望见。衡宇：犹横门。横木为门，形容房屋简陋。载：语助词，有"且""又"的意思。

④三径：园庭内小路。汉代蒋诩隐居后，在屋前竹下开了三条小路，只与隐士求仲、羊仲二人交往。后人遂以三径作为隐士居所之称。

⑤眄（miàn）：斜视。柯：树枝。

⑥寄傲：寄托傲世的情绪。审：明白，深知。容膝：形容居室狭小，仅能容膝。

⑦策：拄着。扶老：手杖。流：周游。

⑧矫首：抬头。遐（xiá）观：远望。

⑨岫（xiù）：山峰。

⑩景：同"影"，日影。翳（yì）翳：阴暗的样子。盘桓：徘徊。

归去来兮，请息交以绝游。世与我而相违，复驾言兮焉求①？悦亲戚之情话，乐琴书以消忧。农人告余以春及，将有事于西畴②。或命巾车③，或棹孤舟。既窈窕以寻壑④，亦崎岖而经丘。木欣欣以向荣，泉涓涓而始流。善万物之得时⑤，感吾生之行休⑥。

注　释///

①驾言：驾车外出。言，语助词。《诗经·邶风·泉水》："驾言出游。"焉求：何求。

②畴（chóu）：田地。

③巾车：有篷幕的车子。

④窈窕（yǎo tiǎo）：幽深的样子。

⑤善：羡慕。

⑥行休：将要终止。指死亡。

已矣乎①！寓形宇内复几时②，曷不委心任去留③？胡为乎遑遑欲何之④？富贵非吾愿，帝乡不可期⑤。怀良辰以孤往，或植杖而耘耔⑥。登东皋以舒啸⑦，临清流而赋诗。聊乘化以归尽，乐夫天命复奚疑⑧！

注 释

①已矣乎：犹言算了吧。

②寓形宇内：寄身于天地之间。

③曷不：何不。委心：随自己的心意。去留：指生死。

④遑遑：心神不定的样子。何之：到哪里去。

⑤帝乡：此指仙境。《庄子·天地》：“千岁厌世，去而上仙，乘彼白云，至于帝乡。”

⑥植杖：把手杖放在旁边。《论语·微子》：“植其杖而耘。”耘(yún)：除草。耔(zǐ)：在苗根培土。《诗经·小雅·甫田》：“今适南亩，或耘或耔。”

⑦皋(gāo)：水边高地。舒啸：放声长啸。“啸”是撮口发出长而清越的声音。

⑧“聊乘化”二句：意谓聊且顺应大化以了此生，乐天知命，不必有何怀疑。乘化：顺遂大自然之化。归尽：归向死亡。《易·系词》：“乐天知命故不忧。”

作者简介

陶渊明(约365—427)，字元亮，号五柳先生，谥号靖节先生，入刘宋后改名潜。东晋末期南朝宋初期诗人、文学家、辞赋家、散文家。东晋浔阳柴桑(今江西省九江市)人。曾做过几年小官，后辞官回家，从此隐居，田园生活是陶渊明诗的主要题材，相关作品有《饮酒》、《归园田居》、《桃花源记》、《五柳先生传》、《归去来兮辞》、《桃花源诗》等。

解 读

本文是晋安帝义熙元年(405年)作者辞去彭泽令回家时所作，自此以后坚决不出仕。整篇分“序”和“辞”两节，“辞”是一种与“赋”相近的文体名称。“序”说明了自己所以出仕和自免去职的原因。“辞”则抒写了归田的决心、归田时的愉快心情和归田后的乐趣。“归去来兮”就是“归去”的意思，“来”“兮”都是语气助词。

这篇辞体抒情诗，不仅是陶渊明一生转折点的标志，亦是中国文学史上表现归隐意识的创作之高峰。全文描述了作者在回乡路上和到家后的情形，并设想日后的隐居生活，从而表达了作者对当时官场的厌恶和对农村生活的向往。另一方面，也流露出诗人的一种“乐天知命”的消极思想。

本篇通过对田园生活的赞美和劳动生活的歌颂，抒写作者脱离官场的无限喜悦，归隐田园的无限乐趣，表达了对大自然和隐居生活的向往和热爱。叙事、议论、抒情巧妙结合；寓情于景，情真意切，富有情趣；文字洗练，笔调清新，音节谐美，富于音乐美，结构严谨周密。

滕王阁序①（节选）

　　豫章②故郡，洪都③新府。星分翼轸（zhěn）④，地接衡庐⑤。襟三江⑥而带五湖，控蛮荆⑦而引瓯（ōu）越。物华天宝，龙光射牛斗之墟⑧；人杰地灵，徐孺下陈蕃（fán）之榻⑨。雄州雾列，俊采⑩星驰。台隍（huáng）枕夷夏之交，宾主尽东南之美。

注　释 ///

　　①滕王阁：故址在今江西省南昌市赣江滨。唐高宗永徽年间洪州都督李元婴所建。元婴是唐高祖李渊第二十二子，在唐太宗贞观十三年受封为滕王，故称洪府滕王阁。

　　②豫章：滕王阁在今江西省南昌市。南昌，为汉豫章郡治。

　　③洪都：汉豫章郡，唐改为洪州，设都督府。

　　④星分翼轸（zhěn）：古人习惯以天上星宿与地上区域对应，称为"某地在某星之分野"。据《晋书·天文志》，豫章属吴地，吴越扬州当牛斗二星的分野，与翼轸二星相邻。翼、轸，星宿名，属二十八宿。

　　⑤衡庐：衡，衡山，此代指衡州（治所在今湖南省衡阳市）。庐，庐山，此代指江州（治所在今江西省九江市）。

　　⑥三江：泛指长江中下游的江河。五湖：南方大湖的总称。

　　⑦蛮荆：古楚地，今湖北、湖南一带。瓯越：古越地，即今浙江地区。古东越王建都于东瓯（今浙江省永嘉县）。

　　⑧物华二句：据《晋书·张华传》，晋初，牛、斗二星之间常有紫气照射，据说是宝剑之精，上彻于天。张华命人寻找，果然在丰城（今江西省丰城县，古属豫章郡）牢狱的地下，掘出龙泉、太阿二剑。后这对宝剑入水化为双龙。

　　⑨徐孺句：据《后汉书·徐稚传》，东汉名士陈蕃为豫章太守，不接宾客，惟徐稚来访时，才设一睡榻，徐稚去后又悬置起来。徐孺，徐孺子的省称。徐孺子名稚，东汉豫章南昌人，当时隐士。

　　⑩采：通"棌"，官吏。

　　都督①阎公之雅望，棨戟遥临；宇文新州②之懿（yì）范，襜帷暂驻。十旬休假③，胜友如云；千里逢迎，高朋满座。腾蛟起凤④，孟学士之词宗；紫电青霜⑤，王将军之武库。家君作宰，路出名区；童子何知，躬逢胜饯。

注　释 ///

　　①都督：掌管督察诸州军事的官员，唐代分上、中、下三等。阎公：名未详。棨（qǐ）戟（jǐ）：外有赤黑色缯套的木戟，古代大官出行时用。这里代指仪仗。

　　②宇文新州：复姓宇文的新州（在今广东境内）刺史，名未详。襜（chān）帷：车上的帷幕，这里代指车马。

③十旬休假:唐制,十日为一旬,遇旬日则官员休沐,称为"旬休"。假通"暇",空闲。

④腾蛟起凤:《西京杂记》:"董仲舒梦蛟龙入怀,乃作《春秋繁露》。"又:"扬雄著《太玄经》,梦吐凤凰集《玄》之上,顷而灭。"孟学士:名未祥。

⑤紫电青霜:《古今注》:"吴大皇帝(孙权)有宝剑六,二曰紫电。"《西京杂记》:"高祖(刘邦)斩白蛇剑,刃上常带霜雪。"王将军:名未详。

时维九月,序属三秋①。潦②水尽而寒潭清,烟光凝而暮山紫。俨骖騑于上路③,访风景于崇阿。临帝子之长洲,得天人(又作:仙人)之旧馆④。层峦叠翠,上出重霄;飞阁流丹,下临无地。鹤汀凫渚⑤,穷岛屿之萦回;桂殿兰宫,列冈峦之体势。

注 释 ///

①三秋:古人称七、八、九月为孟秋、仲秋、季秋,三秋即季秋,九月。

②潦(liǎo)水:雨后的积水。

③俨(yǎn):此指昂首,昂头。骖(cān)騑(fēi):驾在服马两侧的马。后泛指驾车之马。汉蔡邕《协和婚赋》:"车服照路,骖騑如舞。"上路:大路;通衢。崇阿(ē):高丘,高山。明刘基《黄华一首送叶师仁省兄还括苍》诗:"瞻彼崇阿,维云茫茫。"

④帝子、天人:都指滕王李元婴。

⑤鹤汀(tīng):有鹤栖居的水中小洲。凫(fú)渚(zhǔ):野鸭栖息的水中小块陆地。帝子、天人:都指滕王李元婴。

披绣闼,俯雕甍①,山原旷其盈视,川泽纡其骇瞩。闾阎扑地,钟鸣鼎食之家②;舸舰迷津,青雀黄龙之轴③。云销雨霁,彩彻区明④。落霞与孤鹜齐飞,秋水共长天一色⑤。渔舟唱晚,响穷彭蠡⑥之滨;雁阵惊寒,声断衡阳⑦之浦。……

注 释 ///

①绣闼(tà):装饰华丽的门。雕甍(méng):雕镂文采的殿亭屋脊。唐虞世南《怨歌行》:"紫殿秋风冷,雕甍白日沉。"

②闾(lú)阎:里门,这里代指房屋。钟鸣鼎食:古代贵族鸣钟列鼎而食,喻大业门户。闾阎:里门,这里代指房屋。钟鸣鼎食:古代贵族鸣钟列鼎而食。

③舸(gě):《方言》:"南楚江、湘,凡船大者谓之舸。"青雀黄龙:船的装饰形状。轴:通"舳",船尾把舵处,这里代指船只。

④彩:虹。彻:通贯。

⑤"落霞"二句:鹜,野鸭。庾信《马射赋》有"落花与芝盖同飞,杨柳共春旗一色",王勃化用此语。

⑥彭蠡:古大泽名,即今鄱阳湖。

⑦衡阳:今属湖南省,境内有回雁峰,相传秋雁到此就不再南飞,待春而返。

嗟乎！时运不齐，命途多舛①。冯唐易老，李广难封②。屈贾谊于长沙，非无圣主③；窜梁鸿于海曲④，岂乏明时？所赖君子见机，达人知命。老当益壮，宁移白首之心⑤？穷且益坚，不坠青云之志⑥。酌贪泉而觉爽，处涸辙以犹欢⑦。北海虽赊，扶摇可接；东隅已逝，桑榆非晚⑧。孟尝高洁，空怀报国之志⑨；阮籍猖狂，岂效穷途之哭⑩！

注　释///

①舛(chuǎn)：不顺。

②"冯唐"二句：《史记·冯唐列传》："（冯）唐以孝著，为中郎署长，事文帝。……拜唐为车骑都尉，主中尉及郡国车士。七年，景帝立，以唐为楚相，免。武帝立，求贤良，举冯唐。唐时年九十余，不能复为官。"李广，汉武帝时名将，多次与匈奴作战，军功卓著，却始终未获封爵。

③"屈贾谊"句：贾谊在汉文帝时被贬为长沙王太傅。圣主，指汉文帝。

④"窜梁鸿"句：窜，逃隐。梁鸿，东汉章帝时的高士，因不满现实，和妻子孟光一起，改名逃隐于齐鲁吴越间。海曲，泛指海滨一带，即齐鲁等地。

⑤"老当"二句：老当益壮，语出《后汉书·马援传》："丈夫为志，穷当益坚，老当益壮。"宁，难道。移，改变。白首，年老。

⑥青云之志：语出《续逸民传》："嵇康早有青云之志。"

⑦"酌贪泉"二句：据《晋书·吴隐之传》，廉官吴隐之赴广州刺史任，饮贪泉之水，并作诗说："古人云此水，一歃怀千金。试使（伯）夷（叔）齐饮，终当不易心。"贪泉，在广州附近的石门，传说饮此水会贪得无厌。处涸辙，《庄子·外物》有鲋鱼处涸辙的故事。涸辙比喻困厄的处境。

⑧"北海"四句：赊，远。扶摇，旋风。东隅，日出处，表示早晨。桑榆，日落处，表示傍晚。语出《后汉书·冯异传》："失之东隅，收之桑榆。"

⑨"孟尝"二句：孟尝字伯周，东汉会稽上虞人。曾任合浦太守，以廉洁奉公著称，后因病隐居。桓帝时，虽有人屡次荐举，终不见用。事见《后汉书·孟尝传》。

⑩"阮籍"二句：阮籍，字嗣宗，晋代名士。《晋书·阮籍传》："籍"时率意独驾，不由径路。车迹所穷，辄恸哭而反。"

作者简介///

王勃(649—676)，字子安，绛州龙门（今山西省河津县）人。6岁能文，17岁应幽素科及第，授朝散郎。因作文得罪高宗被逐，又因私杀官奴获死罪，遇赦除名。赴交趾探父路上溺水受惊而死。"初唐四杰"之一，以自己的创作实践推进了初唐的诗歌革新。有《王子安集》。

解　读///

闻一多曾说初唐四杰"年少而才高，官小而名大，行为都相当浪漫，遭遇尤其悲惨"

《唐诗杂论》)。《滕王阁序》作为一篇饯别序文，借洪都宴会感怀时事，慨叹身世，是富于时代精神和个人特点的真情流露，乃唐代骈文之榜首。王勃一生虽连遭挫折，处于下位，不免产生"时运不齐、命途多舛"的怨叹，但在文中更多地体现出的却是作者"老当益壮"、"穷且益坚"的意志，使序文充满抒慨色彩，表现了希望建功立业、报效国家的壮志。作为一篇优秀的骈文，作者调动了对偶、用典等艺术手法，辞采华美，对仗工整，在精美严整的形式之中，表现了自然变化之趣；尤其是景物描写部分，以华丽之笔，写壮美之景，把秋日风光描绘得神采飞动，令人击节叹赏。其中"落霞与孤鹜齐飞，秋水共长天一色"一联，动静相映，意境浑融，构成一幅色彩明丽而又上下浑成的绝妙美景，成为千古传诵的名句。

岳阳楼记①

庆历四年春②，滕子京谪守巴陵郡③。越明年，政通人和，百废俱兴④，乃重修岳阳楼，增其旧制⑤，刻唐贤今人诗赋于其上⑥，属予作文以记之⑦。

注　释 ///

①岳阳楼：在今湖南省岳阳县城西门上，下临洞庭湖，建于唐代开元初年，景观壮阔，为历代才士登临赋咏之所。

②庆历四年：宋仁宗庆历四年，即公元1044年。

③滕子京：名宗谅，字子京，河南洛阳人，与范仲淹同年中进士，守庆州时被人诬陷，降官知岳州。巴陵郡，即岳州。

④百废俱兴：各种废弛不办的事情都兴办起来。

⑤增其旧制：扩大原来的规模。

⑥唐贤：唐代名人。今人：指宋代人。

⑦属：通"嘱"，嘱托。

予观夫巴陵胜状，在洞庭一湖①。衔远山，吞长江，浩浩汤汤，横无际涯②；朝晖夕阴，气象万千③；此则岳阳楼之大观也，前人之述备矣④。然则北通巫峡，南极潇湘，迁客骚人，多会于此，览物之情，得无异乎⑤？

注　释 ///

①胜状：美景。

②衔远山：形容远方山影倒映在湖中，远山当指君山。吞长江：形容长江之水注入湖中。浩浩汤汤(shāng)：水势广阔盛大。

③晖：同"辉"，阳光。阴：昏暗。

④大观：壮阔的景象。前人之述备矣：谓唐宋文人的诗赋对岳阳楼的描绘已经十分详尽了。

⑤巫峡：长江三峡之一，在四川省巫山县。南极潇湘：朝南一直通到湘江上游。湘江

流经湖南省中部,北流入洞庭湖,潇水为湘江上游的支流,古代诗人多称湘江为潇湘。极,尽。迁客:被贬谪调往偏远地区的官吏。骚人:屈原曾作《离骚》,后世因称诗人为骚人。得无:能不。表推测语气。

　　若夫霪雨霏霏①,连月不开②;阴风怒号,浊浪排空③;日星隐耀④,山岳潜形⑤;商旅不行,樯倾楫摧⑥;薄暮冥冥⑦,虎啸猿啼;登斯楼也,则有去国怀乡⑧,忧谗畏讥,满目萧然,感极而悲者矣。

注释

①霪雨:连绵不断的雨。霏霏,雨密集的样子。
②不开:不放晴。
③排空:冲击天空,形容水势汹涌。
④隐耀:光亮隐没不见。
⑤潜形:掩藏形体。
⑥樯倾楫摧:船樯倾倒,船桨摧折。
⑦冥冥:昏暗的样子。
⑧去国:离开国都。

　　至若春和景明,波澜不惊,上下天光,一碧万顷①;沙鸥翔集,锦鳞游泳,岸芷汀兰,郁郁青青②。而或长烟一空,皓月千里,浮光跃金,静影沉璧,渔歌互答,此乐何极③!登斯楼也,则有心旷神怡,宠辱皆忘,把酒临风,其喜洋洋者矣④。

注释

①景明:天气晴明。景,日光。波澜不惊:犹言风平浪静。上下天光二句:谓天色与湖水交相辉映,上下一片碧绿,无边无际。万顷,极言其广大。百亩为顷。
②翔集:或飞或停。集,栖,止。锦鳞:鳞光鲜丽的鱼,鱼的美称。岸芷汀兰:岸边的香草和水中小洲上的兰草。水岸平处曰汀。郁郁青青:花草茂盛,香气浓郁。
③而或:或者。长烟一空:天上的云雾一扫而空。浮光跃金:湖面上月光浮动如金光闪耀。静影沉璧:平静的月影映入水底,如同沉下一块璧玉。璧,圆形的玉,以喻月。
④宠辱皆忘:一切荣辱得失都忘掉了。皆,一作"偕"。

　　嗟夫!予尝求古仁人之心,或异二者之为,何哉①?不以物喜,不以己悲。居庙堂之高,则忧其民②;处江湖之远,则忧其君③。是进亦忧,退亦忧;然则何时而乐耶?其必曰:先天下之忧而忧,后天下之乐而乐欤④!噫!微斯人,吾谁与归⑤!

注 释 ///

①二者:指上述感物而悲与览物而喜两种心情。为,名词,指心理活动及其外在表现。

②"不以物喜"二句:不因环境的好坏和个人的得失而有所改变。居庙堂之高:指在朝廷做官。庙堂,指朝廷。

③处江湖之远:处在偏远的江湖上,指贬谪在外做闲官或在野不做官。

④"先天下"二句:忧在天下人之前,乐在天下人之后。

⑤"微斯人"二句:微,无,非。斯人,指古仁人。谁与归,谓归心于谁呢?

作者简介 ///

作者范仲淹,介绍见第三编。

解 读 ///

《岳阳楼记》是范仲淹的名篇,《岳阳楼记》的著名,是因为它的思想境界,因文中有"先天下之忧而忧,后天下之乐而乐"一句而名留史册。"先天下之忧而忧,后天下之乐而乐",是范仲淹一生行为的准则。孟子说:"穷则独善其身,达则兼善天下"。这已成为封建时代许多士大夫的信条。范仲淹写这篇文章的时候正贬官在外,滕宗谅(子京)与范仲淹是同榜进士,又曾共同防御西北边郡,抗击西夏入侵,而二人先后遭贬谪。作者借写此记之机,即景抒怀,表达了一贯坚持的以天下为己任,虽处逆境仍积极用世的精神。因意不在记叙岳阳楼本身,故将重修经过、作记缘由及湖山胜状略约交代,而以较多篇幅铺陈湖上阴晴不同之景,以及登楼览物者的悲喜不同之情,而后又将这些全盘否定,提出不应因为境遇的好坏和个人的得失而悲喜,最后以"先天下之忧而忧,后天下之乐而乐"的仁人理想来劝勉友人和激励自己,表现出作者积极有为的抱负与忧国忧民的思想。文章融记事、写景、抒情和议论为一体,记事简明,写景铺张,抒情真切,议论精辟。语言多用四字句,杂以排偶,骈散相间,既有整齐匀称之美,又显参差错落之致。

前赤壁赋①

壬戌之秋②,七月既望③,苏子与客泛舟游于赤壁之下。清风徐来,水波不兴。举酒属客,诵明月之诗,歌窈窕之章④。少焉⑤,月出于东山之上,徘徊于斗、牛之间⑥。白露横江,水光接天。纵一苇之所如,凌万顷之茫然⑦。浩浩乎如冯虚御风⑧,而不知其所止;飘飘乎如遗世独立,羽化而登仙⑨。

注 释 ///

①这篇文赋是宋神宗元丰五年(1082)苏轼被贬谪黄州(今湖北黄冈)时所作。因后来还写过一篇同题的赋,故称此篇为《前赤壁赋》。赤壁:实为黄州赤鼻矶,并不是三国时期赤壁之战的旧址,当地人因音近亦称之为赤壁,苏轼知道这一点,将错就错,借景以抒发自己的情怀。

②壬戌:宋神宗元丰五年,岁次壬戌。

③既望:农历每月十五日为"望日",十六日为"既望"。

④属(zhǔ):属通"嘱",这里指劝人饮酒。明月之诗:指《诗经·陈风·月出》。窈窕之章:《月出》诗首章为:"月出皎兮,佼人僚兮,舒窈纠(窈窕)兮,劳心悄兮。"

⑤少焉:片刻;一小会儿。

⑥斗牛:斗宿和牛宿,都是星宿名。

⑦"纵一苇"句:意谓任凭小船在宽广的江面上飘荡。纵:任凭。一苇:比喻极小的船。万顷:形容江面极为宽阔。

⑧冯虚御风:乘风腾空而遨游。冯,通"凭"。虚,太空。御,驾驭。

⑨羽化:道教把成仙叫做"羽化",认为成仙后能够飞升。登仙:登上仙境。

于是饮酒乐甚,扣舷而歌之①。歌曰:"桂棹兮兰桨②,击空明兮溯流光③。渺渺兮予怀④,望美人兮天一方。"客有吹洞箫者,倚歌而和之⑤。其声呜呜然,如怨如慕,如泣如诉;余音袅袅,不绝如缕⑥。舞幽壑之潜蛟,泣孤舟之嫠妇⑦。

注 释 ///

①扣舷:敲打着船边,指打着节拍。

②桂棹(zhào)、兰桨:用兰、桂香木制成的船桨。

③空明:月亮倒映水中的澄明之色。溯:逆流而上。流光:在水波上闪动的月光。

④渺渺:悠远的样子。

⑤倚歌:按照歌曲的声调节拍。

⑥余音:尾声。袅袅:形容声音婉转悠长。不绝如缕:采用通感的修辞手法,用视觉形象(细丝)比喻听觉形象(箫声)。缕,细丝。

⑦"舞幽壑"二句:意谓使潜藏在深渊里的蛟龙为之起舞,使寡居的妇女为之哭泣。"舞"和"泣"为使动用法。幽壑:深谷,这里指深渊。嫠(lí)妇:寡居的妇女。

苏子愀然,正襟危坐①,而问客曰:"何为其然也?"客曰:"月明星稀,乌鹊南飞,此非曹孟德之诗乎②?西望夏口,东望武昌,山川相缪,郁乎苍苍,此非孟德之困于周郎者乎③?方其破荆州,下江陵,顺流而东也,舳舻千里,旌旗蔽空④。酾酒临江,横槊赋诗,固一世之雄也⑤;而今安在哉!况吾与子渔樵于江渚之上,侣鱼虾而友麋鹿⑥。驾一叶之扁舟,举匏樽以相属⑦。寄蜉蝣于天地,渺沧海之一粟⑧。哀吾生之须臾,羡长江之无穷⑨。挟飞仙以遨游,抱明月而长终。知不可乎骤得,托遗响于悲风⑩。"

注 释 ///

①愀(qiǎo)然:忧愁变色。危:端正。

②月明星稀,乌鹊南飞:曹操《短歌行》中的诗句。

③夏口:故城在今湖北武昌。武昌:今湖北鄂城县。缪:通"缭"(liáo),环绕。孟德:曹操的字。周郎:周瑜二十四岁为中郎将,吴人皆呼为周郎。

④以上几句谓建安十三年刘琮率众向曹操投降,曹军不战而占领荆州、江陵。方:当。荆州:辖南阳、江夏、长沙等八郡,今湖南、湖北一带。江陵:当时的荆州首府,今湖北县名。舳舻(zhú lú):战船。

⑤酾(shī)酒:斟酒。横槊(shuò):横执长矛。

⑥渔樵:打鱼与砍柴。江渚:江中与江边。侣:伴侣;友,朋友。这里均为意动用法,即以鱼虾为伴侣,以麋鹿为朋友。

⑦扁(piān)舟:小舟。匏(páo)樽:酒葫芦。属:劝酒。

⑧"寄蜉蝣"二句:谓人类在天地之间极为短暂和渺小。寄:寓托。蜉蝣:一种朝生暮死的昆虫。渺:小。

⑨"哀吾生"二句:喟叹人生短暂而宇宙无限。须臾:片刻,时间极短。

⑩骤:突然。遗响:余音,指箫声。悲风:秋风。

　　苏子曰:"客亦知夫水与月乎?逝者如斯,而未尝往也①;盈虚者如彼,而卒莫消长也②。盖将自其变者而观之,则天地曾不能以一瞬③;自其不变者而观之,则物与我皆无尽也,而又何羡乎?且夫天地之间,物各有主,苟非吾之所有,虽一毫而莫取。惟江上之清风,与山间之明月,耳得之而为声,目遇之而成色,取之无禁,用之不竭。是造物者之无尽藏也④,而吾与子之所共适⑤。"

　　客喜而笑,洗盏更酌⑥。肴核既尽,杯盘狼藉⑦。相与枕藉乎舟中,不知东方之既白⑧。

注 释 ///

①逝者如斯:语出《论语·子罕》:"子在川上曰:'逝者如斯夫,不舍昼夜。'"逝,往。斯,此,指水。

②盈虚者如彼:如那圆缺的月亮。卒:最终。消长:增减。

③曾:语气副词。以:停留。一瞬:一眨眼的工夫。

④是:这。造物者:天地自然。无尽藏(zàng):无穷无尽的宝藏。

⑤适:享用。

⑥更酌:再次饮酒。

⑦肴核:荤菜和果品。既:已经。狼藉:凌乱。

⑧枕藉:相互枕着睡觉。既白:天色已亮。

作者简介 ///

作者苏轼,介绍见第五编。

解 读 ///

《前赤壁赋》是一篇文赋,是苏轼散文的代表作。宋神宗元丰五年(1082)是苏轼谪居黄州的第三年。初秋,苏轼与朋友驾一叶小舟,来到黄冈赤壁下的长江赏月游玩,酒酣耳热之后和着凄怆的洞箫声扣舷而歌,然后又从如怨如慕、如泣如诉的箫声中引出客人思古之忧伤和对人生如寄的慨叹。本文描写了月夜的美好景色和泛舟大江饮酒赋诗的舒畅心情,然后通过客人吹奏的极其幽怨的声调,引起主客之间的一场回答,文章的重点便转移到对人生态度问题的论辩上。文中流露出一些消极情绪,同时也反映了一种豁达乐观的精神。表现了作者在"乌台诗案"后,虽身处逆境仍热爱生活、积极乐观的生活态度。

在形式方面,具有文赋的主要特征,即主客对答,抑客扬主。文中的主客对话,实质上是反映了作者思想矛盾的两个对立方面。通过主客对答和辩驳,以主说服客结束,反映出作者最终完成了思想上的斗争,积极的思想战胜了消极的思想,忧郁归于达观。在语言方面,散句与骈句交错使用,讲究押韵对仗,生动形象。各种修辞手法的综合运用,使文章达到了诗情画意与议论理趣的完美统一。

少年中国说(节选)①

制出将来之少年中国者,则中国少年之责任也。彼老朽者何足道,彼与此世界作别之日不远矣,而我少年乃新来而与世界为缘。如僦屋②者然,彼明日将迁居他方,而我今日始入此室处。将迁居者,不爱护其窗棂,不洁治其庭庑③,俗人恒情,亦何足怪!若我少年者,前程浩浩,后顾茫茫。中国而为牛为马为奴隶,则烹脔棰鞭之惨酷④,惟我少年当之。中国如称霸宇内,主盟地球,则指挥顾盼之尊荣,惟我少年享之。于彼气息奄奄与鬼为邻者何与焉?彼而漠然置之,犹可言也。我而漠然置之,不可言也。使举国之少年而果为少年也,则吾中国为未来之国,其进步未可量也。使举国之少年而亦为老大也,则吾中国为过去之国,其渐亡可翘足而待也。故今日之责任,不在他人,而全在我少年。少年智则国智,少年富则国富,少年强则国强,少年独立则国独立,少年自由则国自由,少年进步则国进步,少年胜于欧洲则国胜于欧洲,少年雄于地球则国雄于地球。红日初升,其道大光⑤;河出伏流⑥,一泻汪洋。潜龙腾渊,鳞爪飞扬;乳虎啸谷,百兽震惶。鹰隼⑦试翼,风尘吸张;奇花初胎,矞矞皇皇⑧。干将发硎,有作其芒⑨。天戴其苍,地履其黄⑩。纵有千古,横有八荒。前途似海,来日方长。美哉我少年中国,与天不老;壮哉我中国少年,与国无疆!

注 释 ///

①本文作于光绪二十六年(1900),文章从驳斥日本和西方列强污蔑我国为"老大帝国"入手,说明中国是一个正在成长的少年中国。本文所说的"国",是理想的资产阶级共和国。文章认为封建专制制度和封建官吏已经腐朽,希望寄托在中国少年身上,并且坚

信中国少年必有志士,能使国家富强,雄立于地球。反映了作者渴望祖国繁荣昌盛的爱国思想和积极乐观的民族自信心。文章紧扣主题,运用排比句法,层层推进,逐次阐发,写得极有感情,极有气势。

②傃(jiù)屋:租赁房屋。

③庭庑:庭院走廊。

④脔:切成小块的肉,这里用作动词,宰割之意。棰:棍杖,这里用作动词,捶打之意。

⑤其道大光:语出《周易·益》:"自上下下,其道大光。"光,广大,发扬。

⑥伏流:水流地下。《淮南子·坠形训》:"河源出昆仑,伏流地中方三千里。"

⑦鹰隼(sǔn):指鹰类猛禽。

⑧矞(yù)矞皇皇:形容艳丽。《太玄经·交》:"物登明堂,矞矞皇皇。"司马光集注引陆绩曰:"矞皇,休美貌。"

⑨干将:古剑名,后泛指宝剑。发硎(xíng):刀刃新磨。硎,磨刀石。有作其芒:发出光芒。

⑩"天戴"二句:意谓少年中国如苍天之大,如地之广阔。

作者简介 ///

梁启超(1873—1929),字卓如,号任公,又号饮冰室主人,广东新会人。中国近代史上著名的政治活动家、启蒙思想家、资产阶级宣传家、教育家、史学家和文学家,戊戌维新运动领袖之一。一生著述宏富,有多种作品集行世,以《饮冰室合集》较为完备,计148卷,1 000余万字。

注 释 ///

"百日维新"失败后,梁启超流亡日本,创办《清议报》,大力介绍西方近代资产阶级政治学说,批判封建专制主义。《少年中国说》就是当时发表在《清议报》上的一篇著名文章,作于光绪二十六年(1900)。文章从驳斥日本和西方列强污蔑我国为"老大帝国"入手,说明中国是一个正在成长的少年中国。此文影响颇大,被公认为梁启超著作中思想意义最积极,情感色彩最激越的篇章,作者本人也把它视为自己"开文章之新体,激民气之暗潮"的代表作。作者知耻于当时中国之"老大",对封建专制的清朝统治者深恶痛绝,对国家的落后和国民的愚昧十分痛心,将希望寄托在中国少年身上,坚信中国少年必能使国家富强,反映了作者渴望祖国繁荣昌盛的爱国思想和积极乐观的民族自信心。紧扣主题的排比句式一气呵成,层层推进,逐次阐发,感情真挚,气势恢宏。

诵读注意事项 ///

文中极力歌颂少年蓬勃的朝气,指出在封建统治下的中国式老大帝国,热切期望出现少年中国,文章不拘格式,多用比喻,具有强烈的鼓动性,酣畅淋漓,文章具有强烈的进取精神,寄托了作者对少年中国的热爱和期望,所以读的时候应饱含感情,注意停顿和升降调的运用。

第八编

学生选读篇目

音韵铿锵爱国诗

载　驰

《诗经·鄘风》

载驰载驱①,归唁卫侯②。驱马悠悠③,言至于漕④。大夫跋涉⑤,我心则忧。

既不我嘉⑥,不能旋反。视而不臧⑦,我思不远⑧。既不我嘉,不能旋济⑨。视而不臧,我思不閟⑩。

注　释///

①载:语助词。驰、驱:孔疏"走马谓之驰,策马谓之驱"。

②唁(yàn):向死者家属表示慰问,此处不仅是哀悼卫侯,还有凭吊宗国危亡之意。毛传:"吊失国曰唁。"卫侯:指作者之兄,已死的卫戴公申。

③悠悠:远貌。

④漕:地名,毛传"漕,卫东邑"。

⑤大夫:指许国赶来阻止许穆夫人去卫的许臣。

⑥嘉:认为好,赞许。

⑦视:表示比较。臧:好,善。

⑧思:忧思。远:摆脱。

⑨济:止。

⑩閟(bì):通"闭",闭塞不通。

陟彼阿丘,言采其蝱①。女子善怀②,亦各有行③。许人尤之④,众樨且狂⑤。

我行其野,芃芃其麦⑥。控于大邦⑦,谁因谁极⑧?大夫君子,无我有尤。百尔所思,不如我所之⑨。

注 释///

①阿丘：有一边偏高的山丘。言：语助词。蝱（méng）：贝母草。采蝱治病，喻设法救国。

②怀：怀恋。

③行：指道理、准则，一说道路。

④许人：许国的人们。尤：责怪。

⑤众："众人"或"终"。樨：幼稚。

⑥芃（péng）：草茂盛貌。

⑦控：往告，赴告。

⑧因：亲也，依靠。极：至，指来援者的到达。

⑨之：往，指行动。

书　愤①

陆游

早岁那知世事艰，中原北望气如山②。

楼船夜雪瓜洲渡，铁马秋风大散关③。

塞上长城空自许④，镜中衰鬓已先斑⑤。

"出师"一表真名世，千载谁堪伯仲间⑥！

注 释///

①此诗为宋孝宗淳熙十三年（1186）春陆游居家乡山阴时所作。书愤，意指抒写愤怒。

②"中原"句："北望中原气如山"倒文。意谓收复中原失地的壮心豪气有如山涌。

③"楼船"二句：上句指宋高宗绍兴三十一年（1161）十一月，金主完颜亮南侵，宋将刘锜、虞允文等在瓜洲、采石一带据守，结果完颜亮为部下所杀，金兵溃退。下句陆游自叙宋孝宗乾道八年（1172）在南郑参加王炎军幕事时，曾强渡渭水，在大散关与金兵发生遭遇战。楼船，战船。瓜洲，在今江苏省邗江南长江边，与镇江相望。铁马秋风，谓军容壮盛。大散关，在今宝鸡市西南。

④"塞上"句：即"塞上长城自许空倒文"。南朝刘宋名将檀道济自比万里长城，唐代名将李勣被唐太宗比作长城，分别见于《宋书·檀道济传》和《旧唐书·李勣传》，此处陆游参用二典。空，落空。

⑤"镜中"句：化用唐李白《秋浦歌》"白发三千丈，缘愁似个长。不知明镜里，何处得秋霜"诗意。

⑥"出师"二句：赞叹诸葛亮坚持北伐，用以表明自己恢复中原的志愿。"出师"一表，即诸葛亮在蜀汉后主建兴五年（227）三月北伐曹魏所上的《出师表》，作者借此传达其欲

效孔明"当奖率三军,北定中原……兴复汉室,还于旧都"的宏愿。"伯仲间"是翻用杜甫《咏怀古迹》第五首称赞诸葛亮"伯仲之间见伊吕"的话,意指无人可以与诸葛亮相比。

诉衷情①

陆游

当年万里觅封侯②,匹马戍梁州③。关河梦断何处④?尘暗旧貂裘⑤。胡未灭,鬓先秋⑥,泪空流。此生谁料⑦,心在天山⑧,身老沧洲⑨。

注　释

①诉衷情:词牌名。唐玄宗时教坊曲名,五代温庭筠首用作词调。此词为陆游晚年所作。

②觅封侯:用《后汉书·班超传》"投笔从戎"事。

③戍梁州:指陆游48岁时在川陕宣抚使公署干办公事。梁州,治所在今陕西省汉中县。

④"关河"句:表示梦寐不忘国事。关河,关隘河防。梦断,谓梦不到。何处,谓不知道关河在何处(作者早已离开抗金前线,故云)。

⑤"尘暗"句:此以貂裘陈旧变色,表示长期赋闲而无所作为。用《战国策·秦策》苏秦"说秦王书十上而说不行,黑貂之裘弊,……,去秦而归"典。

⑥鬓先秋:这里指头发早白。

⑦"此生"句:为"谁料此生"倒文。

⑧天山:在今新疆维吾尔自治区境内,是汉、唐时的边疆,此处借指前线。并暗用《旧唐书·薛仁贵传》"三箭定天山"事。

⑨"身老"句:陆游晚年住在绍兴镜湖边的三山。沧洲,水边,为古代隐者居所。

破阵子

为陈同甫赋壮词以寄之①
辛弃疾

醉里挑灯看剑,梦回吹角连营。八百里分麾下炙②,五十弦翻塞外声③。沙场秋点兵。马作的卢飞快④,弓如霹雳弦惊。了却君王天下事⑤,赢得生前身后名。可怜白发生!

注　释

①此词作于作者失意闲居信州时期。陈同甫:陈亮(1143-1194),字同甫,辛弃疾的好友。富有才华,坚持抗金,终生未仕。为南宋豪放词派的重要词人。

②八百里:指牛。古代有一头骏牛,名叫"八百里驳(bò)"。麾(huī):古代指军队的旗帜。炙(zhì):烤熟的肉。

③五十弦：古代有一种瑟有五十根弦。此泛指军乐合奏的各种乐器。翻：演奏。塞外声：反映边塞征战的乐曲。

④的卢：一种烈性快马。相传三国时刘备被人追赶，骑的卢"一跃三丈"过河，脱离险境。

⑤天下事：指收复中原的大事。

金陵驿①

文天祥

草合离宫转夕晖②，孤云飘泊复何依？
山河风景元无异，城郭人民半已非。
满地芦花和我老③，旧家燕子傍谁飞？
从今别却江南路④，化作啼鹃带血归。

注 释 ///

①这首诗是南宋祥兴二年(1279)文天祥抗元兵败被俘，由广州押往元大都路过金陵时作，表现了作者深切的爱国之情。驿：此指驿馆，即宾舍。

②草合：草已长满。离宫：行宫。

③"满地"句：是说芦荻暮秋开花，为时已晚；自己起兵抗元，而国势已无救。老：晚，迟暮。

④却：即，立刻。

别云间①

夏完淳

三年羁旅客，今日又南冠②。
无限河山泪，谁言天地宽。
已知泉路近，欲别故乡难。
毅魄归来日，灵旗空际看③。

注 释 ///

①云间：即今上海松江，是作者家乡。顺治四年(1647)，他在这里被逮捕。

②"三年"句：作者自顺治二年(1645)起，参加抗清斗争，出入于太湖及其周围地区，至顺治四年(1647)，共三年。南冠，这里是囚徒的意思，用春秋钟仪的故事，《左传·成公九年》，楚钟仪戴着南冠被囚于晋国军府。

③"毅魄"二句：意谓死后仍将抗清。灵旗，汉武帝为伐南越，祷告太一，作灵旗，这里指抗清的旗帜。

己亥杂诗(其二)

龚自珍

九州生气恃风雷①,万马齐喑究可哀②。

我劝天公重抖擞③,不拘一格降人才④。

注 释///

①九州:中国。生气:生气勃勃的局面。恃(shì):依靠。

②万马齐喑:比喻社会政局毫无生气。喑(yīn),哑。究:终究、毕竟。

③天公:造物主。重:重新。抖擞:振作精神。

④降:降生。

黄海舟中日人索句并见日俄战争地图

秋瑾

万里乘云去复来,只身东海挟春雷①。

忍看图画移颜色,肯使江山付劫灰②。

浊酒不销忧国泪,救时应仗出群才。

拼将十万头颅血,须把乾坤力挽回③。

注 释///

①去复来:1904年夏天秋瑾东渡日本,同年冬天因事回国,1905年春天秋瑾再次东渡日本,所以说"去复来"。

②忍看、肯使:表反诘,实际上说"不能忍看""不肯使得"。图画移颜色:指祖国地图改变了颜色,即国土被侵占。在日俄战争中,沙俄军队遭受失败,经美国的斡旋,双方于1905年9月签订了重新瓜分我国和朝鲜的《朴次茅斯和约》,内容包括沙俄将在我国辽东半岛(包括旅顺口和大连)的租借权转让给日本等。

③十万头颅血:泛指千千万万革命者。乾坤:天下,此指祖国,或祖国危亡的时局。

我爱这土地

艾青

假如我是一只鸟

我也应该用嘶哑的喉咙歌唱:

这被暴风雨所打击着的土地,

这永远汹涌着我们的悲愤的河流,

这无止息地吹刮着的激怒的风，
和那来自林间的无比温柔的黎明……
——然后我死了
连羽毛也腐烂在土地里面。
为什么我的眼里常含泪水？
因为我对这土地爱得深沉……

死 水

闻一多

这是一沟绝望的死水，
清风吹不起半点漪沦。
不如多扔些破铜烂铁，
爽性泼你的剩菜残羹。

也许铜的要绿成翡翠，
铁罐上绣出几瓣桃花；
再让油腻织一层罗绮，
霉菌给他蒸出些云霞。

让死水酵成一沟绿酒，
漂满了珍珠似的白沫；
小珠们笑声变成大珠，
又被偷酒的花蚊咬破。

那么一沟绝望的死水，
也就夸得上几分鲜明。
如果青蛙耐不住寂寞，
又算死水叫出了歌声。

这是一沟绝望的死水，
这里断不是美的所在，
不如让给丑恶来开垦，
看他造出个什么世界。

浪漫唯美爱情诗

关　雎

《诗经》

关关雎鸠①，在河之洲②。窈窕淑女③，君子好逑④。

参差荇菜⑤，左右流之⑥。窈窕淑女，寤寐求之。

求之不得，寤寐思服⑦。悠哉悠哉⑧，辗转反侧。

参差荇菜，左右采之。窈窕淑女，琴瑟友之⑨。

参差荇菜，左右芼之⑩。窈窕淑女，钟鼓乐之。

注　释///

①关关：水鸟鸣叫的声音。雎鸠：一种水鸟。

②洲：水中的陆地。

③窈窕：内心，外貌美好的样子。淑：好，善。

④君子：这里指女子对男子的尊称。逑：配偶。

⑤参差：长短不齐的样子。荇菜：一种多年生的水草，叶子可以食用。

⑥流：用作"求"，意思是求取，择取。

⑦思：语气助词，没有实义。服：思念。

⑧悠：忧思的样子。

⑨琴瑟：琴和瑟都是古时的弦乐器。友：友好交往，亲近。

⑩芼：拔取。

蒹　葭

《诗经》

蒹葭苍苍①，白露为霜。所谓伊人②，在水一方。

溯洄③从之，道阻且长；溯游从之，宛在水中央。

蒹葭萋萋④，白露未晞⑤。所谓伊人，在水之湄⑥。

溯洄从之，道阻且跻⑦；溯游从之，宛在水中坻⑧。

蒹葭采采⑨，白露未已。所谓伊人，在水之涘⑩。

溯洄从之，道阻且右'。溯游从之，宛在水中沚'。

注　释///

①本诗选自《诗经·秦风》。蒹葭(jiān jiā)：泛指芦苇。苍苍：灰白色。

②伊人：那个人。在这里指诗人所追寻的人。

③溯(sù)洄:沿着弯曲的河道向上游走。

④萋萋:青白色。

⑤晞:干。

⑥湄(méi):水和草交接的地方,也就是岸边。

⑦跻(jī):升,高起,指道路越走越高。

⑧坻(chí):水中小洲或高地。

⑨采采:色彩众多的样子。

⑩涘(sì):水边。

❚右:迂回曲折。

❚沚(zhǐ):水中小沙滩,比坻稍大。

行行重行行

《古诗十九首》

行行重行行①,与君生别离。

相去万余里,各在天一涯。

道路阻且长②,会面安可知?

胡马依北风,越鸟巢南枝③。

相去日已远,衣带日已缓④。

浮云蔽白日,游子不顾返⑤。

思君令人老,岁月忽已晚⑥。

弃捐勿复道,努力加餐饭⑦。

注 释 ///

①重行行:行了又行,走个不停。

②阻且长:艰险而又遥远。阻,险要。

③胡马:北方的马。古时称北方少数民族为胡。依:依恋。越鸟:南方的鸟。越,古代南方的少数民族。巢南枝:在南向的树枝上筑巢栖息。巢,用为动词。以上两句谓禽兽也不忘故乡,暗示物尚有情,何况于人。

④日已远:一天比一天远。缓:宽松。人因为相思而一天瘦比一天,故衣带日渐宽松。日,用作状语。

⑤浮云蔽白日:想象游子在外被人所惑,另结新欢,不想回家。顾:想念。

⑥此句写思妇迟暮之感。

⑦弃捐:抛开。勿复道:不要再说了。此句指自我珍重。

无 题①

李商隐

相见时难别亦难,东风无力百花残。
春蚕到死丝方尽②,蜡炬成灰泪始干③。
晓镜但愁云鬓改④,夜吟应觉月光寒。
蓬山⑤此去无多路,青鸟⑥殷勤⑦为探看。

注 释 ///

①无题:诗以"无题"命篇,是李商隐的创造。这类诗作并非成于一时一地,多数描写爱情,其内容或因不便明言,或因难用一个恰当的题目表现,所以命为"无题"。

②丝方尽:丝,与"思"是谐音字,有相思之意,"丝方尽"意思是除非死了,思念才会结束。

③泪始干:泪,指燃烧时的蜡烛油,这里取双关义,指相思的眼泪。

④镜:照镜,用作动词,早晨梳妆照镜子。云鬓:女子多而美的头发,这里比喻青春年华。

⑤蓬山:指海上仙山蓬莱山。此指想念对象的住处。蓬莱山,传说中海上仙山,比喻被怀念者住的地方,就是自己日夜思念的心上人。

⑥青鸟:传说中西王母的使者,有意为情人传递消息。

⑦殷勤:情深意厚。

离思(其四)

元稹

曾经沧海难为水,除却巫山不是云。①
取次②花丛懒回顾,半缘③修道④半缘君。

注 释 ///

①曾经沧海难为水,除却巫山不是云:经历过无比深广的沧海的人,别处的水再难以吸引他;除了云蒸霞蔚的巫山之云,别处的云都黯然失色。

②取次:循序而进。

③半缘:一半因为。

④修道:作者既信佛也信道,但此处指的是品德学问的修养。

雨霖铃①

柳永

寒蝉凄切,对长亭晚②,骤雨初歇。都门帐饮③无绪,留恋处,兰舟催发。执手相看泪眼,竟无语凝噎。念去去千里烟波④,暮霭沉沉楚天阔⑤。

多情自古伤离别,更那堪⑥,冷落清秋节!今宵酒醒何处?杨柳岸,晓风残月。此去经年⑦,应是良辰好景虚设。便纵有千种风情⑧,更与何人说?

注 释 ///

①此调原为唐教坊曲。相传玄宗避安禄山乱入蜀,时霖雨连日,栈道中听到铃声。为悼念杨贵妃,便采作此曲,后柳永用为词调。又名《雨霖铃慢》。上下阕,一百零二字,仄韵。这首词选自《全宋词》,雨霖铃又作《雨淋铃》。这首词抒发了跟情人难分难舍的感情。

②对长亭晚:面对长亭,正是傍晚时分。长亭:古代供远行者休息的地方(类似于今天的公交车站)。

③都(dū)门帐饮:在京都郊外搭起帐幕设宴饯行。都门:京城门外。

④去去:重复言之,表示行程之远。烟波:水雾迷茫的样子。

⑤暮霭(ǎi):傍晚的云气。沉沉:深厚的样子。楚天:战国时期楚国据有南方大片土地,所以古人泛称南方的天空为楚天。

⑥那(nǎ)堪:怎能承受。

⑦经年:经过一年或多年,此指年复一年。

⑧千种风情:形容说不尽的相爱、相思之情。风情,情意。情,一作"流"。

蝶恋花

晏殊

槛①菊愁烟兰泣露,罗幕②轻,燕子双飞去。明月不谙③离恨苦,斜光到晓穿朱户④。
昨夜西风凋碧树⑤,独上高楼,望尽天涯路。欲寄彩笺兼尺素⑥,山长水阔知何处?

注 释 ///

①槛(jiàn):古建筑常于轩斋四面房基之上围以木栏,上承屋角,下临阶砌,谓之槛。至于楼台水榭,亦多是槛栏修建之所。

②罗幕:丝罗的帷幕,富贵人家所用。

③不谙(ān):不了解,没有经验。谙:熟悉,精通。

④朱户:犹言朱门,指大户人家。

⑤凋:衰落。碧树:绿树。

⑥彩笺：彩色的信笺。尺素：书信的代称。古人写信用素绢，通常长约一尺，故称尺素，语出《古诗十九首》"客从远方来，遗我双鲤鱼。呼儿烹鲤鱼，中有尺素书"。

江城子·乙卯正月二十日夜记梦

苏轼

十年①生死两茫茫，不思量②，自难忘。千里孤坟③，无处话凄凉。纵使相逢应不识，尘满面，鬓如霜。④

夜来幽梦忽还乡，小轩窗⑤，正梳妆。相顾无言，惟有泪千行。料得年年肠断处⑥，明月夜，短松冈。⑦

注　释///

①十年：指结发妻子王弗去世已十年。

②思量：想念。"量"按格律应念平声 liáng。

③千里：王弗葬地四川眉山与苏轼任所山东密州，相隔遥远，故称"千里"。孤坟：其妻王氏之墓。

④尘满面，鬓如霜：形容饱经沧桑，面容憔悴。

⑤小轩窗：指小室的窗前。小轩：有窗槛的小屋。

⑥料得：料想，想来。肠断处：一作"断肠处"。

⑦明月夜，短松冈：苏轼葬妻之地。短松：矮松。

致橡树

舒婷

我如果爱你——
绝不像攀援的凌霄花，
借你的高枝炫耀自己；

我如果爱你——
绝不学痴情的鸟儿，
为绿荫重复单调的歌曲；

也不止像泉源，
常年送来清凉的慰藉；
也不止像险峰，增加你的高度，衬托你的威仪。

甚至日光。
甚至春雨。
不，这些都还不够！
我必须是你近旁的一株木棉，
作为树的形象和你站在一起。

根，紧握在地下，
叶，相触在云里。
每一阵风过，
我们都互相致意，
但没有人
听懂我们的言语。

你有你的铜枝铁干，
像刀，像剑，
也像戟，
我有我的红硕花朵，
像沉重的叹息，
又像英勇的火炬，

我们分担寒潮、风雷、霹雳；
我们共享雾霭、流岚、虹霓，
仿佛永远分离，
却又终身相依，
这才是伟大的爱情，
坚贞就在这里：
爱——
不仅爱你伟岸的身躯，
也爱你坚持的位置，脚下的土地。

大气磅礴边塞诗

饮马长城窟①行

陈琳

饮马长城窟,水寒伤马骨。

往谓长城吏,慎莫稽留太原卒②。

官作自有程③,举筑谐汝声④。

男儿宁当格斗死⑤,何能怫郁筑长城⑥。

长城何连连,连连三千里。

边城多健少⑦,内舍多寡妇。

作书与内舍,便嫁莫留住。

善待新姑嫜,时时念我故夫子!

报书往边地,君今出语一何鄙⑧?

身在祸难中,何为稽留他家子?

生男慎莫举⑨,生女哺用脯。

君独不见长城下,死人骸骨相撑拄。

结发行事君,慊慊心意关⑩。

明知边地苦,贱妾何能久自全?

注 释///

①长城窟:长城附近的泉眼。郦道元《水经注》说"余至长城,其下有泉窟,可饮马。"

②慎莫:恳请语气,千万不要。稽留,滞留,指延长服役期限。太原:秦郡名,约在今山西省中部地区。

③官作:官府工程。程:期限。

④筑:夯类等筑土工具。谐汝声:要使你们的声音协调。

⑤宁当:宁愿,情愿。格斗:搏斗。

⑥怫郁:烦闷。

⑦健少:健壮的年轻人。

⑧鄙:粗野,浅薄。

⑨举:养育成人。哺:喂养。脯:干肉。

⑩慊慊(qiàn):怨恨的样子,这里指两地思念。

古从军行①

李颀

白日登山望烽火,黄昏饮马傍交河②。

行人刁斗风沙暗③,公主琵琶幽怨多④。

野云万里无城郭,雨雪纷纷连大漠。

胡雁哀鸣夜夜飞,胡儿眼泪双双落。

闻道玉门犹被遮,应将性命逐轻车⑤。

年年战骨埋荒外,空见蒲桃入汉家⑥。

注　释 ///

①"从军行"是乐府古题。此诗写当代之事,由于怕触犯忌讳,所以题目加上一个"古"字。

②烽火:古代一种警报。交河:在今新疆吐鲁番西面,这里借指边疆上的河流。

③行人:指出征将士。刁斗:古代军中铜制炊具,容量一斗,白天用以煮饭,晚上敲击代替更柝。

④公主琵琶:指汉朝公主远嫁乌孙国时所弹的琵琶曲调。

⑤"闻道"二句:据《史记·大宛传》记载,汉武帝太初元年,汉军攻大宛,攻战不利,请求罢兵。汉武帝闻之大怒,派人遮断玉门关,下令:"军有敢入者辄斩之。"这里暗刺当朝皇帝一意孤行,穷兵黩武。

⑥蒲桃:葡萄。

陇西行①

陈陶

誓扫匈奴不顾身,五千貂锦②丧胡尘。

可怜无定河③边骨,犹是深闺④梦里人。

注　释 ///

①陇西行:乐府古题名之一。陇西,陇山之西,在今甘肃省陇西县以东。

②貂锦:这里指战士。

③无定河:在陕西北部。

④深闺:这里指战死者的妻子。

陇西行

王维

十里一走马，五里一扬鞭。

都护①军书至，匈奴②围酒泉③。

关山④正飞雪，烽火断⑤无烟。

注　释

①都护：官名。汉代设置西域都护，唐代设置六大都护府以统辖西域诸国。

②匈奴：这里泛指我国北部和西部的少数民族。

③酒泉：郡名，在今甘肃省酒泉县东北。

④关山：泛指边关的山岳原野。

⑤断：中断联系。

白雪歌送武判官归京①

岑参

北风卷地白草折②，胡天八月即飞雪③。

忽如一夜春风来，千树万树梨花开。散

入珠帘湿罗幕④，狐裘不暖锦衾薄⑤。

将军角弓不得控⑥，都护铁衣冷难著⑦。

瀚海阑干百丈冰⑧，愁云惨淡万里凝⑨。

注　释

①武判官：未详。判官，官职名。唐代节度使等朝廷派出的持节大使，可委任幕僚协助判处公事，称判官。

②白草：胡地的一种草，秋天干熟时呈白色，牛马都喜欢吃。

③胡天：这里指塞北一带的天气。

④珠帘：以珠子穿缀成的挂帘。罗幕：丝织帐幕。此句谓雪花飞进珠帘，沾湿罗幕。

⑤狐裘：狐皮袍子。锦衾(qīn)薄：盖了华美的织锦被子还觉得薄。形容天气很冷。

⑥角弓：用兽角装饰的硬弓。不得控：天太冷而冻得拉不开弓。控，拉。

⑦都护：镇守边镇的长官。此为泛指，与上文"将军"互文。著(zhuó)：即"着"，穿。

⑧瀚海：大戈壁。阑干：纵横的样子。此句谓大沙漠里到处都结着很厚的冰。

⑨惨淡：昏暗无光。

中军置酒饮归客①，胡琴琵琶与羌笛②。
纷纷暮雪下辕门③，风掣红旗冻不翻④。
轮台东门送君去⑤，去时雪满天山路⑥。
山回路转不见君，雪上空留马行处。

注　释

①中军：古时分兵为中、左、右三军，中军为主帅所居。

②胡琴、琵琶、羌笛：都是当时西域地区兄弟民族的乐器。此句谓在饮酒时奏起了乐曲。

③辕门：古代作战，多用战车，扎营时常以战车首尾相接，围成栅栏，出入处车辕竖立相向作门，称为辕门。

④掣：牵引，拉动。冻不翻：旗被风往一个方向吹，给人以冻住之感。

⑤轮台：唐轮台在今新疆维吾尔自治区米泉县，与汉轮台不是同一地方。

⑥天山：在近新疆中部，山脉横亘新疆东西，长六千余里。

夜上受降城闻笛①

李益

回乐峰前沙似雪，受降城外月如霜②。
不知何处吹芦管，一夜征人尽望乡③。

注　释

①受降城：唐时有中、西、东三处，都在内蒙古自治区境内。这里指西受降城。

②回乐峰：当地的山峰。旧说在灵州回乐县。故址在今宁夏灵武县西南。一说应在西受降城附近。

③芦管：笛子。

雁门太守行①

李贺

黑云压城城欲摧，甲光向日金鳞开②。
角声满天秋色里，塞上燕脂凝夜紫③。
半卷红旗临易水，霜重鼓寒声不起④。
报君黄金台上意，提携玉龙为君死⑤。

注　释 ///

①乐府旧题，属于《相和歌·琴调》，但只是讲述洛阳令王涣德政之美，并不言及雁门太守，认为从梁简文帝开始才言边城征战之事。

②黑云：喻指敌军。甲：铠甲。金鳞：形容铠甲在日光下闪耀。

③角声：古代军中的号角之声。燕脂：同"胭脂"，一种红色颜料，这里形容土地的颜色。凝：凝聚。夜紫：指黄昏后天空的紫色霞光。

④易水：在今河北省易县境内。声不起：指鼓声低沉。

⑤黄金台：战国时，燕昭王为了招揽人才，特意筑了一座高台（在今河北省易县），上面放了很多黄金，供贤士们使用。提携：拿起。玉龙：宝剑名。

幽州①夜饮

张说

凉风吹夜雨，萧瑟动寒林。

正有高堂宴②，能忘迟暮心③？

军中宜剑舞④，塞上重笳⑤音。

不作边城将⑥，谁知恩遇深！

注　释 ///

①幽州：古州名。辖今北京、河北一带，治所在蓟县。

②高堂宴：在高大的厅堂举办宴会。

③迟暮心：因衰老引起凄凉暗淡的心情。

④剑舞：舞剑。

⑤笳：即胡笳，中国古代北方民族吹奏的一种乐器。

⑥边城将：作者自指。时张说任幽州都督。

望蓟门

祖咏

燕台一去①客心惊，笳鼓喧喧汉将营。

万里寒光生积雪，三边②曙色动危旌③，

沙场烽火侵胡月，海畔云山拥蓟城。

少小虽非投笔吏④，论功⑤还欲请长缨⑥。

注 释///

①一去：一作"一望"。

②三边：汉幽、并、凉三州，其地皆在边疆，后即泛指边地。

③危旌：高扬的旗帜。

④投笔吏：汉班超家贫，常为官府抄书以谋生，曾投笔叹曰："大丈夫当立功异域以取封侯，安能久事笔砚间。"后终以功封定远侯。

⑤论功：指论功行封。

⑥请长缨：汉终军曾自向汉武帝请求，"愿受长缨，必羁南越王而致之阙下。"后被南越相所杀，年仅二十余。缨：绳。

野 店

郑愁予

是谁传下这诗人的行业
黄昏里挂起一盏灯

啊，来了——
有命运垂在颈间的骆驼
有寂寞含在眼里的旅客
是谁挂起的这盏灯啊
旷野上，一个朦胧的家
微笑着……

有松火低歌的地方啊
有烧酒羊肉的地方啊
有人交换着流浪的方向……

情真意挚送别诗

于易水送人一绝①

骆宾王

此地别燕丹②,壮士发冲冠③。
昔时人已没④,今日水犹寒⑤。

注　释///

①易水:也称易河,河流名,位于河北省西部的易县境内,分南易水、中易水、北易水,为战国时燕国的南界。

②此地:指易水岸边。燕丹:指燕太子丹。

③壮士:指荆轲,战国卫人,刺客。冠:帽子。发冲冠:形容人极端愤怒,头发上竖,把帽子都顶起来了。

④人:一种说法为单指荆轲,另一种说法为当时在场的人。没:死,即"殁"字。

⑤水:指易水之水。

江亭夜月送别二首

王勃

【其一】

江送巴南水,山横塞北云。
津亭秋月夜①,谁见泣离群?

【其二】

乱烟笼碧砌②,飞月向南端。
寂寞离亭掩,江山此夜寒。

注　释///

①津亭:古在渡口建亭,供旅客休息。

②碧砌:青石台阶。

淮①上与友人别

郑谷

扬子江②头杨柳③春,杨花④愁杀渡江人。
数声风笛⑤离亭⑥晚,君向潇湘⑦我向秦⑧。

注 释///

①淮:扬州。

②扬子江:长江在江苏镇江、扬州一带的干流,古称扬子江。

③杨柳:"柳"与"留"谐音,表示挽留之意。

④杨花:柳絮。

⑤风笛:风中传来的笛声。

⑥离亭:驿亭。亭是古代路旁供人休息的地方,人们常在此送别,所以称为"离亭"。

⑦潇湘:指今湖南一带。

⑧秦:指当时的都城长安,在今陕西境内。

谢亭送别

许浑

劳歌①一曲解行舟,红叶青山水急流②。

日暮酒醒人已远,满天风雨下西楼③。

注 释///

①劳歌:本指在劳劳亭送客时唱的歌,泛指送别歌。劳劳亭,在今南京市南面,李白诗有"天下伤心处,劳劳送客亭"。

②水急流:暗指行舟远去,与"日暮酒醒"、"满天风雨"共同渲染无限别意。

③西楼:送别的谢亭,古代诗词中"南浦"、"西楼"都常指送别之处。

渡荆门送别①

李白

渡远荆门②外,来从楚国③游。

山随平野④尽,江⑤入大荒⑥流。

月下飞天镜⑦,云生结海楼⑧。

仍怜故乡水⑨,万里送行舟。

注 释///

①选自《李太白全集》卷十五。

②荆门:荆门山,在现在湖北宜都西北长江南岸,与北岸虎牙山对峙,形势险要,战国时楚国的门户。

③楚国:楚地,指今湖南,湖北一带,古楚国之地。

④平野：平坦广阔的原野。

⑤江：长江。

⑥大荒：广阔无际的田野。

⑦月下飞天镜：明月映入江水，如同飞下的天镜。下：移下。

⑧海楼：海市蜃楼，这里形容江上云霞的美丽景象。

⑨仍：依然。怜：怜爱。一本作"连"。故乡水：指从四川流来的长江水。因诗人从小生活在四川，把四川称作故乡。

梦游天姥吟留别①

李白

海客谈瀛洲，烟涛微茫信难求②。越人语天姥，云霞明灭或可睹③。天姥连天向天横，势拔五岳掩赤城④。天台一万八千丈，对此欲倒东南倾⑤。

注 释 ///

①诗题一作《梦游天姥山别东鲁诸公》。后世版本或题为《梦游天姥吟留别诸公》，或作《梦游天姥吟留别》，或作《别东鲁诸公》。天姥（mǔ）：山名，在今浙江嵊州南八十里。吟，歌行体的一种。留别，留作告别友人的纪念。

②海客：航海求仙的人。瀛洲：传说中海上三仙山之一。烟涛：波涛渺茫，远看像烟雾笼罩的样子。微茫：景象模糊不清。信：实在。难求：难以寻访。

③越：指今浙江一带。明灭：时明时暗。

④拔：超出。五岳：东岳泰山，西岳华山，中岳嵩山，北岳恒山，南岳衡山。掩：盖住。赤城：山名，在今浙江天台县北，为天台山的南门，土色皆赤。

⑤天台：山名，在今浙江天台县北。一万八千丈：形容天台山很高，是一种夸张的说法，并非实数。此：指天姥山。

我欲因之梦吴越，一夜飞渡镜湖月①。湖月照我影，送我至剡溪②。谢公宿处今尚在，渌水荡漾清猿啼③。脚著谢公屐，身登青云梯④。

注 释 ///

①之：天姥山及其传说。镜湖：又名鉴湖，在今浙江绍兴市东南。

②剡溪：水名，在今浙江嵊县南，曹娥江上游。

③谢公：指谢灵运。他游览天姥山时曾在剡溪住过，所作《登临海峤》诗有"暝投剡中宿，明登天姥岑"之句。渌水：清水。

④谢公屐：指谢灵运游山时穿的一种特制木鞋，鞋底下安着活动的锯齿，上山时抽去前齿，下山时抽去后齿。青云梯：形容高耸入云的山路。

半壁见海日,空中闻天鸡①。千岩万转路不定,迷花倚石忽已暝②。熊咆龙吟殷岩泉,栗深林兮惊层巅③。云青青兮欲雨,水澹澹兮生烟④。列缺霹雳,丘峦崩摧。洞天石扉,訇然中开⑤。青冥浩荡不见底,日月照耀金银台⑥。霓为衣兮风为马,云之君兮纷纷而来下⑦。虎鼓瑟兮鸾回车,仙之人兮列如麻⑧。忽魂悸以魄动,恍惊起而长嗟⑨。惟觉时之枕席,失向来之烟霞⑩。

注 释 ///

①半壁:半山腰。天鸡:《述异记》,"东南有桃都山,上有大树名曰桃都,枝相去三千里,上有天鸡。日初出照此木,天鸡则鸣,天下之鸡皆随之鸣。"

②暝:黄昏。

③熊咆:熊咆哮。龙吟:龙鸣叫。殷:这里作动词,震响。

④澹澹:水波荡漾。

⑤列缺:闪电。洞天:神仙所居的洞府,意谓洞中别有天地。石扉:即石门。訇(hōng)然:形容声音很大。

⑥青冥:青天。金银台:神仙所居之处。郭璞《游仙诗》:"神仙排云出,但见金银台。"

⑦霓为衣兮:屈原《九歌·东君》:"青云衣兮白霓裳。"云之君:即云中君,系云神。

⑧虎鼓瑟兮:猛虎弹瑟,鸾鸟挽车。鸾:传说中凤凰一类的鸟。如麻:形容很多。

⑨魂悸、魄动:惊心动魄。恍:忽然惊醒的样子。

⑩觉时:醒时。

世间行乐亦如此,古来万事东流水①。别君去兮何时还?且放白鹿青崖间,须行即骑访名山②。安能摧眉折腰事权贵,使我不得开心颜③!

注 释 ///

①亦如此:也如做梦这样。

②白鹿:传说中仙人的坐骑。须:要。

③摧眉折腰:低头弯腰,意谓低头侍候别人。事:侍奉。

巴陵夜别王八员外①

贾至

柳絮飞时别洛阳,梅花发后到三湘②。
世情已逐浮云散③,离恨空随江水长。

注 释 ///

①巴陵:即岳州。《全唐诗》校:"一作萧静诗,题云'三湘有怀'。"

②三湘:一说潇湘、资湘、沅湘。这里泛指湘江流域,洞庭湖南北一带。《全唐诗》校:"到,一作'在'。"

③逐:随,跟随。

送人东游

温庭筠

荒戍落黄叶①,浩然离故关②。

高风汉阳渡③,初日郢门山④。

江上几人在⑤,天涯孤棹还⑥。

何当重相见⑦,尊酒慰离颜⑧。

注 释 ///

①荒戍:荒废的军队防地。

②浩然:豪迈坚定的样子。

③汉阳渡:在今湖北汉阳县。

④郢门山:在今湖北江陵县,此处泛指江陵一带群山。

⑤江上:指友人所到的地方。几人:哪些人。

⑥棹:划船的工具。此指船。

⑦何当:何时。

⑧尊:同"樽",酒器名。

赠 别

顾城

一千次

我读到分别的语言

一万次

我看到分别的画面

然而,今天

是我们——我和你

要跨过 这古老的门槛

不要祝福 不要再见

那些都像表演

最好是沉默

隐藏总不算欺骗

把回想留给未来吧

就像把梦留给海

把风留给夜海上的帆

渡　口

席慕蓉

让我与你握别

再轻轻抽出我的手

知道思念从此生根

浮云白日

山川庄严温柔

让我与你握别

再轻轻抽出我的手

华年从此停顿

热泪在心中汇成河流

是那样万般无奈的凝视

渡口旁找不到

一朵可以相送的花

就把祝福别在襟上吧

而明日

明日又隔天涯

言志抒情咏怀诗

观沧海①

曹操

东临碣石，以观沧海②。

水何澹澹，山岛竦峙③。

树木丛生，百草丰茂。

秋风萧瑟，洪波涌起④。

日月之行，若出其中⑤；

星汉⑥灿烂，若出其里。

幸甚至哉，歌以咏志⑦。

注　释 ///

①观：欣赏。

②临：登上，有游览的意思。碣(jié)石：山名。碣石山，在河北昌黎，面临渤海。汉献帝建安十二年(207)秋天，曹操征乌桓时经过此地。沧：通"苍"，青绿色。海：指渤海。

③何：多么。澹澹(dàn dàn)：水波动荡的样子。竦峙(sǒng zhì)：高耸挺立。竦：通"耸"，高耸。峙，挺立。

④秋风萧瑟(xiāo sè)：秋风吹动草木发出的悲凉的声音。洪波：汹涌澎湃的波浪。洪：大。

⑤日月：太阳和月亮。若：如同，好像是。

⑥星汉：指银河。

⑦幸：幸运。甚：极其，很。至：极点。哉：语气词。幸甚至哉(zāi)：真是幸运极了。以：用。志：理想。

读山海经(其十)①

陶渊明

精卫衔微木②，将以填沧海。

刑天舞干戚③，猛志故常在。

同物既无虑④，化去不复悔⑤。

徒设在昔心⑥，良辰讵可待⑦！

注　释

①本诗是《读山海经》组诗的第十首。

②精卫：古代神话中鸟名。据《山海经·北山经》及《述异记》卷上记载，古代炎帝有女名女娃，因游东海淹死，灵魂化为鸟，经常衔木石去填东海。衔：用嘴含。微木：细木。

③刑天：神话人物，因和天帝争权，失败后被砍去了头，埋在常羊山，但他不甘屈服，以两乳为目，以肚脐为嘴，仍然挥舞着盾牌和板斧。（《山海经·海外西经》）

④同物：女娃既然淹死而化为鸟，就和其他的相同，即使再死也不过从鸟化为另一种物，所以没有什么忧虑。

⑤化去：刑天已被杀死，化为异物，但他对以往和天帝争神之事并不悔恨。

⑥徒：徒然、白白地。在昔心：过去的壮志雄心。

⑦良辰：实现壮志的好日子。讵：岂。这两句是说精卫和刑天徒然存在昔日的猛志，但实现他们理想的好日子岂是能等待得到！

拟咏怀①

庾信

榆关断音信②，汉使绝经过。

胡笳落泪曲③，羌笛断肠歌。

纤腰减束素④，别泪损横波⑤。

恨心终不歇⑥，红颜无复多。

枯木期填海⑦，青山望断河⑧。

注　释

①庾信羁留北方后心情苦闷，曾作《拟咏怀二十七首》，抒发怀念故国的感情和身世之悲。本篇原列第七首。

②榆关：犹"榆塞"，泛指北方边塞。

③胡笳（jiā）：古代北方民族的管乐。

④减束素：腰部渐渐瘦细。

⑤横波：指眼睛。

⑥恨心：充满离恨之心。歇：停止。

⑦填海：精卫填海。《山海经·北山经》："炎帝之少女，名曰女娃。女娃游于东海，溺而不返，故为精卫，常衔西山之木石，以堙于东海。"

⑧"青山"句：意谓望山崩可以阻塞河流。断河："华岳本一山，当河，河水过而曲行。河神巨灵手荡脚踏，开而为两。"（《水经注·河水》）望：犹"期"，渴望。

玉壶吟①

李白

烈士击玉壶，壮心惜暮年②。

三杯拂剑舞秋月，忽然高咏涕泗涟③。

凤凰初下紫泥诏，谒帝称觞登御筵④。

揄扬九重万乘主，谑浪赤墀青琐贤⑤。

朝天数换飞龙马，敕赐珊瑚白玉鞭⑥。

世人不识东方朔，大隐金门是谪仙⑦。

西施宜笑复宜嚬，丑女效之徒累身⑧。

君王虽爱蛾眉好⑨，无奈宫中妒杀人！

注　释///

①玉壶吟：据《世说新语·豪爽》记载，东晋王处仲酒后常吟唱曹操《步出夏门行》中"老骥伏枥，志在千里；烈士暮年，壮心不已"的悲壮诗句，一面唱，一面用如意（古代供玩赏的一种器物）敲打吐痰用的玉壶，结果壶口都被敲缺了。《玉壶吟》即以此为题。

②烈士：壮士。壮心：雄心。暮年：垂暮之年，即老年。

③涕：眼泪。泗：鼻涕。涟：流不断。两句意为：酒后在秋月下拔剑起舞；忽然内心愤慨，高歌泪下。

④凤凰诏：据《十六国春秋》记载，后赵武帝石虎下诏时，坐在高台上，让木制的凤凰衔着诏书往下飞。后称皇帝的诏书为凤诏。紫泥：甘肃武都县的一种紫色泥，性黏，古时用以封诏书。谒（yè）：朝见。称觞（shāng）：举杯。御筵：皇帝设的宴席。两句意为：当初我奉诏入京朝见皇帝，登御宴举杯畅饮。

⑤揄（yú）扬：赞扬。九重：这里指皇帝居住的地方。万乘（shèng）主：这里指唐玄宗。谑（xuè）浪：戏谑不敬。赤墀（chí）：皇宫中红色的台阶。青琐：刻有连锁花纹并涂以青色的宫门。赤墀、青琐，指宫廷。贤：指皇帝左右的大臣。

⑥朝天：朝见皇帝。飞龙马：古时皇帝有六个马厩，其中飞龙厩所养的都是上等好马。这里泛指宫中的良马。敕（chì）：皇帝的诏书。敕赐：皇帝的赏赐。珊瑚白玉鞭：用珊瑚、白玉装饰的马鞭。这里泛指华贵的马鞭。两句意为：上朝时经常换乘皇家马厩中的飞龙名马，手拿着皇帝赏赐的名贵马鞭。

⑦东方朔：字曼倩，西汉平原厌次（今山东惠民县）人。汉武帝时为太中大夫，为人诙谐滑稽，善辞赋。后来关于他的传说很多。他曾说："古人隐居于深山，我却认为宫殿中也可以隐居。"这里是以东方朔自喻。大隐：旧时指隐居于朝廷。晋王康琚《反招隐诗》："小隐隐陵薮，大隐隐朝市。"金门：又名金马门，汉代宫门名。这里指朝廷。谪仙：下凡的神仙。李白友人贺知章曾称他为"谪仙人"，李白很喜欢这个称呼，常用以自称。

⑧嚬：通"颦"。这两句是用丑女效颦的典故来揭露当时权贵庸碌无能而又装腔作势

的丑态。

⑨蛾眉：古时称美女。这里是作者自比。

登 高

杜甫

风急天高猿啸哀,渚清沙白鸟飞回①。

无边落木萧萧下②,不尽长江滚滚来。

万里悲秋常作客③,百年多病独登台④。

艰难苦恨繁霜鬓⑤,潦倒新停浊酒杯⑥。

注 释 ///

①渚:水中的小洲。回:回旋。

②落木:落叶。萧萧:风吹落叶声。

③万里:指诗人离家万里。

④百年:犹言一生。

⑤苦恨:恨极。繁霜鬓:鬓发变白,犹如繁霜。

⑥潦倒:犹言困顿,衰颓。新停:这时杜甫正因病戒酒。

丑奴儿·书博山道中壁①

辛弃疾

少年②不识③愁滋味,爱上层楼④。爱上层楼,为赋新词强说愁⑤。

而今识尽⑥愁滋味,欲说还休⑦。欲说还休,却道天凉好个秋。

注 释 ///

①选自《稼轩长短句》。辛弃疾(1140-1207),字幼安,号稼轩,历城(今山东济南)人。南宋爱国诗人。

②少年:指年轻的时候。

③不识:不懂,不知道什么是。

④层楼:高楼。

⑤"为赋"句:为了写出新词,没有愁而硬要说有愁。强(qiǎng),勉强地,硬要。

⑥识尽:尝够,深深懂得。

⑦欲说还(hái)休:想说而终于没有说。

临江仙①夜归临皋②

苏轼

夜饮东坡③醒复醉，归来仿佛已三更。

家童鼻息已雷鸣，敲门都不应，倚帐听江声。

长恨此身非我有，何时忘却营营④。

夜阑⑤风静縠纹⑥平，小舟从此逝，江海寄余生⑦。

注　释///

①元丰五年作。临江仙，唐教坊曲，用作词调。又名《谢新恩》、《雁后归》、《画屏春》、《庭院深深》、《采莲回》、《想娉婷》、《瑞鹤仙令》、《鸳鸯梦》、《玉连环》。敦煌曲两首，任二北《敦煌曲校录》定名《临江仙》。此词双调六十字，平韵格。

②临皋：在湖北黄风，苏轼曾寓居此。

③东坡：地名，在黄州，这原是一片大约数十亩的荒地，作者开垦躬耕于此，并以这个地名作了自己的别号。同时也是作者对于前代大诗人白居易在忠州东坡垦地种花的一种仰慕和趋步。作者曾自云"平日自觉出处，老少粗似乐天"，此事可作一例。

④营营：本义是往来不息，申引为奔走名利。

⑤夜阑：夜深。

⑥縠(hú)纹：水中细小的波纹。有皱纹的纱。

⑦末二句是设想之词。但在当时却引起了误会，后来传为佳话，叶梦得《石林避暑录话》："子瞻在黄州，与数客饮江上，夜归，江面际天，风露浩然，有当其意，乃作歌词，所谓'小舟从此逝，江海寄余生'者，与客大歌数过而散。翌日宣传子瞻夜作此词，挂冠服江边，拿舟长啸去矣！郡守徐君猷闻之惊且惧，以为州失罪人（当时苏轼出狱未久，被贬黄州，是被看管着的），急命驾往谒，则子瞻鼻鼾如雷犹未兴（起床）也。"

宿甘露寺①僧舍

曾公亮

枕中云气千峰近，床底松声万壑②哀。

要看银山拍天浪③，开窗放入大江来。

注　释///

①甘露寺：甘露寺是我国一座著名的佛寺，始建于三国吴时，在江苏镇江北固山上，北临长江，与金山、焦山相望，面对长江，相传建寺时露水适降，因而得名。

②松声万壑(hè)：形容长江的波涛声像万壑松声一样。壑：山沟。

③银山拍天浪：形容波浪很大，像银山一样。银山：比喻江中巨浪。

天仙子①

张先

时为嘉禾小倅②,以病眠,不赴府会。

水调数声持酒听③,午醉醒来愁未醒。送春春去几时回?临晚镜④,伤流景⑤。往事后期空记省⑥。沙上并禽池上暝⑦,云破月来花弄影⑧。重重帘幕密遮灯,风不定,人初静,明日落红应满径。

注 释 ///

①词牌名,唐玄宗时教坊曲名,后用为词牌。

②嘉禾小倅(cuì):嘉禾,宋时郡名,又称秀州,治所在今浙江嘉兴市。倅,副职。张先时为秀州通判,为知州掌文书的佐吏。

③水调:唐时流行的曲调,一称《水调子》,相传为隋炀帝所制。

④临晚镜:傍晚临镜自照。

⑤流景:如流水般消逝的光阴。景,日光。

⑥"往事"句:谓往事已是前尘旧梦,来日能否重逢也渺远难期,徒然保留在记忆之中。记省(xǐng),记得。

⑦并禽:成对的鸟儿。这里指鸳鸯。

⑧"云破"句:吴开《优古堂诗话》谓此句本于古乐府《暗离别》:"朱弦暗断不见人,风动花枝月中影。"

苏幕遮·草

梅尧臣

露堤平,烟墅杳①。乱碧萋萋②,雨后江天晓。独有庾郎年最少,窣地③春袍,嫩色宜照。

接长亭,迷远道。堪怨王孙④,不记归期早。落尽梨花春又了。满地残阳,翠色和烟老。

注 释 ///

①墅:田庐、圃墅。杳:幽暗,深远,看不到踪影。

②萋萋:形容草生长茂盛。

③窣地:拂地,拖地。窣:突然,出其不意。

④王孙:贵族公子。这里指草。多年生长,产于深山。

声声悲歌诉乡思

送　别

杨柳青青著地垂，杨花漫漫搅天飞。
柳条折尽花飞尽，借问行人归不归。

注　释///

这首隋朝的送别诗，作者已无法考证，然而诗中借柳抒发的那份恋恋不舍的心境，却流传至今。据说，折柳送别的风俗始于汉代。古人赠柳，寓意有二：一是柳树生长迅速，拿它送友意味着无论漂泊何方都能枝繁叶茂，而纤柔细软的柳丝则象征着情意绵绵；二是柳与"留"谐音，折柳相赠有"挽留"之意。而我们今天从诗歌中所看到的用"柳"来表现离情别绪的诗句，要早于这种"习俗"。

和晋陵陆丞早春游望①

杜审言

独有宦游人②，偏惊物候③新。
云霞出海曙，梅柳渡江春。
淑气④催黄鸟⑤，晴光转绿蘋⑥。
忽闻歌古调⑦，归思欲沾襟。

注　释///

①节选自《全唐诗》（中华书局 1999 年版）。杜审言（645？—708），字必简。祖籍襄阳，后迁居巩县。他是杜甫的祖父。这是一首和诗。原唱为晋陵陆丞的《早春游望》。晋陵：现江苏省常州市。陆丞，生平不详，当时在晋陵任县丞。
②宦游人：离家做官的人。
③物候：指自然界的气象和季节变化。
④淑气：和暖的天气。
⑤黄鸟：黄莺。语出《诗经·周南》中的"维叶萋萋，黄莺于飞"。
⑥绿蘋（píng）：浮萍。
⑦古调：指陆丞相写的《早春游望》，这里赞美陆诗的情感基调有古人之风。

除夜①作

高适

旅馆寒灯独不眠，
客心何事转②凄然③？
故乡今夜思千里，
霜鬓④明朝⑤又一年。

注 释 ///

①除夜：除夕之夜。
②转：变得。
③凄然：凄凉悲伤。
④霜鬓：白色的鬓发。
⑤明朝(zhāo)：明天。

九月九日忆山东兄弟①

王维

独在异乡为异客②，每逢佳节倍思亲③。
遥知兄弟登高处④，遍插茱萸少一人⑤。

注 释 ///

①九月九日：指农历九月九日重阳节。忆：想念。山东：指华山以东，作者家乡蒲州。
②异乡：他乡、外乡。为异客：作他乡的客人。
③逢：遇。倍：格外。
④登高：古有重阳节登高的风俗。
⑤茱(zhū)萸(yú)：一种香草。古时重阳节人们插戴茱萸，据说可以避邪。

杂 诗

王维

君自故乡来，应知故乡事。
来日①绮窗②前，寒梅著花未③？

注　释 ///

①来日:来的时候。

②绮窗:雕画花纹的窗户。

③著花未:开花没有? 著(zhuó)花,有版本作"着花",开花的意思。未,用于句末,相当于"否",表疑问。

八声甘州①

柳永

对潇潇暮雨洒江天②,一番洗清秋。渐霜风凄紧③,关河冷落,残照当楼。是处红衰翠减④,苒苒物华休⑤。唯有长江水,无语东流。

不忍登高临远,望故乡渺邈⑥,归思难收。叹年来踪迹,何事苦淹留⑦。想佳人,妆楼颙望⑧,误几回、天际识归舟⑨。争知我⑩,倚阑干处,正恁凝愁▪!

注　释 ///

①唐教坊大曲有《甘州》,杂曲有《甘州子》。因属边地乐曲,故以甘州为名。《八声甘州》是从大曲《甘州》截取一段而成的慢词。因全词前后共八韵,故名八声。又名"潇潇雨""宴瑶沁池"等。《词谱》以柳永为正体。九十七字,平韵。

②潇潇:形容雨声急骤。

③凄紧:一作"凄惨"。

④是处:到处,处处。红衰翠减:红花绿叶,凋残零落。

⑤苒苒:茂盛的样子。一说,同"冉冉",犹言"渐渐"。物华:美好的景物。

⑥渺邈:遥远。

⑦淹留:久留。

⑧颙望:凝望。一作"长望"。

⑨天际识归舟:语出谢朓《之宣城郡出林浦向板桥》"天际识归舟,云中辨江树"。

⑩争:怎。

▪恁:如此,这般。凝愁:凝结不解的深愁。

乡　思

李觏①

人言落日②是天涯,望极天涯③不见家。

已恨碧山④相阻隔,碧山还被暮云遮。

注 释 ///

①李觏(gòu)(1009－1059)：字泰伯，南城(今江西省)人，世称盯江先生，又称直讲先生，曾任太学说书、权同管勾太学等职。其诗受韩愈、皮日休等人影响，词句具有独特风格。有《李直讲先生文集》。

②落日：太阳落山的极远之地。

③望极天涯：极目天涯。一、二两句说，人们说落日的地方就是天涯，可是极目天涯还是见不到家乡的影子，可见家乡的遥远。

④碧山：这里泛指青山。三、四两句说，已经怨恨青山的重重阻隔，而青山又被层层的暮云遮掩，可见障碍之多。

苏幕遮

周邦彦①

燎沉香②，消溽暑③。鸟雀呼晴，侵晓④窥檐⑤语。叶上初阳干宿雨⑥，水面清圆⑦，一一风荷举⑧。

故乡遥，何日去？家住吴门⑨，久作长安⑩旅⑪。五月渔郎相忆否。小楫⑫轻舟，梦入芙蓉浦⑬。

注 释 ///

①周邦彦(1056－1121)：字美成，号清真居士，钱塘(今浙江杭州)人。妙解音律，善于作词，宋徽宗时曾任大晟乐府提举官，进一步完善了词的体制形式。他的词富艳精工，自成一家，有"词家之冠""词中老杜"之称，但在内容上有明显不足，多为泛咏旅思，绮情之作。

②燎沉香：燎，烧。沉香：名贵香料，因放入水中下沉而得名，也称"水沉"、"沉水"。

③消溽(rù)暑：消除潮湿的暑气。溽：湿润、潮湿。

④侵晓：快天亮之时。侵：渐近。

⑤窥檐：从屋檐的缝隙里往下看。

⑥宿雨：隔夜的雨。

⑦清圆：清润圆正。

⑧举：擎起。

⑨吴门：今江苏苏州。

⑩长安：借指北宋的都城汴京。

⑪旅：客居。

⑫楫：桨。

⑬芙蓉浦：有荷花的水边。芙蓉，又叫"芙蕖"，荷花的别称。浦，水湾，河流。

一剪梅·舟过吴江①

蒋捷②

一片春愁待酒浇。江上舟摇，楼上帘招。秋娘渡与泰娘桥③，风又飘飘，雨又萧萧。

何日归家洗客袍？银字笙④调，心字香⑤烧。流光容易把人抛，红了樱桃，绿了芭蕉⑥。

注　释

①吴江：今江苏县名，在苏州之南，太湖之东。

②蒋捷：生卒年不详，字胜欲，号竹山，江苏阳羡（今宜兴）人。咸淳十年（1274）进士，宋亡不仕，隐居山中。词作有追昔伤今之意，文辞精美，自然秀逸，别具一格，有《竹山词》。

③秋娘渡与泰娘桥：都是吴江地名。

④银字笙：笙上用银作字以表示音色的高低。

⑤心字香：褚人获《坚瓠集》，"按心字香，外国以花酿香，作心字焚之。"

⑥这三句是说岁月流逝，如今归期难卜，将无形化为有形，生动形象。

就是那一只蟋蟀

流沙河

台湾诗人 Y 先生说："在海外，夜间听到蟋蟀叫，就会以为那是在四川乡下听到的那一只。"

就是那一只蟋蟀
钢翅响拍着金风
一跳跳过了海峡
从台北上空悄悄降落
落在你的院子里
夜夜唱歌

就是那一只蟋蟀
在《豳风·七月》里唱过
在《唐风·蟋蟀》里唱过
在《古诗十九首》里唱过
在花木兰的织机旁唱过
在姜夔的词里唱过
劳人听过
思妇听过

就是那一只蟋蟀
在深山的驿道边唱过
在长城的烽台上唱过
在旅馆的天井中唱过
在战场的野草间唱过
孤客听过
伤兵听过

就是那一只蟋蟀
在你的记忆里唱歌
在我的记忆里唱歌
唱童年的惊喜
唱中年的寂寞
想起雕竹做笼
想起呼灯篱落
想起月饼
想起桂花
想起满腹珍珠的石榴果
想起故园飞黄叶
想起野塘剩残荷
想起雁南飞
想起田间一堆堆的草垛
想起妈妈唤我们回去加衣裳
想起岁月偷偷流去许多许多

就是那一只蟋蟀
在海峡这边唱歌
在海峡那边唱歌
在台北的一条巷子里唱歌
在四川的一个乡村里唱歌
在每个中国人脚迹所到之处
处处唱歌
比最单调的乐曲更单调
比最谐和的音响更谐和
凝成水
是露珠
燃成光
是萤火
变成鸟
是鹧鸪
啼叫在乡愁者的心窝

就是那一只蟋蟀
在你的窗外唱歌
在我的窗外唱歌
你在倾听
你在想念
我在倾听
我在吟哦
你该猜到我在吟些什么
我会猜到你在想些什么
中国人有中国人的心态
中国人有中国人的耳朵

治国修身励志文

兼爱（节选）

《墨子》

若使天下兼相爱①，爱人若爱其身，犹有不孝者乎？视父兄与君若其身，恶施不孝②？犹有不慈者乎？视弟子与臣若其身，恶施不慈？故不孝不慈亡有③。犹有盗贼乎？故视人之室若其室④，谁窃？视人身若其身，谁贼⑤？故盗贼亡有。犹有大夫之相乱家、诸侯之相攻国者乎？视人家若其家，谁乱？视人国若其国，谁攻？故大夫之相乱家、诸侯之相攻国者亡有。若使天下兼相爱，国与国不相攻，家与家不相乱，盗贼无有，君臣父子皆能孝慈，若此则天下治。

注　释///

①兼相爱：爱无差等，即要求人们爱人如己，彼此之间不要存在血缘与等级差别的观念。

②恶施不孝：怎么会作出不孝的事情来呢？

③亡：通"无"。

④故：孙诒让认为这是一个"衍"字，应删去。

⑤贼：动词，残害。

劝学（节选）

《荀子》

南方有鸟焉，名曰蒙鸠①，以羽为巢，而编之以发，系之苇苕②，风至苕折，卵破子死。巢非不完也，所系者然也。西方有木焉，名曰射干③，茎长四寸，生于高山之上，而临百仞之渊，木茎非能长也，所立者然也。蓬生麻中，不扶而直；白沙在涅，与之俱黑④。兰槐之根是为芷⑤，其渐之滫⑥，君子不近，庶人不服⑦。其质非不美也，所渐者然也。故君子居必择乡，游必就士⑧，所以防邪僻而近中正也。

注　释///

①蒙鸠：一种善于筑巢的小鸟。

②苇：芦苇。苕（tiáo）：苇花。

③射干：植物名，根可入药。

④涅：黑泥，以上四句比喻善恶无常，唯人所习，就是近朱者赤，近墨者黑的意思。

⑤兰槐：香草名。其苗名兰槐，其根为芷。

⑥其：作若解。渐：浸渍。滫：臭汁。这句说，假如兰槐浸在臭汁里。

⑦服：佩戴。

⑧这句说，交游必须接近贤德之士。

　　物类之起，必有所始。荣辱之来，必象其德①。肉腐出虫，鱼枯生蠹②。怠慢忘身，祸灾乃作。强自取柱③，柔自取束。邪秽在身，怨之所构④。施薪若一，火就燥也，平地若一，水就湿也⑤。草木畴生⑥，禽兽群焉⑦，物各从其类也。是故质的张而弓矢至焉⑧；林木茂而斧斤至焉；树成荫而众鸟息焉。醯酸而蜹聚焉⑨。故言有召祸也，行有召辱也，君子慎其所立乎⑩！

注　释 ///

①象：依照。

②蠹：蛀虫。

③柱：断。这句说物太刚强，则自取断折。

④构：结。

⑤施：放置。这四句说，把柴同样放置，火总是向干燥处烧；一样平的地方，水总是向潮湿处流。

⑥畴：类。畴生就是丛生。

⑦这句说同类的禽兽群居在一起。

⑧质：箭靶。的：箭靶的中心。

⑨醯(xī)：醋。蜹(ruì)：一种小飞虫。

⑩所立：指为学。

　　积土成山，风雨兴焉；积水成渊，蛟龙生焉①；积善成德，而神明自得，圣心备焉②。故不积跬步，无以至千里③；不积小流，无以成江海。骐骥一跃，不能十步，驽马十驾，功在不舍④。锲而舍之，朽木不折；锲而不舍，金石可镂⑤。蚓无爪牙之利，筋骨之强，上食埃土，下饮黄泉，用心一也。蟹八跪而二螯，非蛇鳝之穴无可寄托者，用心躁也⑥。是故无冥冥之志者，无昭昭之明；无惛惛之事者，无赫赫之功⑦。行衢道者不至，事两君者不容⑧。目不能两视而明，耳不能两听而聪。螣蛇无足而飞⑨，鼫鼠五技而穷⑩。《诗》曰："尸鸠在桑，其子七兮。淑人君子，其仪一兮。其仪一兮，心如结兮！"故君子结于一也。

注　释 ///

①"积土成山"四句：积土成为高山，（能使气候变化）风雨就会从山里兴起；积水成为深潭，蛟龙就会在这深潭里生长。这是古人对自然现象的幼稚理解。焉，（在）这里。

②神明：精神和智慧。圣心：圣人的思想。备：具备。

③跬(kuǐ)步：半步。古人以跨出一脚为跬，再跨出一脚为步。

④骐骥：骏马。驽马：劣马。十驾：马拉着车走一天的路程叫一驾。功：成功，效果。不舍：不止。

⑤锲:用力刻。舍:停止。镂:雕刻。

⑥跪:足。螯:第一对足,形如钳。鳝:黄鳝。躁:浮躁不安。

⑦冥冥、惛惛(hūn):昏暗不明的样子,形容专心致志、埋头苦干。昭昭:明白的样子。

⑧衢(qú):歧,岔。

⑨螣蛇:龙类,相传能兴云雾而游于其中。

⑩鼫(shí)鼠:原作"梧鼠"。相传它能飞不能上屋;能缘(爬树)不能穷木;能游不能渡谷;能穴不能掩身;能走不能先人。这句说,它技能虽多却不专一,因此,仍不免于"穷"。"穷"有"困窘"的意思。

郢书燕说

《韩非子》

郢人有遗燕相国书者①,夜书,火不明,因谓持烛者曰:"举烛!"而误书"举烛"。举烛,非书意也②。燕相国受书而说之,曰:"举烛者,尚明也③;尚明也者,举贤而任之。"燕相白王④,王大悦,国以治。治则治矣,非书意也。今世学者,多似此类⑤。

注　释 ///

①郢:春秋战国时楚国的都城。遗(wèi):送给。书:书信。

②"举烛,非书意也"二句:意谓书写的人误写了"举烛"两字,不是所写书信要表达的意思。

③尚明:追求光明。

④白:禀告。

⑤"今世学者"二句:讽刺当时学者引用前贤遗言,往往不顾原意。凭自己的主观想象加以发挥,断章取义,穿凿附会,与郢书燕说之事相类。

高山流水

《列子》

伯牙善鼓琴,钟子期善听①。伯牙鼓琴,志在登高山②。钟子期曰:"善哉! 峨峨兮若泰山!"志在流水。钟子期曰:"善哉! 洋洋兮若江河!"伯牙所念,钟子期必得之③。伯牙游于泰山之阴,卒逢暴雨④,止于岩下;心悲,乃援琴而鼓之。初为霖雨之操⑤,更造崩山之音。曲每奏,钟子期辄穷其趣⑥。伯牙乃舍琴而叹曰:"善哉,善哉,子之听夫! 志想象犹吾心也。吾于何逃声哉⑦?"

注　释 ///

①伯牙:人名,姓俞,名瑞,字伯牙。春秋战国时期楚国郢都(今湖北荆州)人,善弹琴。据《乐府解题》:伯牙学琴于成连先生,三年不成。后随成连至蓬莱山,闻海水澎湃,

群鸟悲号,心有所感,援琴而歌,从此琴艺大进。钟子期:人名,传说极能欣赏音乐,与伯牙同时代人。

②志在登高山:王叔岷《列子补正》:"'登'字疑衍,'志在高山'与下'志在流水'相对。"

③"伯牙所念"二句:伯牙心中想念什么,钟子期一定领会无误。

④卒:同"猝",突然,仓促。

⑤霖雨:久下不停的雨。操(cāo):琴曲的一种,曲调凄婉。应劭《风俗通·声音》:"其遇闭塞忧愁而作者,命其曲曰操。"

⑥趣:意旨。

⑦逃声:在声音中隐匿自己的真情实感。两句谓你的意念、思想、想象和我的心境完全符合,我要达到什么样的境界才能在琴声中隐匿自己的真情实感呢?

出师表①

诸葛亮

臣亮言:先帝创业未半而中道崩殂②;今天下三分,益州疲弊,此诚危急存亡之秋也③。然侍卫之臣不懈于内,忠志之士忘身于外者④,盖追先帝之殊遇⑤,欲报之于陛下也。诚宜开张圣听⑥,以光先帝遗德⑦,恢弘志士之气⑧;不宜妄自菲薄⑨,引喻失义⑩,以塞忠谏之路也。

注　释///

①蜀汉后主刘禅建兴五年(227),诸葛亮率师北驻汉中(今陕西省汉中县),准备出师北伐曹魏,临行前给刘禅上了这份表章。见于《三国志·蜀志·诸葛亮传》,篇名为后人所加。表:奏章之一种。多用于陈述衷情,后应用渐广,如谢表、贺表等。

②先帝:前代已故帝王,此指刘备。崩殂(cú):天子去世曰崩,又称殂。

③益州:汉置益州,包括今四川大部及贵州、云南、陕西等省部分地区,为蜀汉所辖地区。此代指蜀汉。疲弊:困苦穷乏(人力、物力受到消耗,不充足)。秋:时。

④侍卫之臣:指宫廷内侍奉守卫在皇帝身边的近臣。此与下文"忠志之士"相对而言,泛指内外大臣。忠志:忠心,忠诚。忘身:奋不顾身,置生死于度外。

⑤追:追念,回想。殊遇:特别的知遇。

⑥诚:真正,确实。开张:开扩,扩张。圣听:旧称皇帝的听闻。

⑦光:发扬。遗德:前人留下的恩德。

⑧恢弘:发扬,扩大。志士之气:有远大志向者的豪气。

⑨妄自菲薄:不自重,毫无根据地看轻自己。

⑩引喻:称引、比喻。失义:违背道理或事理。意谓言谈不得当,没分寸。

宫中府中①,俱为一体②。陟罚臧否③,不宜异同④。若有作奸犯科及为忠善者⑤,宜付有司论其刑赏⑥,以昭陛下平明之理⑦,不宜偏私⑧,使内外异法也⑨。

注　释 ///

①宫中:指皇帝身边的内臣。府中:指丞相统领的朝臣。

②一体:谓关系密切,犹如一个整体。

③陟(zhì)罚臧(zāng)否(pǐ):赏罚褒贬。陟:提拔,升迁。臧否:褒贬(评论好坏)。

④异同:偏义复词,偏义于"异",不同。

⑤作奸犯科:为非作歹,触犯刑律。奸:邪,恶。科,法规,刑律。忠善:忠诚善良。

⑥有司:官吏。古代设官分职,各有专司,故称。论:衡量,评定。刑赏:刑罚与奖赏。

⑦昭:使……明显,显著。平明之理:平正明察的治理。

⑧偏私:照顾私情。

⑨异法:执法不同。

侍中、侍郎郭攸之、费祎、董允等①,此皆良实②,志虑忠纯③,是以先帝简拔以遗陛下。愚以为宫中之事,事无大小④,悉以咨之⑤,然后施行,必能裨补阙漏,有所广益。将军向宠⑥,性行淑均,晓畅军事,试用于昔日,先帝称之曰能,是以众议举宠为督。愚以为营中之事,悉以咨之,必能使行阵和睦,优劣得所。亲贤臣,远小人,此先汉所以兴隆也⑦;亲小人,远贤臣,此后汉所以倾颓也。先帝在时,每与臣论此事,未尝不叹息痛恨于桓、灵也⑧!侍中、尚书、长史、参军,此悉贞良死节之臣⑨,愿陛下亲之信之,则汉室之隆,可计日而待也。

注　释 ///

①侍中:皇帝的近侍官。侍郎:尚书属官。郭攸之:字演长,南阳人,时任刘禅的侍中。费祎(yī):字文伟,江夏人,刘备时任太子舍人,刘禅继位后,任黄门侍郎。出使吴国归,为侍中。董允:字休昭,南郡枝江人,刘备时为太子舍人,刘禅继位,任黄门侍郎,诸葛亮出师时又提升为侍中。

②良实:贤良诚实。

③志虑忠纯:思想忠诚纯正。

④无:连词,不论。

⑤以:介词,与同。咨:征询,商量。

⑥向宠:字巨伟,襄阳宜城人,刘备时为牙门将。刘禅继位后被封为都亭侯,为中部督,掌管宿卫兵。诸葛亮北伐时,上表后主,迁宠为中领军。

⑦所以:……的原因。

⑧痛恨:伤心遗憾。

⑨侍中:指郭攸之、费祎、董允等人。尚书:指陈震。震字孝起,南阳人,建兴三年(225)任尚书,后升为尚书令。长史:指张裔。裔字君嗣,成都人,时以射声校尉领留府长史。参军:指蒋琬。琬字公琰,零陵湘乡人,时任参军。贞良:忠正诚信。死节:为保全节操而死。

臣本布衣,躬耕于南阳①,苟全性命于乱世,不求闻达于诸侯。先帝不以臣卑鄙②,猥自枉屈③,三顾臣于草庐之中,谘臣以当世之事,由是感激④,遂许先帝以驱驰。后值倾覆⑤,受任于败军之际,奉命于危难之间,尔来二十有一年矣⑥。先帝知臣谨慎,故临崩寄臣以大事也⑦。受命以来,夙夜忧叹,恐托付不效,以伤先帝之明。故五月渡泸⑧,深入不毛。今南方已定,兵甲已足,当奖率三军,北定中原,庶竭驽钝⑨,攘除奸凶,兴复汉室,还于旧都。此臣所以报先帝而忠陛下之职分也。至于斟酌损益,进尽忠言⑩,则攸之、祎、允之任也。

注 释///

①躬耕:亲自从事农业生产。南阳:郡名,在今河南南阳市。诸葛亮家南阳之邓县(今湖北襄阳北),即隆中。

②卑鄙:低微鄙陋,卑贱浅陋。

③猥:谦词,犹辱。枉屈:委屈,屈尊就卑。

④感激:感动奋发。

⑤值:遇到,碰上。倾覆:指建安十三年(208)刘备兵败当阳长坂事。

⑥尔来:从那时以来。二十有一年:有,通"又"。建安十三年(208),刘备为曹操所败,派遣诸葛亮出使吴国,与孙权定约共同抵御曹操于赤壁。至此时已二十年,刘备与诸葛亮相遇在败军之前一年,故合称二十一年。

⑦寄:委托,托付。大事:指章武三年(223)刘备临终前嘱托诸葛亮辅佐刘禅,复兴汉室,统一全国的大事。

⑧五月渡泸:建兴元年(223)云南少数民族的上层统治者发动叛乱,建兴三年(225)诸葛亮率师南征,五月渡泸水,秋天平定了这次叛乱,下句"南方已定"即指此。泸,古水名。指今雅砻江下游和金沙江会合后雅砻江以后一段。

⑨庶:副词,但愿,希望。驽钝:比喻自己才能低劣。驽,劣马,指才能低劣。钝,刀刃不锋利,指头脑不灵活,做事迟钝。

⑩斟酌损益:犹言权衡利弊或得失。进尽忠言:提出并竭尽其忠实的劝告。

愿陛下托臣以讨贼兴复之效;不效,则治臣之罪,以告先帝之灵①。若无兴德之言②,则责攸之、祎、允等之慢,以彰其咎。陛下亦宜自谋,以谘诹善道③,察纳雅言,深追先帝遗诏④。臣不胜受恩感激⑤!今当远离,临表涕零,不知所言。

注 释///

①"愿陛下"四句:意谓希望陛下把讨伐曹魏复兴汉室的任务交给我,如果不能成功就请治我的罪,以上告先帝在天之灵。

②兴德:发扬圣德。

③自谋:自己筹划(应做好的事)。善道:犹正道。

④遗诏：皇帝临终时发布的诏令。刘备遗诏告诫刘禅："勿以恶小而为之,勿以善小而不为。惟贤惟德,能服于人。"

⑤不胜：无法承受,承受不了。

与朱元思书①

吴均

风烟俱净,天山共色。从流飘荡,任意东西。自富阳至桐庐,一百许里,奇山异水,天下独绝。水皆缥碧②,千丈见底。游鱼细石,直视无碍。急湍甚箭,猛浪若奔。夹岸高山,皆生寒树,负势竞上③,互相轩邈④,争高直指,千百成峰。泉水激石,泠泠作响⑤;好鸟相鸣,嘤嘤成韵⑥。蝉则千转不穷⑦,猿则百叫无绝。鸢飞戾天者⑧,望峰息心;经纶世务者⑨,窥谷忘反。横柯上蔽⑩,在昼犹昏;疏条交映,有时见日。

注　释///

①选自《艺文类聚》卷七,是吴均写给朋友朱元思的书信,原文已散佚不可见,是一篇用骈体信札形式写成的写景小品文,描绘了浙江境内富春江自富阳至桐庐一段沿途百里秀丽雄奇的水色山光。富阳、桐庐,今都属浙江,两县相隔百余里,均在富春江边。

②缥：苍青色。

③负势：恃势。势,指山水的气势。

④互相轩邈：犹彼此争较谁高谁远的意思。轩,高。邈,远。

⑤泠泠：清脆的流水声。

⑥嘤嘤：鸟鸣声。

⑦转：通"啭",原指鸟婉转地啼鸣,此指蝉鸣。

⑧鸢飞戾天者：语出《诗经·大雅·旱麓》："鸢飞戾天,鱼跃于渊。"鸢,鹞鹰。戾,至。此喻在仕途上飞黄腾达追求功名的人。

⑨经纶：原指整理丝缕。引申为筹划,治理之意。

⑩柯：树枝。

醉翁亭记①

欧阳修

环滁皆山也②。其西南诸峰,林壑尤美,望之蔚然而深秀者③,琅琊也④。山行六七里,渐闻水声潺潺而泻出于两峰之间者⑤,酿泉也⑥。峰回路转,有亭翼然临于泉上者⑦,醉翁亭也。作亭者谁? 山之僧智仙也⑧。名之者谁? 太守自谓也⑨。太守与客来饮于此,饮少辄醉,而年又最高,故自号曰醉翁也。醉翁之意不在酒,在乎山水之间也。山水之乐,得之心而寓之酒也。

注 释 ///

①醉翁亭:位于琅琊山,为我国四大名亭之一,初建于北宋仁宗庆历年间,欧阳修因在朝得罪被贬至滁州任太守,常在琅琊寺饮酒赋文,当时住持智仙和尚专门为他建造了这亭子。欧阳修自称"醉翁",便命名亭子为"醉翁亭"。

②环:环绕。

③蔚然:茂盛的样子。

④琅琊:即琅琊山,在滁县西南十里。

⑤潺潺:流水声。

⑥酿泉:泉水名。

⑦翼然:像鸟张开翅膀一样。

⑧智仙:琅琊山琅琊寺的僧人。

⑨太守自谓:太守用自己的号(醉翁)来命名。

若夫日出而林霏开①,云归而岩穴暝②,晦明变化者③,山间之朝暮也。野芳发而幽香④,佳木秀而繁阴⑤,风霜高洁,水落而石出者,山间之四时也。朝而往,暮而归,四时之景不同,而乐亦无穷也。

注 释 ///

①霏:雾气。

②归:回,这里指散开的云又回聚到山中来。暝:昏暗。

③晦:阴暗。

④芳:香花。发:开放。

⑤佳木:好的树木。秀:开花,这里指滋长的意思。繁阴:浓阴。

至于负者歌于途,行者休于树,前者呼,后者应,伛偻提携①,往来而不绝者,滁人游也。临溪而渔,溪深而鱼肥;酿泉为酒,泉香而酒洌②;山肴野蔌③,杂然而前陈者④,太守宴也。宴酣之乐⑤,非丝非竹⑥,射者中⑦,弈者胜⑧,觥筹交错⑨,坐起而喧哗者,众宾欢也。苍颜白发,颓然乎其间者,太守醉也⑩。

注 释 ///

①伛偻:驼背,老则背微驼,故"伛偻"指老人。提携:被搀领着走,指小孩。

②洌:清澈。

③山肴:猎获的野味。肴,野菜野味。蔌:菜蔬。

④杂然:交错的样子。前陈:在前面摆着。陈,摆放,陈列。

⑤宴酣:尽兴地喝酒。

⑥丝、竹：奏乐的声音。原指弦乐器和管乐器。

⑦射：这里指宴饮时的一种射箭游戏。

⑧弈：下棋。

⑨觥筹交错：酒杯和酒筹交互错杂。觥，酒杯。筹，酒筹，宴会上行令或游戏时饮酒记数用的签子。

⑩"颓然"句：意谓醉醺醺地在众人中间的就是本太守啊。颓然，精神不振的样子，这里形容醉态。

　　已而夕阳在山，人影散乱，太守归而宾客从也。树林阴翳①，鸣声上下②，游人去而禽鸟乐也。然而禽鸟知山林之乐，而不知人之乐；人知从太守游而乐，而不知太守之乐其乐也③。醉能同其乐，醒能述以文者④，太守也。太守谓谁⑤？庐陵欧阳修也⑥。

注　释///

①阴翳：形容枝叶茂密成荫。翳，遮盖。

②鸣声上下：谓鸟到处鸣叫。上下，树的上部和下部，指各个地方。

③乐其乐：以游人的快乐为快乐。

④"醉能"二句：意谓醉了能够同大家一起欢乐，醒了能够用文章记述这乐事的人。述，记述。

⑤谓：为，是。

⑥庐陵：庐陵郡，现在江西省吉安市。

项脊轩志①

归有光

　　项脊轩，旧南阁子也②。室仅方丈，可容一人居。百年老屋，尘泥渗漉，雨泽下注；每移案，顾视无可置者③。又北向，不能得日，日过午已昏。余稍为修葺，使不上漏④。前辟四窗，垣墙周庭，以当南日，日影反照，室始洞然⑤。又杂植兰桂竹木于庭，旧时栏楯，亦遂增胜⑥。借书满架，偃仰啸歌，冥然兀坐，万籁有声；而庭阶寂寂，小鸟时来啄食，人至不去⑦。三五之夜，明月半墙，桂影斑驳，风移影动，珊珊可爱⑧。

注　释///

①项脊轩：作者的书房。归有光祖父归隆道，曾居住太仓县之项脊泾，故以项脊名轩。志：记事的文或书，同"记"。

②阁子：指小屋。

③渗漉(lù)：即渗漏，水从孔隙漏下。雨泽下注：雨水如注而下。顾视：环顾四周。

④修葺(qì)：修补。葺，修补房屋。

⑤垣墙周庭：在庭院的四周筑起围墙。洞然：明亮的样子。

⑥栏楯(shǔn)：栏杆。楯，栏杆的横木。增胜：增加美观。
⑦冥然兀坐：静静地独自坐着。冥然，静默的样子。
⑧桂影斑驳：桂树的影子错落成斑。珊珊：亦作"姗姗"，女子缓缓行动的样子。

　　余居于此，多可喜，亦多可悲。
　　先是，庭中通南北为一。迨诸父异爨，内外多置小门，墙往往而是①。东犬西吠，客逾庖而宴，鸡栖于厅②。庭中始为篱，已为墙，凡再变矣。家有老妪，尝居于此。妪，先大母婢也，乳二世，先妣抚之甚厚③。室西连于中闺④，先妣尝一至。妪每谓余曰："某所，而母立于兹。⑤"妪又曰："汝姊在吾怀，呱呱而泣；娘以指叩门扉曰：'儿寒乎？欲食乎？'吾从板外相为应答。"⑥语未毕，余泣，妪亦泣。余自束发读书轩中⑦，一日，大母过余曰："吾儿，久不见若影，何竟日默默在此，大类女郎也？"比去⑧，以手阖门，自语曰："吾家读书久不效，儿之成，则可待乎！"顷之，持一象笏至，曰："此吾祖太常公宣德间执此以朝，他日汝当用之！"⑨瞻顾遗迹，如在昨日，令人长号不自禁⑩。

注　释

①迨：及，到。诸父：几位伯父、叔父。异爨(cuàn)：各自起灶烧火做饭，指分家。往往而是：到处都是。
②逾庖而宴：穿过厨房去赴宴。庖，厨房。
③先大母：已故的祖母。乳二世：喂养过两代人。先妣：已故的母亲。
④中闺：妇女住的内室。
⑤而：同"尔"，你。
⑥门扉：门扇。板外：门外。
⑦束发：成童。或说八岁，或说十五岁，成童时把头发束于头顶为髻，因以为成童的代称。
⑧比去：临走。
⑨象笏(hù)：象牙笏板。笏，笏板，亦称手板，古时官僚朝见皇帝时手中所持的狭长板子，用以记事。用玉或象牙制成。吾祖太常公：归有光祖母的祖父夏昶，永乐进士，官至太常寺卿。宣德：明宣宗朱瞻基年号(1426—1435)。
⑩长号(háo)：引声长哭。

　　余既为此志，后五年，吾妻来归①，时至轩中，从余问古事，或凭几学书。吾妻归宁②，述诸小妹语曰："闻姊家有阁子，且何谓阁子也？"其后六年，吾妻死，室坏不修。其后二年，余久卧病无聊，乃使人复葺南阁子，其制稍异于前③。然自后余多在外，不常居。
　　庭有枇杷树，吾妻死之年所手植也，今已亭亭如盖矣④。

注　释

①此志：即这篇《项脊轩志》。自此以下是补写。吾妻：即作者妻魏氏。来归：嫁

过来。

　　②归宁:回娘家探亲。

　　③复葺:又一次修葺。制:规格形状。

　　④亭亭:高高直立的样子。如盖:形容枝叶繁盛,树冠如盖。盖,伞。

黄生借书说

袁枚

　　黄生允修借书。随园主人授以书而告之曰①:

　　"书非借不能读也。子不闻藏书者乎? 七略四库,天子之书,然天子读书者有几②? 汗牛塞屋,富贵家之书,然富贵人读书者有几? 其他祖父积、子孙弃者无论焉。非独书为然,天下物皆然。非夫人之物而强假焉,必虑人逼取,而惴惴焉摩玩之不已,曰'今日存,明日去,吾不得而见之矣。'③若业为吾所有,必高束焉,庋藏焉,曰'姑俟异日观'云尔④。"

　　"余幼好书,家贫难致。有张氏藏书甚富。往借,不与,归而形诸梦。其切如是。故有所览辄省记⑤。通籍后,俸去书来,落落大满,素蟫灰丝,时蒙卷轴⑥。然后叹借者之用心专,而少时之岁月为可惜也。"

　　今黄生贫类予,其借书亦类予;惟予之公书与张氏之吝书若不相类⑦。然则予固不幸而遇张乎⑧,生固幸而遇予乎? 知幸与不幸,则其读书也必专,而其归书也必速。

　　为一说,使与书俱。

注 释 ///

　　①随园主人:作者自称。袁枚辞官后在江宁(南京)购置隋氏废园,改名"随园",筑室定居,自称"随园主人",世称"随园先生"。

　　②七略:西汉刘歆所著《七略》是中国历史上第一部综合性的图书分类目录。全书分为七大类:辑略、六艺略、诸子略、诗赋略、兵书略、数术略和方技略。四库:又称四部,中国古代图书分类名称,为经、史、子、集。

　　③强假:勉强借来。惴惴(zhuìzhuì):提心吊胆,忧惧的样子。摩玩:摩挲玩弄,抚弄。

　　④庋(guǐ):置放,收藏。姑:姑且。俟(sì):等候、等待。异日:日后、将来。

　　⑤有所览:有看到的。辄:就。省(xǐng)记:记在心里。省,明白。

　　⑥通籍:做官。"籍"是二尺长的竹片,上写姓名、年龄、身份等,挂在宫门外,以备出入时查对。"通籍"谓记名于门籍,可以进出宫门。因此后来便称做官为"通籍"。俸:指官俸,做官的俸禄。落落:堆集的样子。素蟫灰丝,时蒙卷轴:白色的蠹虫和虫丝常常沾满了书卷。素蟫,指书里的蠹虫。灰丝,指虫丝。

　　⑦类:似,像。惟:只是。公:动词,同别人共用。吝书:舍不得(把)书(借给别人)。

　　⑧然则:既然这样,那么……。固:本来,诚然,实在。

人间词话（节选）

王国维

　　古今之成大事业、大学问者,罔不经过三种之境界:"昨夜西风凋碧树。独上高楼,望尽天涯路①。"此第一境界也。"衣带渐宽终不悔,为伊消得人憔悴②。"此第二境界也。"众里寻他千百度,回头蓦见,那人正在灯火阑珊处③。"此第三境界也。此等语非大词人不能道。然遽以此意解释诸词,恐为晏、欧诸公所不许也。

　　诗人对宇宙人生,须入乎其内,又须出乎其外。入乎其内,故能写之;出乎其外,故能观之。入乎其内,故有生气;出乎其外,故有高致。

注　释 ///

①"昨夜"三句:出自晏殊的《蝶恋花》"昨夜西风凋碧树,独上高楼,望尽天涯路。"

②"衣带"二句:出自柳永的《凤栖梧》"衣带渐宽终不悔,为伊消得人憔悴。"

③"众里寻他"三句:出自辛弃疾的《青玉案》"众里寻他千百度,蓦然回首,那人却在灯火阑珊处。"